MENSAGEIRA DA SORTE

FERNANDA NIA

MENSAGEIRA da Sorte

PLATAFORMA21

Plataforma21 é o selo jovem da V&R Editoras

EDIÇÃO Fabrício Valério e Flavia Lago
EDITORAS-ASSISTENTES Thaíse Costa Macêdo e Natália Chagas Máximo
REVISÃO Raquel Nakasone
DIREÇÃO DE ARTE Ana Solt
DIAGRAMAÇÃO Pamella Destefi
ARTE DE CAPA Cyla Costa

Dados Internacionais de Catalogação na Publicação (CIP)
(Câmara Brasileira do Livro, SP, Brasil)

Nia, Fernanda
Mensageira da sorte / Fernanda Nia. – São Paulo: Plataforma21,
2018.

ISBN 978-85-92783-82-2

1. Ficção juvenil 2. Suspense – Ficção I. Título.

18-17591   CDD-028.5

Índices para catálogo sistemático:
1. Ficção: Literatura juvenil 028.5
Maria Alice Ferreira – Bibliotecária – CRB-8/7964

Todos os direitos desta edição reservados à
VERGARA & RIBA EDITORAS S.A.
Rua Cel. Lisboa, 989 | Vila Mariana
CEP 04020-041 | São Paulo | SP
Tel.| Fax: (+55 11) 4612-2866
plataforma21.com.br | plataforma21@vreditoras.com.br

*Para todos aqueles que precisam
de um pouco mais de sorte*

1

É difícil não acreditar em sorte ou azar quando a vida é infestada por eles. No caso daquela noite, por exemplo, era azar. E vinha na forma de um engarrafamento infinito à nossa frente.

— Não dá pra ver até onde vai? — minha mãe perguntou do banco do motorista, tentando esticar o pescoço.

Colei o rosto no vidro do carona. A fileira dos carros, todos ainda salpicados pelas gotas da chuva de verão de momentos atrás, refletia os enfeites de Carnaval pendurados pela avenida e seguia como uma marcha de estrelinhas coloridas até se perder na curva ao longe.

— Vamos dizer que já dá pra cancelar o contrato do apartamento novo — respondi —, porque nossa residência permanente por tempo indeterminado vai ser aqui mesmo.

Minha mãe bufou, então suspirou resignada e afundou no banco, como se a indignação fosse algo que se gastasse fichas para usar, e as dela já haviam acabado muitas desgraças atrás na sua vida.

– Que azar ter um bloco de Carnaval passando logo hoje, logo aqui – ela lamentou.

Agora que a chuva havia acabado, os foliões saíam dos seus abrigos e migravam em bando na direção que nosso carro não conseguia ir, com a mais pura alegria estampada no rosto para aproveitar a última sexta-feira da semana do pecado carioca.

Encarei-os com uma careta de mau humor. Um homem com vestes negras e máscara branca desfigurada de uma fantasia de Morte me viu emburrada pela janela e brincou de me assustar. Cruzei os braços e desejei ter uma cortina para fechá-la. O indivíduo afastou sua máscara para o lado o suficiente para me mostrar um sorriso de dente rachado e seguiu pelo quarteirão.

– Já não basta o engarrafamento. – Balancei a cabeça. – Não pode ficar pior do que isso.

Minha mãe me lançou um olhar de canto com uma pontinha de reprovação. "Não diga isso."

Engoli meu sarcasmo e abaixei o rosto. Ela estava certa. Naqueles dias, havia coisas muito piores para se encontrar na rua do que tiozinhos bêbados com fantasias exageradamente quentes e inapropriadas para o verão carioca. Aglomerações muito mais problemáticas que blocos de Carnaval cruzando a avenida. Muito mais… *perigosas* para nós duas. Topar com uma *delas* é que seria algo digno de gastar as minhas fichas de indignação.

Minha mãe deixou os cachos dos seus cabelos amassarem contra o apoio de cabeça do banco.

— Vou chegar tarde em Petrópolis — ela disse, sua voz era suave, mas seu corpo não escondia a ansiedade. Ela já tinha cruzado e descruzado os braços três vezes nos últimos cinco minutos. Segurado o volante em todas as posições do relógio. Era sempre assim quando seu pavor de trânsito atacava. Ele havia piorado nos últimos meses, desde que nossas vidas tinham ficado tão inseguras quanto as ruas daquela cidade. No fundo, eu desconfiava que dirigir era um suplício para ela. Provavelmente teria passado a vida inteira sem voltar a fazê-lo, se a necessidade não a tivesse obrigado.

Se *eu* não a tivesse obrigado.

A memória se revirou dolorosamente no meu peito.

— Você não precisa ir hoje — eu disse baixinho.

— Preciso sim. Marquei a assinatura com o corretor e os novos proprietários amanhã de manhã. — Seus olhos se perderam enquanto sua mente passeava para muito longe dali. — Depois desse fim de semana, a casa será deles. Não vamos mais voltar lá.

E eu estava feliz de não ter que revê-la. Aquela casa — aquela cidade inteira — estava cheia de memórias *dele*. Era um alívio não ter mais que enfrentá-las a cada minuto de cada dia da minha vida.

Na avenida à frente, alguns carros começavam a manobrar para voltar pela outra mão da via e escapar do sentido parado.

— Me deixa aqui que eu vou a pé pro apartamento — decidi, abrindo a tranca da porta. — Aí você pode fazer a volta também. Vai ser mais rápido.

– Não precisa. O bloco já vai passar.

– Mas ainda vai demorar pra removerem os bêbados esquecidos do meio da rua.

Minha mãe não sorriu.

– Sam – ela disse, arrastando a única sílaba do meu apelido. – É perigoso andar pela rua sozinha. Você sabe por quê.

Minha mão hesitou na fechadura. Sim, eu sabia. Tão bem que minha garganta ainda apertava um pouco e meus joelhos ameaçavam tremer.

Mas...

Espiei minha mãe, que agora batucava quase um samba-enredo inteiro com os dedos em suas coxas. Aquela mulher havia acompanhado minha batalha para me reerguer desde o incidente, seis meses atrás. Havia lutado por mim. Não foram poucos os sorrisos frágeis que se forçou a me mostrar, tentando me fazer acreditar que ficaria tudo bem. Agora que nós estávamos recomeçando nossas vidas no Rio de Janeiro, eu me levantaria sozinha. Minha mãe tinha os seus próprios fardos para carregar, e eu não seria mais um deles.

Abri a fechadura e empurrei a porta.

– Vai ficar tudo bem – foi a minha vez de dizer, não só por aquele dia. – Ninguém vai querer criar confusão em pleno Carnaval e em *Lagoinha*, mãe. Esse bairro é literalmente o mais desconhecido e insignificante do Rio. Além do mais, são só o quê? Dois ou três quarteirões até o nosso prédio? Não vai dar *tempo* de acontecer nada. Pode ficar tranquila.

Ela me lançou a Olhadinha Reprovadora de Rabo de

Olho – O Retorno™, mas não insistiu. Eu quase pude enxergar as engrenagens da sua cabeça reproduzindo as dicas que a psicóloga a havia dado sobre mim. "Você tem que dar espaço pra menina recobrar autoconfiança."

– Tem certeza de que não quer ir comigo pra Petrópolis? – ela disse enfim. – Se despedir? É só um fim de semana. Domingo a gente volta.

– Não quero, pode ir.

Eu não estava pronta para voltar à minha antiga casa. Talvez nunca estivesse.

Além do mais, enfrentar quatro horas de engarrafamento de feriadão na Serra para ir e voltar da cidade imperial parecia muito menos divertido que meus planos atuais para o último fim de semana antes do início das aulas, que incluíam ligar o ar condicionado no máximo, pegar um cobertor felpudo e um livro e me transformar em um canelone humano por quarenta e oito horas.

Bati a porta. Ela abriu o vidro:

– Me liga quando chegar em casa!

– Ligo.

– E coloca o feijão no congelador – ela gritou quando eu já me afastava. – Mas deixa o bacon e o sorvete separados pra não pegar gosto!

Só rolei os olhos. Ela parecia mais aflita com aquilo do que com o fato de sua filha – aquela se recuperando da fase psicologicamente mais difícil da sua vida – estar andando pelas ruas do Rio de Janeiro à noite e sozinha. Sorvete com gosto de bacon não era nada perto disso. Pelo contrário, era capaz de virar uma ótima receita *gourmet*. Venderia rios.

Enfiei as mãos nos bolsos da bermuda e virei na primeira esquina. Aquela já era a nossa rua. Prédios residenciais antigos se apertavam uns contra os outros nas suas margens. As trancas de suas portas faziam *buzz*, abriam e batiam conforme mais foliões saíam e seguiam na direção oposta à minha. Torci o pescoço com as sobrancelhas arqueadas quando passou por mim um grupo de marmanjos fantasiados de bebês alcóolatras com pernas cabeludas escapando por baixo das fraldas. Ao invés de questionar as escolhas evolutivas da sociedade, virei e continuei andando. Mamadeiras de cerveja eram inofensivas perto de coisas muito mais incriminadoras que as pessoas carregavam por aquela cidade ultimamente. Como garrafas de vinagre.

Ou coquetéis molotov.

Apertei o passo.

Era a minha vez de ficar ansiosa. Ajeitei a alça do meu biquíni no pescoço e descolei da barriga a regata que vestia por cima, para ventilar. Fazia um calor de mais de trinta graus naquele fim de tarde, mas não era só por causa dele que eu começava a suar.

No meu quarteirão, uma mulher aguardava na frente do interfone de um prédio. Foi só quando a alcancei que reparei que já era o meu. Eu estava morando havia pouco tempo nele para diferenciá-lo com facilidade dos outros edifícios do bairro. Todos eram revestidos pelos mesmos acabamentos cor de nada-memorável e margeados pelas mesmas grades geminadas, como se tivessem medo de que seus dois ou três arbustos do jardim fugissem para a calçada.

Parei ao lado da mulher e ela tocou o interfone pelo que parecia não ser a primeira vez. Ninguém atendeu.

– Seu Messias deve ter ido ao banheiro – eu disse, me referindo ao porteiro. – Deve voltar já, já.

Ela me ofereceu um meio sorriso e aguardamos.

– Tá passando bloco lá na principal? – ela puxou assunto.

Assenti com a cabeça e me forcei a ser civilizada.

– Dá pra ouvir bem daqui, né? Maior barulheira.

– Sabe que eu nem ligo? – A mulher virou na direção do som, como se pudesse enxergá-lo através dos prédios. – É tão bom ver as pessoas se juntando pra rir e se divertir, pra variar. Melhor que ouvir mais tiros de borracha e gente gritando nos protestos.

Encolhi-me por reflexo com a menção casual do motivo pelo qual o Rio de Janeiro estava de cabeça pra baixo. A causa de todos os meus ataques de ansiedade nos últimos meses.

Os protestos contra a AlCorp.

– Eu fui a um no Centro uma vez que, senhor do céu! – a mulher continuou, apertando novamente o interfone. – Baixou um pelotão inteiro daqueles pseudosseguranças da empresa pra tentar calar a boca do pessoal, e sabe como esses P3 são, né? Apagam fogo com lança-chamas. O pessoal da manifestação ficou tão indignado com a agressividade que todos se juntaram e tombaram o caminhão deles.

Ela parecia descontraída, como se estivesse contando

um causo em uma mesa de bar com os amigos, e eu ali, desmoronando para dentro dos meus ombros.

– Você vai sempre aos protestos? – perguntei, desconfortável. Não que estivesse julgando o comportamento dela, eu não era exatamente contra as manifestações. Quase ninguém era, quando todos sofriam com a AlCorp da mesma forma. O povo só estava pedindo que a multinacional parasse com os aumentos excessivos dos preços. Nada mais justo. Mas quando eu imaginava toda aquela violência chegando perto de mim outra vez...

– Olha – ela respondeu –, protesto nessa cidade tá que nem carrocinha de churros. É um a cada esquina. Não dá pra não esbarrar na confusão de vez em quando. Ainda mais eu, que trabalho muito na rua, indo de um lado pro outro.

– Que... perigoso.

Porque a maioria das manifestações que eu via, independentemente dos motivos, sempre acabava em pancadaria e bombas de gás.

Ou pior, eu lembrei, mas apertei os lábios e empurrei aquela memória dolorosa para dentro da caixinha que eu guardava no peito. Estava ficando boa nisso, com tantos meses de prática.

A mulher deu de ombros, resignada.

– A vida é perigosa. – E sorriu. – Com um pouquinho de sorte, tudo fica bem.

Menos quando não fica.

A estranha voltou a observar meu prédio e respirei aliviada por não insistir no assunto. As lentes de seus óculos brilharam conforme seu rosto subiu e desceu ao estudá-lo.

— Você conhece um Leandro? — ela perguntou. — Do terceiro andar.

— É o meu piso, mas me mudei essa semana. As únicas pessoas com quem já falei são o seu Messias e o cara da internet. Ah, e o Alexander III. Mas esse não é exatamente uma pessoa.

— Eu havia feito um pote de palha italiana tão absolutamente divino que achei minha obrigação perante a humanidade nomeá-lo com um nome da realeza. Nós precisamos valorizar as coisas que realmente importam na vida, sabe? — Esse Leandro é seu amigo?

Ela fez uma pausa pensativa antes de explicar:

— Um cliente da minha empresa. Alguém que eu vim ajudar. Deixa pra lá.

Ela levantou um dedo para tocar o interfone pela décima vez, mas parou no meio do gesto. Virou o rosto para o outro lado da rua tão rápido que o pompom do seu rabo de cavalo crespo quicou.

— A música parou — ela disse.

Tentei ouvir. Era verdade. Não havia mais as batidas da bateria carnavalesca à distância. Só sobrava o barulho dos foliões. Era um som revolto, como se cada voz subisse sobre a outra em uma luta ferrenha para se destacar. Então um grito saltou por cima de todas elas e cortou o começo da noite. Os pelos dos meus braços se eriçaram.

Eu havia entendido errado. A luta das vozes não era para se destacar.

Era para sobreviver.

Um tiro estalou na distância. Colei as costas na porta da grade do prédio. *Pow, pow, pow!* Outros se juntaram a ele.

Naqueles dias, tiros nunca chegavam desacompanhados.

A mulher xingou ao meu lado, mais entretida que preocupada.

— Foi só falar em protesto...

Virei e martelei o interfone. Onde estava seu Messias?! Eu devia ter insistido para minha mãe fazer logo a minha cópia da chave do portão! Eu devia...

— Bem que eu tinha visto gente andando com placas — a mulher pensou em voz alta. Foliões já surgiam em pânico pela esquina. Passavam correndo por nós. Gritos e tremores anunciaram uma debandada de muitos outros atrás deles.

— Eu tinha esperança de que eram só pessoas *fantasiadas* de manifestantes, mas...

Mais tiros soaram ao longe. Era impressão, ou estavam ficando mais próximos?

— É melhor a gente dar no pé também. — Enxuguei uma gota de suor nervoso escorrendo pela testa. — Acho que a briga tá vindo nessa direção.

— Não vai acontecer nada comigo — ela disse, escaneando a multidão em fuga cada vez mais densa.

Eu já havia ouvido aquelas palavras saindo da minha própria boca. Logo antes de aprender da forma mais dolorosa possível que ninguém é invencível.

Você nunca sabe quando o azar vai te pegar.

Uma massa dos foliões chegou em um cardume colorido,

empurrando-se na fuga dos predadores. Homens de farda roxa com o emblema da AlCorp se misturaram aos últimos deles, no outro quarteirão. Os P3 estavam chegando. Me espremi contra a grade até meu corpo ameaçar escorregar feito espaguete através dela. A briga realmente estava vindo até nós. Cassetetes e balas de borracha estalavam contra mascarados que eu não tinha como ver se eram protestantes hostis ou não. Pelos bastões e armas improvisadas que empunhavam para revidar, porém, imaginei que fossem violentos.

Eu devia fugir. Devia me esconder.

Mas meu corpo não respondia. Era tudo familiar, era...

A mulher se colocou na minha frente.

– Fica atrás de mim – ordenou. – Senta no chão e protege a cabeça. Eles vão...

Ela xingou alto.

Parados no meio da torrente de borrões coloridos na rua logo em frente ao prédio, um homem segurava os pulsos de uma garota de calça laranja. Ele estava tentando arrancar algo que ela lutava com unhas e dentes para proteger. Uma câmera. A garota devia ter filmado alguma coisa no protesto que o homem não queria que ninguém visse. O rosto dele dizia "eu quero isso destruído". O rosto dela dizia "dane-se". E ele deve ter entendido essa resposta, pois levantou uma das mãos e fechou-a em punho.

Meus olhos se arregalaram, quando tudo o que eu queria era fechá-los.

Ele socou o rosto dela.

E a mulher ao meu lado partiu para o contra-ataque. Marchou pelo asfalto com passadas violentas, fechando e abrindo seus punhos.

Que irônico a única pessoa tentando bancar a heroína ser justo a que não estava fantasiada.

Algo clicou atrás de mim. Era a tranca do portão. *Finalmente*. O alívio me descongelou e me joguei para dentro. E parei. A heroína ficaria lá fora?

Virei e a procurei, segurando a porta aberta. Encontrei-a a tempo de vê-la empurrando o homem com toda a força das suas coxas grossas. Ele voou para trás, tropeçou em si mesmo e caiu no asfalto. Sua cabeça quicou com o impacto. Ele subiu as mãos ao crânio e ficou no chão choramingando.

De queixo caído, deixei escapar o portão das minhas mãos. Antes que batesse, uma mão enrugada o segurou.

– Ai, minha Nossa Senhora! – seu Messias grunhiu, roubando o meu posto de pessoa embasbacada segurando o portão aberto. Eu havia sido demovida a pessoa embasbacada sem função social. – Uma manifestação em Lagoinha?! Sai daí, Vaninha, sai!

A menina atacada, que estava caída no chão, ouviu o chamado de seu Messias. Arrastou joelhos e mãos no asfalto em um desespero desajeitado para se pôr de pé. Ela tinha o lábio sangrando e partes do corpo raladas, mas correu até nós feito a vencedora da São Silvestre.

A mulher não veio junto.

– Vem também – gritei. – Rápido!

Ela se adiantou na nossa direção. À sua volta, o rio de foliões em pânico tinha secado, deixando para trás apenas os grupos que não tinham intenção de fugir. Oficiais da P3 e manifestantes violentos aproximavam suas brigas, uma mistura perturbadora de corpos e escudos e cassetetes e máscaras e facas e pura, pura selvageria.

No meio de tudo, encontrei-o outra vez. O homem vestido de Morte que havia tentado me assustar mais cedo. Ele parecia particularmente etéreo ziguezagueando entre os corpos atracados, como o ceifador colhendo as almas dos guerreiros derrotados em campo de batalha.

A ilusão fantástica foi desfeita quando sua mão, bem humana, surgiu por debaixo das suas longas vestes negras. Ela portava um objeto que não identifiquei. Até que seu metal brilhou sob a luz dos postes.

Era uma pistola. E eu nem precisava examiná-la para saber que a munição não era de borracha.

O homem levantou a arma. Apontou-a para os P3. Eu queria gritar.

Ele girou o braço e atirou três vezes para trás de si. Sem olhar. Um arruaceiro só querendo ver o circo pegar fogo, dependendo da sorte para não acertar alguém.

Uma pena que naquela noite a nossa sorte estava aparentemente passando o feriadão em Búzios com a família, bem longe dali.

E os tiros vieram na nossa direção.

A mulher estava quase na nossa calçada quando uma

das balas a encontrou. Ela não gritou, só olhou em choque para a mancha vermelha crescendo na sua coxa.

Então a heroína caiu.

O porteiro e a garota ao meu lado fizeram o mesmo, mas de propósito. Agacharam-se atrás do meio metro de muro que sustentava a grade para se protegerem dos tiros. Imitei-os com um segundo de atraso, o medo tornando minhas reações lentas. Mas a pausa foi suficiente para ver o Morte escapando desapercebido em meio ao caos de pessoas procurando abrigo.

As rezas de seu Messias acompanharam o ritmo frenético do meu peito. *Eu devia estar indo para Petrópolis agora,* pensei repetidamente.

Mas nada foi capaz de abafar o gemido vindo do outro lado do murinho.

A mulher ainda estava lá fora. Consciente. Ferida.

Minha empatia por ela cresceu a ponto de latejar. Eu também havia tentado fazer a coisa certa no passado, crente que boas intenções me protegeriam de maus destinos, só para ter um protesto rasgando um pedaço da minha alma. E agora lá estava aquela coitada, arrasada como eu ficara. Sofrendo por sua própria inocência de achar que tudo terminaria bem. De acreditar que o Destino não é um idiota sádico que escolhe pessoas aleatórias para ferrar quando está entediado.

Algo partiu no meu peito.

Então eu estava de pé. Eu já havia visto sangue suficiente

ser derramado sem poder fazer nada para impedi-lo. Desta vez, seria diferente. Eu ajudaria aquela mulher como gostaria que tivessem me ajudado no passado.

Ajudado a meu pai.

— Liguem para o SAMU! — ordenei ao porteiro e à garota em choque aos meus pés.

E parti. Abri o portão da grade e ouvi seu Messias arrastando a garota para dentro do prédio consigo. Forcei meus próprios joelhos que tremiam e segui abaixada até a mulher no limite da calçada. Ela estava deitada de lado, apoiando um cotovelo no meio fio e apertando a coxa perfurada. Uma pequena poça de sangue já se formava embaixo de si. Em volta, quase ninguém sobrava na rua. Os poucos que ficaram para trás levantavam de seus abrigos para procurar segurança de longo prazo longe dali. A briga entre a P3 e os manifestantes se espalhara pelas outras ruas ou voltara por onde veio.

— Não era pra ter acontecido nada comigo — a mulher repetia para si mesma no chão. Suas maçãs do rosto brilhavam com os rastros molhados deixados pelas lágrimas de dor. — O que aconteceu com a minha sorte?

Ajoelhei-me ao seu lado. O sangue precisava ser estancado. Eu não sabia se a ambulância chegaria a tempo. *Pense, Sam, pense. Faça alguma coisa.*

Lembrei-me do que os paramédicos haviam feito por meu pai quando o encontraram. Tirei minha regata, enrolei-a e envolvi a perna da mulher acima do ferimento. Dei um nó e apertei, fazendo um torniquete. A mulher gemeu, mas não reclamou. Ela franziu as sobrancelhas para seu ferimento e, num surto de lucidez, disse:

— Eu não vou conseguir trabalhar assim.

— É sério que você toma um tiro e se preocupa com isso? — respondi sem tirar a pressão do ferimento. Minhas mãos tremiam de nervoso, mas me forcei a mantê-las ali. O sangue já estava diminuindo. — Tá na hora de rever as suas prioridades, viu?

— Meu trabalho *é* a prioridade. — Seus olhos aflitos subiram aos meus. — O que eu vou fazer agora?

Ela levou uma mão suja de sangue até o meu pulso que apertava a regata.

— O que você tá faz…

E o mundo ficou branco.

Meus olhos queimaram e fechei-os com força. Arranquei minhas mãos da mulher e caí para trás. Minhas costas bateram desajeitadas na lataria de um carro estacionado. O lugar onde ela me tocara ardia. Então meu corpo inteiro queimou também, o calor se propagando pela minha pele como ondas de vapor escaldante.

Durou só uma fração de segundo. O fogo se foi, e fui deixada respirando pesado e sentindo um frio diametralmente oposto ao calor do verão carioca. Abri os olhos de novo, e minha vista voltou a se focar além das lágrimas. A mulher também se jogara para longe de mim. A poça de sangue havia sido arrastada alguns centímetros. Seus olhos negros pareciam o lado de um dado de seis faces ao me encararem arregalados.

– O que foi isso? – perguntei. A mulher só balançou a cabeça de volta.

Reparei na poça vermelha se formando na sua nova posição. Voltei ao meu torniquete, agora frouxo. Hesitei por um segundo antes de tocá-lo, mas nada havia acontecido da primeira vez. Assegurar a vida dela era mais importante que o meu medo de tomar outro choque.

A mulher limpou uma das suas mãos vermelhas na blusa e se contorceu para mexer no bolso de trás da calça.

– Fica parada – pedi.

– Tá doendo menos agora – ela disse, entre sua respiração ofegante. – Estou parando de sentir. Aqui, leia isso pra mim. Eu perdi os meus óculos.

Ela tirou algo do bolso e estirou para mim com uma mão trêmula. Era um cartão de visitas.

Cecília Maré
Mensageira
Departamento de Correção de Sorte do Rio de Janeiro
Destino

No canto, ao lado do seu número de celular, havia um logo que era um punhado de linhas crescendo de uma única reta vertical, como uma árvore geométrica sem folhas.

Terminei de ler os dados em voz alta e voltei a me concentrar no torniquete. Sorte? Destino? Que doidera era aquela? Aquela mulher só podia ter perdido a lucidez por causa da dor. Ela realmente queria me oferecer algum serviço? Seria um tipo de venda em pirâmide com uma proposta presunçosa demais? É realmente de se admirar como as pessoas esbanjam criatividade quando querem o seu dinheiro.

Um lado da faixa improvisada estava escorregando, e eu apertei com mais força. A mulher, Cecília, gemeu e perguntou:

— Tem certeza que era o meu nome?

— Sim, ué. — Levei os olhos ao cartão de novo. — Cecíl...

Meu coração deu um pulo.

Não era o nome dela. O texto estava diferente.

Agora, era o meu.

Cassandra Lira
Mensageira substituta
Departamento de Correção de Sorte do Rio de Janeiro
Destino

Minha boca tentou sem sucesso formar umas oito palavras diferentes, e minhas sobrancelhas franziram e desfranziram duas vezes, conforme meu rosto entrava em pane tentando reagir àquilo.

— É o meu nome — eu disse, enfim. O de Cecília estava escrito em letras miúdas na base do cartão agora, ao lado do título "supervisora" e do seu número de celular. — Cassandra Lira! Como isso é... Isso foi... Você conhece *outra* pessoa com esse nome?

Cecília xingou baixinho, ignorando minha pergunta.

– Então o Departamento te escolheu – ela disse, mas para si mesma, já que eu não fazia ideia a que ela se referia. Ou do que estava acontecendo. Ou de nada. Caramba, eu me sentia em uma aula de Física depois de ter perdido duas semanas de matéria. – Eu nem sabia que tinha esse procedimento de transferência instantânea. Deve ser algum protocolo de emergência. Qual é o cargo agora no cartão?

– Diz que é mensageira substituta. Eu não entendo...

– Substituta. – Ela soltou o ar em um suspiro dolorido.

– Então é temporário. Menos mal.

As perguntas contorciam-se na minha cabeça. Será que eu havia lido errado o cartão desde o início? Talvez porque Cecília estava tremendo. Mas como o *meu* nome foi parar ali?

A sirene de uma ambulância surgiu ao longe. Cecília puxou o ar de novo, sobressaltada, e virou para mim.

– Preciso que você faça uma coisa. O seu primeiro serviço como mensageira. – Eu queria interrompê-la com um "você está louca, mulher?", mas ela não me deu brecha. – Tá com seu celular aí? Anota o que eu vou dizer nele.

– Deixa isso pra depois. Preciso pressionar aqui. – Virei o rosto sobre o ombro e gritei. – Seu Messias?! Alguém? Ajuda aqui!

Cecília colocou as mãos por cima do seu torniquete. Apertou-o no meu lugar e me fitou com os olhos mais sérios e intensos que uma pessoa tremendo de dor e perda de sangue poderia demonstrar. Não era muito, mas passou a mensagem.

– É importante sim – ela insistiu. O som da ambulância ficava mais alto a cada segundo. – Rápido, anota antes que eles cheguem. Respondo às suas perguntas depois. *Anota*!

Hesitei, mas meu corpo reagiu ao seu tom de comando. Limpei minhas mãos na bermuda e tirei o celular do bolso. Cecília ditou uma mensagem completamente aleatória, e depois de todas as loucuras que haviam acontecido naquela noite, nem me preocupei em questionar. Assim que terminei, seu Messias reapareceu com um punhado de panos limpos. Apertei-os contra a perna de Cecília, secando o sangue que já encharcava minha regata, enquanto o porteiro acenava para a ambulância passante, que estacionou logo em seguida.

– Você vai entregar essa mensagem para o destinatário Leandro no seu prédio – Cecília ordenou. – O do terceiro andar. Hoje. *Sem falta*.

Assenti, mais por instinto automático do que por entender.

– Pegue o cartão – ela ordenou, apontando o rosto para o coitado esquecido ao seu lado. Felizmente, longe do sangue. A ambulância estacionou e suas portas traseiras se abriram. – Me ligue amanhã.

E de todas as milhões de perguntas que eu queria ter feito naquela hora, a primeira que me escapou foi justo a mais simples delas.

– Por quê?

– Confie em mim, garota. – Ela me lançou um último meio sorriso tremido entre o mar de braços e pernas de paramédicos que a envolveram. – Você *vai* querer ligar.

O funeral da minha bermuda foi no fundo da lixeira, debaixo de jornais amassados, papelões e sacolas da mudança. Eu não sentiria a sua falta.

Lavei as mãos no tanque cinco vezes. Esfreguei minhas digitais e limpei debaixo das unhas. Mesmo assim, toda vez que eu olhava minhas palmas, o vermelho ainda estava lá. Digitei ainda tremendo um breve "cheguei em casa" para minha mãe no celular, poupando-a da verdade e da preocupação devastadora que aquilo causaria, e segui para o chuveiro. Eu esfregaria meu corpo até meus dedos ficarem enrugados.

A água me acolheu com um calor reconfortante. Eu ainda sentia resquícios do frio provocado pelo choque com Cecília. Uma das inúmeras coisas que, por mais que tentasse, ainda não conseguia entender – como o meu nome aparecendo no cartão.

Mas não era por causa desse frio que meu corpo ainda tremia.

Naquela noite, eu havia sido obrigada a enfrentar os protestos, em toda a sua brutalidade, outra vez. Por mais que tivesse feito tudo para evitá-los. Fechei os olhos sob a água do chuveiro. Conforme as gotas caíam no meu rosto, a tensão acumulada finalmente transbordou junto a uma sensação desesperadora de impotência, de perda de controle sobre a minha própria vida. A sorte era imprevisível.

De camiseta de bolinhos e cabelos molhados, peguei

meu celular na bancada da nossa cozinha americana. Abri a mensagem que Cecília tinha me ditado. Segundo seu Messias, o tal do Leandro morava no 302. Meu vizinho. Reli as palavras anotadas na minha tela e fiz uma careta.

"O mercado de consumo de paçoca é um bom tema."

A mensagem não fazia sentido. Seria humilhante dizer aquilo a um estranho, sem mais nem menos. Mas eu não podia quebrar uma promessa feita a uma mulher moribunda na rua, não é? Além do mais, eu compartilhava coisas muito mais ridículas nas redes sociais. Se eu não quisesse entregar aquela mensagem só por ela ser sem sentido, teria que descurtir a página do Pônei Irônico também, para manter minha coerência moral.

E o Pônei Irônico *ficaria*.

Arranquei uma folha da lista de compras na geladeira e escrevi o recado nela. Eu entregaria a mensagem, mas não faria isso olhando nos olhos julgadores de ninguém. Que fosse anônimo, mantendo minha dignidade.

Estiquei a cabeça para fora do apartamento. Ninguém no corredor. Corri até o vizinho, enfiei o papel por baixo da porta e voltei tão rápido que pude jurar que tinham lagartixas nas paredes levantando plaquinhas de nota 10 para os meus movimentos ninjas.

Pronto, Sam. Acabou. Agora já pode esquecer tudo. Agora já pode voltar ao normal.

Só que não consegui. Guardei o feijão ao lado do bacon com sorvete na geladeira e desisti de me concentrar. Fiz um ninho de almofadas no tapete da sala ainda sem sofá e liguei a TV, desesperada por algo que pudesse salvar minha consciência da realidade.

No noticiário, não houve menção ao protesto em Lagoinha. Todo aquele desastre não havia chegado perto da proporção dos protestos maiores, dignos de lembrança? Ou as manifestações todas, mesmo em sua brutalidade, estavam ficando tão comuns que já nem eram mais matéria de notícia?

Desejei, cheia de rancor, que o homem vestido de Morte fosse pego pela P3. Agora eu entendia o motivo da sua fantasia de corpo inteiro no calor. Quem vai com uma pistola criar caos em um protesto não quer ser identificado.

O sono demorou para vir e, quando veio, uma reprise das melhores escolas de samba do fim de semana passado já desfilava na TV. Na minha cabeça, porém, eu ainda via o protesto. Na confusão de fumaça, brilhos e movimentos, fechei os olhos misturando os dois.

Uma senhora de vestido marrom e cabelos ralos de um branco levemente esverdeado andava pela calçada. Ela checou o relógio de pulso. Não disse nada, mas eu sabia que estava atrasada. Decidiu atravessar a rua ali mesmo, na frente do ônibus parado no ponto. Preocupada com a hora, a senhora não reparou na moto que vinha depois dele. Na moto que estava prestes a...

Acordei com o susto. Meu peito arfava, minhas costas

estavam suadas. Eu tinha adormecido no tapete e chutado todas as almofadas para longe de mim.

Chequei a hora no celular. Seis da manhã em ponto. Eu poderia me acalmar e dormir mais um pouco, enterrando aquele sonho anormalmente vívido lá no fundo do baú das minhas memórias ruins.

Poderia, se eu não soubesse com precisão de GPS onde aquilo aconteceria com Maria Rosa Almeida dos Santos, 67 anos, em exatos vinte e oito minutos.

2

Encolhi-me de volta no tapete. O sonho não passava de um devaneio de alguém cuja consciência ainda vacilava pelos limites das terras de Morfeu. Eu só precisava virar para o lado e dormir mais um pouco para esquecê-lo.

Mas então por que eu sentia no peito uma certeza tão absoluta de que aquilo era verdade? Que eu nunca estivera mais sóbria em toda a minha vida?

Foram dez minutos de hesitação. Dez minutos me revirando por cada canto do tapete. Dez minutos até considerar seriamente que aquele sonho, com seu presságio terrível, poderia talvez, quem sabe, em uma ínfima possibilidade, ser mesmo real.

E, se fosse, uma vida dependia dele.

Levantei de uma vez só. Quase escorreguei em uma almofada. Ricocheteei na parede e corri para o quarto, me enfiando dentro das primeiras roupas empilhadas na cama. Voltei para a sala ainda fechando o botão da bermuda jeans e enfiei meu celular e minha carteira dentro do bolso. Explodi para o corredor do andar. Esbarrei em um garoto que subia as escadas e pedi desculpas de relance enquanto continuava descendo. Não reparei se ficou irritado ou não. Não reparei em nada, na verdade.

Apenas corri.

Hesitei só um segundo antes de atravessar a grade do meu prédio. A noite anterior havia despedaçado minha ilusão de que o bairro era seguro. Mas eu não podia deixar de agir por medo de uma ou outra mancha avermelhada no asfalto, muito mal lavadas pela chuva da madrugada. Uma vida dependia de mim. Ou pelo menos era o que eu suspeitava.

Se meu presságio era real ou não, eu teria que checar com meus próprios olhos.

A manhã chegara há pouco em Lagoinha. As calçadas ainda eram iluminadas pelos primeiros raios dourados do começo de um dia ensolarado. As ruas já pipocavam com apressados. As pessoas acordavam cedo por ali, independente do dia da semana. Perguntei-me se Maria Rosa seria uma delas também.

Apertei o passo e tornei-me a mais apressada de todos. Agora, faltavam só seis minutos para que aquela senhorinha fosse atropelada.

Cinco. Quatro.

Restavam dois quarteirões até onde Maria Rosa estaria. Eu conhecia bem vários bairros do Rio de Janeiro – já havia morado ali durante toda minha vida até dois anos atrás, quando o emprego de meu pai nos levara para Petrópolis. Lagoinha, porém, era nova para mim. Lagoinha eu estava descobrindo agora.

Mesmo assim, eu sabia exatamente em que lugar a velhinha do meu sonho estaria.

Cheguei à praça no coração do bairro com dois minutos de folga. No centro dela estava o pequeno lago que originou o nome da região. Em volta, um modesto parquinho infantil. Mesas de pedra sob as árvores onde a terceira idade jogava damas com tampinhas de refrigerante. Barras de musculação que eu sinceramente duvidava que alguém usasse. Em todo o espaço que sobrava, caixotes e esqueletos de barracas já eram armados para a feira de mais tarde.

Corri por entre eles. Maria Rosa devia estar em alguma esquina por ali. Onde?!

Lá! Lá estava ela, do outro lado da praça, saltando do ônibus 444 da linha Lagoinha-Centro. O mesmo do meu sonho. Que, enfim, não era sonho nenhum.

Era um presságio.

De que aquela senhora estava prestes a...

Minhas pernas ganharam vida própria. Voei por entre barracas e vegetais. Maria Rosa caminhou em direção à frente do ônibus. Esbarrei em um homem e fiz a caixa de madeira que carregava cair no chão. Laranjas rolaram pela calçada. Não pedi desculpas nem prestei atenção nos xingamentos que recebi. Maria Rosa olhou para o sinal fechado e decidiu atravessar ali mesmo, longe da faixa. Mas que senhorinha imprudente! Deixei a feira para trás. Estava quase lá. Maria Rosa decidiu pôr o primeiro pé na rua. Gritei para ela parar.

Ela não ouviu.

Maria Rosa atravessou a rua na frente do ônibus. Puxei-a pelo braço e uma moto cortou por onde ela estava um segundo antes de eu intervir. Nós duas caímos contra a lataria do coletivo. Arfei e arfei, meus olhos arregalados feito bolas de gude.

– Minha Nossa Senhora de Aparecida! – Maria Rosa ao meu lado exclamou, chamando o nome de mais uns quatro santos na sequência. – Eu nem vi! Muito obrigada, minha filha! Muito obrigada! Deus lhe pague!

Não a respondi. Uma multidão de curiosos já se aproximava, e um homem auxiliou Maria Rosa de volta à calçada. Deixei seus olhares confusos para trás e parti.

Eu havia acabado de salvar a vida de uma senhora por causa de um presságio em um sonho.

Apalpei meu bolso com os dedos ainda trêmulos, peguei a minha carteira e tirei o cartão de visitas. Eu havia feito, literalmente, o impossível. E só havia uma pessoa que poderia me explicar por quê.

Ela tinha seu próprio quarto em um hospital de rede privada em Lagoinha. Bati na porta e entrei, tímida. Cecília estava deitada na cama parcialmente levantada, seu cabelo agora solto fazendo uma espécie de auréola em volta da cabeça. Um lençol esticado a cobria até a cintura, e não pude ver a perna ferida. Pelo seu rosto abatido, mas atento, julguei que não devia ter sido tão grave assim. Sua pele escura não tinha o mesmo brilho aveludado do dia anterior, mas seus olhos permaneciam com a mesma perspicácia.

— Que sorte que pagou o plano de saúde em dia, hein — brinquei, tentando camuflar meu nervosismo.

Cecília estalou a língua em um *tsc* mal-humorado da cama.

— Sorte — ela repetiu, com um tom desaprovador. — Pelo menos pra isso ela serviu. Senta aí.

Obedeci, escolhendo um sofá ao lado da cama que, pelo travesseiro jogado, serviu para o repouso de algum acompanhante naquela noite. As paredes do quarto não eram brancas como nos filmes americanos, e sim de um salmão sem graça. Com as janelas fechadas, a sensação era abafada e claustrofóbica. O cheiro forte de álcool incomodava meus nervos mais que meu nariz. Perguntei-me se era intencional deixar o paciente desconfortável, como se fosse um incentivo a mais para que melhorasse logo e desse no pé dali.

Azul bebê. Essa havia sido a cor das paredes do quarto do meu pai. E em todos os sete dias da sua internação, eu deixara sua janela aberta. Uma esperança boba de que, talvez, vendo o mundo lá fora, ele iria querer acordar para desbravá-lo de novo.

Tudo naquele quarto fazia o monstro da minha memória acordar e se revirar no meu peito. Normalmente, eu gostava de imaginar que podia guardá-lo em uma caixa fechada dentro de mim. Desde que a tragédia aconteceu, foram meses de esforço para conseguir juntá-lo e tampá-lo lá. Mas a tranca ainda estava aberta, e de vez em quando eu sentia os seus tendões escapando para fora, passeando pelo meu coração até enrolá-lo e esganá-lo com a culpa.

– Como tá a perna? – perguntei, forçando o monstro para dentro.

– Vamos dizer que vai demorar uns meses até eu poder voltar pra aula de dança de salão com a minha tia.

– Que triste... – lamentei, meu coração se enchendo de compaixão. Ao que Cecília abriu um sorriso cheio de malícia:

– Eu odeio dança de salão.

E riu consigo mesma. Acompanhei-a, mas a minha graça ainda tinha um gosto amargo de pena.

– Não precisa me olhar com tanto dó assim – ela abanou uma palma presa ao soro. – O calibre da arma era baixo. Até passou direto, mas não acertou nada vital. Algumas semanas de muleta, talvez uma fisioterapia aqui e ali, e eu tô nova. Obrigada, Cassandra. Se você não tivesse me ajudado, não sei o que teria acontecido.

Assenti e desviei os olhos, tímida.

– Eu prefiro Sam. Ninguém me chama de Cassandra.

Ela me estudou por um longo momento. Enfim, ergueu o tronco da cama para conversar melhor. Levantei e empurrei a mesa sobre a cama para ajudá-la, recuperando uma familiaridade com aqueles equipamentos que eu não gostava de ter.

– Sam – Cecília disse quando me sentei outra vez. – Sabe qual foi a pior parte de eu ter vindo parar no hospital? Não foi o medo, não foi a cirurgia, não foi a dor. Não foi nem essa desilusão esverdeada em forma de sopa que eles estão me obrigando a comer. O pior foi ter que ouvir de cada médico ou enfermeira que me via que "eu tinha sorte" por não ter me ferrado mais. *Sorte!* – Ela bufou enquanto fazia uma careta. – Eu *tenho* sorte. Sobrando, até. É literalmente o que eu recebo no meu trabalho como pagamento. Ou recebia, antes de você me substituir. Não era pra ter acontecido nada comigo.

– Do que você tá falando? – perguntei, sentindo o turbilhão de perguntas que borbulhavam na minha garganta. Enfim, deixei-as transbordar. – Por que diz que eu estou te substituindo? Por causa do cartão? De onde ele veio? Cecília, o que você fez comigo?!

– *Eu* não fiz nada. Foi o Departamento.

Abaixei os olhos para o cartão na minha mão. Eu estava segurando-o com cuidado desde que ligara para ela para contar o que tinha acontecido, tratando aquele pedacinho de papel como preciosíssimo por ser a minha única conexão com qualquer possibilidade de respostas.

– Esse departamento? – perguntei, mostrando-o para ela. Cecília assentiu.

– Foi ele que te enviou o presságio da senhora hoje. Para que você corrigisse a sorte dela.

Franzi as sobrancelhas, abri a boca, fechei-a e soltei o ar, frustrada. Por fim, balancei a cabeça. As bochechas dela fizeram covinhas quando apertou os lábios, preparando-se para a tarefa árdua de explicar e aquilo tudo fazer sentido para mim.

– O DCS, Departamento de Correção de Sorte, é o setor responsável por corrigir todas as flutuações indevidas na sorte das pessoas, e trabalha dentro da organização extranatural do Destino. Em outras palavras, se alguém está tendo mais sorte ou azar do que deveria, o que é considerado injusto pelo algoritmo de avaliação de felicidade, realização pessoal e altruísmo dos nossos processadores, o DCS cuida das devidas compensações para equilibrar a sua sorte e, por consequência, a Balança da Justiça que mantém a ordem no Destino.

Pisquei três vezes meus olhos arregalados. Eles escaparam para o aparelho de pressão no canto do quarto. Talvez eu precisasse dele em breve. Cecília riu da minha reação:

– É, a maioria dos iniciantes faz essa cara. Alguns nem acreditam, na hora. Acho que isso tá no gene cético humano. Fingir que o que você não conhece não existe até ver alguma prova irrefutável com os próprios olhos. Pelo menos você já passou por essa etapa.

– Passei? Você quer dizer sobre o que aconteceu hoje, com a senhora que eu salvei? Que eu *sabia* que tinha que salvar?

Cecília deixou a cabeça cair para o lado.

– "Salvar" não é a palavra certa. Nem sempre a gente salva alguém. Ninguém aqui é um Vingador a domicílio. Nossa obrigação é entregar informação na forma de mensagens que o destinatário pode ou não escolher usar conforme sua necessidade. *Isso* é o seu trabalho, agora.

– Meu trabalho? – Minha voz deu uma escorregada de desamparo rouco na última palavra.

– Sim. Com a perna desse jeito – ela apontou para o membro sob as cobertas –, não tenho como completar todas as minhas funções, e o Departamento te escolheu como substituta. A Justiça deve ter analisado o seu perfil como apto quando você saiu no meio de um tiroteio pra me ajudar. Isso é uma das características mais importantes para o cargo de mensageiro do DCS, sabe? Tem que estar no topo do currículo do candidato. Proatividade e solidariedade. Vem logo depois de experiência com empatia. Mas também estou surpresa de terem te passado as minhas funções sem aviso prévio. Normalmente, a contratação só acontece na sede. Devem ter acionado algum protocolo de emergência pra não acumular serviço nesses tempos complicados de protestos. Ah, sim. Eu sei. É preocupante você já estar trabalhando sem contrato. Mas posso te garantir que isso não é comum na firma. Fica tranquila, que assim que eu receber o seu eu te entrego.

Cecília tagarelava e eu afundava cada vez mais no sofá, com um olhar perdido e o corpo largado. Se alguém tirasse uma foto minha naquele momento e *photoshopasse* uma garrafa de bebida na minha mão, criaria o *meme* perfeito para representar desolação humana. Meu cérebro deu até uma desligada rápida nessa hora, provavelmente acionando algum mecanismo automático para evitar superaquecimento de neurônios, e quando voltei a prestar atenção no que a mulher dizia, ela já havia pulado para outra explicação.

– ...e é isso que você vai ter que fazer – Cecília continuou. – Você vai receber os presságios diretamente do DCS e vai transmiti-los às pessoas em questão, para corrigir ou compensar algum azar em excesso que não era para terem. Como uma pobre senhorinha muito gentil que não tinha passagem marcada pra hoje para o Pós-Vida, e você cuidou de avisá-la.

Eu levantaria e iria embora nessa hora se não tivesse certeza de que o chão sob os meus pés – e sob tudo o que eu conhecia como real na minha vida – balançaria feito gelatina.

– Você quer dizer que esse suposto trabalho que querem que eu faça envolve repetir o que eu fiz hoje? – retruquei, horrorizada. – Uma senhora quase morreu por minha causa! E se da próxima vez eu não chegar na hora?!

– Esse caso foi uma exceção. Você teve – ela fez uma pausa irônica – azar. Existem vários tipos de presságios diferentes que podemos receber, mas todos têm o mesmo intuito: melhorar a vida do indivíduo destinatário de alguma forma. Pode ser, por exemplo, apontando alguma oportunidade que ele deve aproveitar, ou avisando-o de algum infortúnio que deve ser evitado.

– Como a morte?!

– O presságio que você recebeu hoje, com risco de vida e prazo curto, é o tipo mais difícil de entregar. Normalmente, você só precisa transmitir uma mensagem simples a qualquer hora do dia em questão, sem colocar em jogo a vida de ninguém, com a finalidade de trazer algum benefício para a pessoa. Assim, a falta de sorte dela é corrigida e equilibramos a Balança. Existe todo tipo de mensagem pra isso.

Elas dizem o que o destinatário precisa fazer pra ganhar uma promoção no trabalho, ou um caminho que ele deve evitar pra não ser assaltado naquele dia. Uma vez peguei um cara tão azarado, mas tão azarado, que minha mensagem tinha os números da loteria.

Vozes passaram conversando alto no corredor do hospital, invadindo nosso silêncio abafado. Como a vida podia seguir normal lá fora enquanto uma organização sobrenatural insanamente poderosa manipulava o destino do universo por aí?!

– Então esse é um trabalho pra corrigir a sorte das pessoas e tornar o mundo, hum, mais justo? – Tentei raciocinar, me esforçando de verdade para levá-la a sério. Estiquei a coluna com um novo argumento: – Espera, então por que ainda existe tanta injustiça e sofrimento?

Fitei Cecília com o queixo erguido, como se a minha pergunta cabeluda fosse o xeque-mate que ela não poderia explicar e, portanto, teria que admitir que era tudo só uma pegadinha. Em vez de me mostrar onde estavam as câmeras escondidas, como eu esperava, sua expressão endureceu, triste.

– O DCS trabalha ao máximo pra corrigir a Balança da Justiça. Temos dezenas de mensageiros por cidade, cada um cobrindo sua área. Mesmo assim, é impossível chegar a todo mundo. Infelizmente. Então sorteamos o máximo de pessoas com discrepâncias acentuadas que podemos dar conta e fazemos o possível pelo menos por elas. – Ela soltou um longo suspiro e se recostou na cama semielevada. – Por esse motivo, o DCS achou logo uma substituta pra mim. Não temos condições de continuarmos sem um mensageiro até eu ficar bem. Especialmente agora que essa onda de protestos contra a AlCorp tem perturbado os níveis da Balança.

Meus ombros eram barras rígidas atrás do meu pescoço. Por mais que eu quisesse catalogar aquela mulher como maluca e considerar tudo o que ela dizia como alguma viagem psicodélica dos seus sedativos, eu não conseguiria fazê-lo. Não depois do que acontecera comigo mais cedo. Depois que salvei uma senhora por causa de um sonho.

Antes que eu me desse conta, já estava acreditando em Cecília.

Mas isso ainda não significava que eu concordaria em acompanhá-la.

– Olha, não leva a mal – eu disse –, mas tenho uma *forte impressão* de que a minha participação só ia piorar essa tal de Balança ou sei lá. Eu tenho uma experiência ruim com balanças. Estraguei a da cozinha tentando pesar o poodle da minha avó quando eu era criança.

Os olhos de Cecília transformaram-se em meias-luas brancas quando ela os revirou.

– O trabalho é simples, Sam. Não precisa dificultar. Você recebe o presságio e entrega a sua mensagem para o destinatário. Pronto.

– Ah, sim, claro – eu ri. – Tá, eu vou e falo com as pessoas, os *destinatários*, do que eu vi no meu sonho. Uma garota doida dando palpites completamente pessoais sobre a vida deles sem qualquer explicação. O que os impede de me amarrarem na cama e tentarem me exorcizar com sal grosso? Ou com estacas de madeira? Eu não sei direito como essas coisas sobrenaturais funcionam.

– Extranatural – ela me corrigiu. – Não é acima do natural. É só separado. E os destinatários vão acreditar em você. A mensagem é poderosa, Sam. Ela cuida disso. É só confiar nela, ok?

– É fácil pra você falar, já que, quando me descobrirem, eu não vou poder voltar pra reclamar depois que me venderem pra experimentos do Pentágono! – Pensei melhor. – A menos que, ao invés disso, decidam criar uma seita religiosa pra me venerar. Mas aí pode ter certeza de que os meus cultistas de cabeça raspada em formato de S vão vir tirar satisfação com você.

Cecília ignorou minha digressão e abanou uma mão, como se quisesse dissipar a névoa das minhas preocupações.

– Você vai ver amanhã. Quando receber o presságio, terá tempo de sobra pra entregar a mensagem. Por garantia, o departamento ainda te cobre com um suprimento de sorte extra em serviço, pra ter certeza de que você ficará segura.

– Como você ficou ontem? – Indiquei com os olhos sua perna ferida debaixo do lençol.

Um músculo saltitou no canto do maxilar de Cecília quando ela trincou os dentes. Seu olhar perdeu-se na parede salmão do quarto, como se pudesse atravessá-la e viajar até onde seu raciocínio se concentrava. Pensei ver uma sombra de hostilidade no caminho, mas devia ser minha imaginação.

– Isso não era pra ter acontecido – ela disse, enfim. – Eu não sei o que houve com a minha sorte. Nunca tinha visto isso acontecer com um mensageiro antes. Não somos sujeitos às fatalidades normais. Mas eu vou descobrir. Já coloquei meus colegas no DCS investigando. Enquanto isso, pedi pra conferirem o seu suprimento direitinho e está tudo perfeito. Não tem com o que se preocupar. Só faça o seu trabalho.

Meu hipotálamo disparou mais umas cinco doses de adrenalina com isso. A mulher já estava dando como certo eu ser oficialmente a mais nova integrante daquele Sedex mágico de boas *vibes*.

– Desculpa, Cecília, mas eu não tenho como arcar com isso tudo! Pensa bem, eu tô no terceiro ano! Só um maluco colocaria um trabalho tão importante nas mãos de uma garota em época de vestibular.

– Você acha que meus superiores, os dirigentes do Destino, são *malucos*? – Ela ergueu uma sobrancelha levemente impressionada.

Fiquei com cara de tacho, sem saber o que responder.

Ela continuou:

– O sistema te avaliou, Sam. Se ele disse que você é apta, é porque tem capacidade. E, como eu disse, nem é um trabalho complicado. Todo dia, às seis da manhã, você vai receber um presságio de alguém da região de Lagoinha e adjacências pra entregar. Não faça essa cara de pânico, que essa é a menor carga de trabalho do departamento. É nível de estagiário. Grande parte dos mensageiros mais experientes trabalham com mais de um presságio por dia. E é trabalho vitalício, não um bico curto como o seu. Ainda não sei quanto tempo vai demorar pra minha perna ficar boa, mas duvido que você precise me substituir por mais de três semanas.

— E se eu não conseguir entregar alguma mensagem nesse tempo? — insisti, sentindo meu poder argumentativo fugir aos poucos de mim. — E se eu passar mal?

— Todos os presságios são transmitidos a você com tempo hábil e condições suficientes. Isso vai estar bem explicadinho no seu contrato, que logo que ficar pronto eu te mostro. Se mesmo assim não conseguir entregá-los, ou desistir no caminho, você vai ser submetida ao julgamento do Departamento e, enfim, às medidas corretivas, segundo o seu cargo.

Se eu fosse um pouco mais dramática, teria engolido em seco nessa hora.

— E se eu não quiser cargo nenhum? — Eu disse enfim, minha voz incerta incorporando um tom mais baixo que o meu normal. — Vou ser punida também?

Cecília me estudou por um longo momento. Não consegui decifrar sua expressão diante da minha hesitação, mas se tivesse que chutar algo, eu diria que era decepção.

— Não. Se quiser se negar a trabalhar para o DCS, é seu direito. A lei máxima que rege o Destino é o livre-arbítrio dos humanos para mudá-lo. A escolha final é sempre nossa. Mas... — Ela levantou as costas da cama para me encarar melhor. Seus olhos de ébano prenderam os meus e não os deixaram escapar. — O que a sua consciência vai dizer se você pedir demissão? Você teria a chance de melhorar a vida de uma pessoa anormalmente azarada todo dia, só por falar com ela. Consegue olhar nos meus olhos, aqui e agora, e dizer com todas as palavras que não quer fazer isso?

Meus dedos imprensaram o cartão no meu colo mais forte do que nunca. Em breve, o papel amassaria. Não prestei atenção, exaurindo toda a minha capacidade para processar a pergunta de Cecília. Era meu direito dizer não. Eu não precisava me envolver em nada daquele mundo. Não era minha obrigação ajudar ninguém. No entanto, conseguiria viver sabendo que fui o ser humano egoísta que teve a felicidade de um necessitado nas mãos e se negou a entregá-la?

Cecília sorriu, tomando meu silêncio por decisão.

– Foi o que pensei. Nesse caso – ela voltou a aconchegar as costas na cama –, bem-vinda ao DCS.

Ela não mentiu para mim quando disse que as mensagens do Departamento eram realmente poderosas. Se havia uma parte de mim que ainda tinha esperança de que Cecília estivesse me pregando uma peça de mau gosto que renderia milhares de visualizações no YouTube, ela foi completamente desintegrada no dia seguinte.

O presságio foi bem diferente naquela manhã de domingo. Uma única imagem de uma pequena estátua barroca. Mesmo assim, acordei sabendo tudo sobre ela como se tivesse lido a sua página da *Wikipédia*. Seu atual dono, Luiz Gustavo de Almeida Matos, 44 anos, deveria ser avisado do valor inimaginável daquela peça curiosa que mantinha dentro da caixa de pertences de sua falecida mãe. Sua origem, que havia sido perdida ao longo das gerações, era de ninguém menos que o próprio Aleijadinho. Descobrir seu valor seria uma surpresa oportuna para Luiz. Se escolhesse vender a estátua, pagaria todas as contas que acumulava desde que perdera seu emprego, e sua família não precisaria ser expulsa de casa por atrasar o aluguel.

Se escolhesse vender. Porque, como Cecília havia me dito pouco antes de nos despedirmos no sábado, nosso papel era apenas transmitir a mensagem aos seus destinatários. Eles acreditariam na veracidade da informação, mas o que escolheriam fazer com ela caberia a cada um. Era assim que o Departamento trabalhava. Apenas fornecia os dados. Não as decisões.

Não que eu imaginasse ser possível alguém ignorar uma sorte daquelas. Teria que ser muito doido para dizer "não, obrigado, prefiro continuar ferrado".

Como não era uma questão de vida ou morte como a da dona Maria, me permiti mais algumas horas na cama. O sol já queimava alto quando a ansiedade venceu minha preguiça e parti para o trabalho.

Toda vez que eu pensava em Luiz, sua localização exata piscava na minha cabeça. Ele havia passado a manhã em casa e agora, quase na hora do almoço, se dirigia à padaria na sua esquina, do outro lado de Lagoinha. Era engraçado que logo eu, uma ameba que se perde até em pista de flipe-rama, tivesse desenvolvido esse Google Maps seletivo dentro de mim mesma. Ironias do Destino.

Literalmente.

Aproximei-me de Luiz em uma calçada vazia no seu trajeto, como Cecília havia me aconselhado. Era sempre melhor encontrar com o destinatário quando ele estivesse sozinho. Eu nunca o vira antes, mas minha bússola interior apontava direitinho para o homem de bermuda e camiseta surradas e expressão cheia de rugas prematuras.

– Por favor – chamei. Ele parou e me encarou. Amarelei. – Você tem horas?

– Onze e quarenta e cinco – ele respondeu mecanica-mente, após checar o celular na mão, e já se adiantou para seguir seu caminho.

– Espere!

Ele me olhou curioso. Respirei fundo. Hora de virar a "doida da padaria" cuja história Luiz recontaria em todas as reuniões de família para o resto de sua vida, entre os "é pavê ou pra comer?" e os "conta dos namoradinhos" dos outros tios.

– Eu tenho uma mensagem para o senhor – anunciei, e continuei antes que ele pudesse fazer mais perguntas. – Entre os pertences da sua mãe, aqueles que você guarda na caixa de papelão na prateleira mais alta do armário da sala, tem uma estátua barroca pequena. Ela foi produzida pelo Aleijadinho no século XVIII e vale uma fortuna, se você quiser vender. Bom... É isso.

Pronto, agora ele iria organizar uma rebelião com os outros aldeões de Lagoinha para me expulsar com ancinhos e tochas de volta à floresta encantada de onde eu viera. Já até ouvia o hino de ódio e destruição que as pessoas cantariam em uníssono em minha perseguição quando a expressão contemplativa do homem roubou minha atenção.

– Então a estátua é valiosa… – ele repetiu para si mesmo. Seu rosto relaxado parecia ter menos rugas que antes, e seus olhos careciam de brilho de um jeito pouco natural.

A curiosidade me manteve observando-o durante todos os longos segundos em que Luiz contemplou o nada em silêncio. Enfim, seus olhos piscaram com vontade, e de súbito focaram-se em mim. O brilho retornara. Ele havia acordado do transe da mensagem.

– A hora? – ele me disse, checando o relógio mais uma vez. – Onze e quarenta e sete.

E sem qualquer outra pergunta ou demora, Luiz me deu as costas e foi embora, apressado. Não na direção da padaria, mas para onde viera, porque, de repente, uma estátua valiosíssima do auge da era colonial brasileira era muito mais importante que o frango assado do almoço de domingo.

– Por que você tá aí no escuro? – Foi como minha mãe me cumprimentou quando chegou em casa naquela noite. De fato, eu estava deitada no tapete da sala, meu cabelo espalhado como uma aura castanha em volta da minha cabeça, perdida em minhas contemplações sobre a enormidade do universo e meu novo conceito nebuloso de realidade desde muito antes do sol se pôr e a escuridão trazer aquele clima desabitado ao recinto. Se uma organização como o DCS era possível, que outros segredos ainda mais inimagináveis permaneciam nas sombras do desconhecido?

Minha mãe acendeu a luz do teto e minhas retinas fritaram. Revirei-me no chão, gemendo de dor, mas ela ignorou meu drama.

– Nossa, Sam, você não arrumou nada do que eu pedi! – Ela repousou a caixa com nossos últimos pertences de Petrópolis em cima do balcão da cozinha e abriu o congelador. – E ainda colocou o sorvete perto do *bacon*! Ai, ai, menina, onde você tá com a cabeça? Tudo isso é nervoso pra começar a escola amanhã?

Eu até queria responder que não e confessar o que havia acontecido, mas Cecília deixou claro que o DCS trabalhava sob cláusula de confidencialidade, mesmo que meu contrato ainda não estivesse pronto. Em outras palavras, eu estava proibida de mencionar o Departamento para qualquer pessoa não autorizada. Ela até tinha tentado me explicar como conseguir essa autorização para um ente querido, mas me perdi em algum lugar entre "preencher o requerimento do contrato de ciência no formulário B-2" e "dar entrada em um pedido de avaliação formal". Como filha de uma contadora, burocracia me dava arrepios. Enquanto fosse possível, preferia evitá-la.

Limitei-me a suspirar em resposta, com saudades do tempo em que minha maior preocupação era não parecer estranha no primeiro dia de aula. Depois de todas as dificuldades que eu e minha mãe havíamos enfrentado, e depois de toda a complexidade surreal das minhas novas descobertas daquele fim de semana, minha reputação perante um bando de moleques do colégio novo parecia algo trivial demais para eu me importar agora. Talvez eu viesse a me preocupar com isso depois, quando terminasse meu estágio de mensageira do Destino e pudesse voltar a ser uma garota normal.

Se bem que, depois de três semanas trabalhando para o DCS, algo me dizia que, para mim, normalidade nunca mais seria uma opção.

3

As carteiras eram surpreendentemente pequenas. Tudo bem que colégios voltados para vestibular sempre inventam novas formas de fazer caber mais alunos pagantes na sala, mas será que valia mesmo a pena submetê-los àquele tipo de tortura? Só cabia metade do meu caderno na mesa! E o estojo, para onde ia? E as canetas coloridas? Eles esperavam que eu organizasse um duelo até a morte para escolher quais itens do meu material teriam a honra de ocupar a gloriosa mesinha de quatro centímetros quadrados?

A primeira aula já tinha começado havia uns vinte minutos quando a porta da sala se abriu e um garoto entrou acompanhado pelo inspetor. O homem trocou algumas palavras com a professora, enquanto o menino já ia avançando pela sala, andando como se até a camisa horrível do uniforme fosse a mais fina polo de grife, e jogando a mochila na carteira vazia mais distante do quadro.

Um burburinho discreto brotou quando ele se sentou. Duas meninas na minha frente se aproximaram para cochichar entre espiadinhas interessadas. Mas não era da aparência que elas estavam comentando.

— Esse não é aquele garoto do YouTube?

— É sim! O do...

— Silêncio, gente! — a professora gritou lá da frente. O burburinho morreu. — Pra bater papo vocês têm o ano que vem. Vestibular é atenção só aqui, ó — ela disse batendo no quadro.

O menino era vlogueiro? Hum, isso explicava minha estranha sensação de já tê-lo visto em algum lugar. Devia ter esbarrado com algum vídeo dele pelas redes sociais.

Assim como eu, nem todos da sala o conheciam, mas logo a notícia se espalhou como fogo em mato seco. Quando o sinal tocou ao final da terceira aula, a subcelebridade-cibernética foi escoltada para o recreio por uma colmeia de alunos curiosos. Esperei o fuzuê passar e fui atrás da liberdade também.

— Você já estudava aqui antes? — perguntou uma menina com um sorriso que fazia seus olhos quase se fecharem, enquanto eu passava pela porta da sala. — Eu sou nova, tô por fora.

— Também sou — sorri de volta, tímida.

— Você viu o garoto do *Moleque Sensato*?! — ela continuou, deixando transbordar aquela empolgação explosiva que precisa ser compartilhada com quem quer que esteja por perto, independentemente se as outras pessoas estão interessadas ou não. — Eu descobri o canal dele por conta de um vídeo que todo mundo estava compartilhando esse fim de semana e virei fã na hora! Que coincidência do destino ele estar logo na nossa sala!

— Pois é! Ih, esqueci meu lanche na mochila. Vai indo que depois a gente se fala!

Voltei para a sala já vazia e espiei por cima do ombro. Ela não havia me seguido. Encostei na parede, aliviada.

Eu não tinha trazido lanche nenhum. Aquela era só uma desculpa para não ter que puxar papo com a pobre da menina.

Não que ela estivesse sendo chata nem nada. A antipatia era toda minha.

Repreendi-me pela covardia. Tinha prometido para mim mesma que no novo colégio eu seria diferente. Todavia, lá estava a Sam de sempre, fugindo. Não bastava ter afastado todos os meus amigos de Petrópolis, tentando me isolar daquelas pessoas que eu sabia que só iriam me julgar pelo que aconteceu, e que nunca me entenderiam? Voltamos para o Rio de Janeiro justamente para recomeçar. Meu novo colégio era uma folha em branco, onde ninguém me conhecia. Era a grande chance de me reerguer, de criar uma vida sem lembranças e seguir em frente.

Mas, e se eu me aproximasse de alguém e a pessoa começasse a perguntar demais? Eu não queria relembrar. E muito menos responder.

Eu estava sendo covarde, mas não sabia direito o que fazer. Suspirei. Colocaria um pé atrás do outro e viveria um dia de cada vez, sem pensar muito sobre meu destino.

Urgh. Que trocadilho infeliz.

Pelo menos tinha algo de bom em trabalhar para o DCS no próximo mês. Ser a louca das mensagens sortudas era uma ótima desculpa para tirar a mente dos meus próprios problemas.

Só não sabia o quanto entregar essas mensagens também seria doloroso para mim. E que eu ainda tinha muito o que aprender sobre o destino, como ficou claro naquela mesma tarde.

Saí da aula e fui direto para uma casa na entrada do morro da única comunidade de Lagoinha, o Morro Verde. Eu nunca havia estado lá, mas meu GPS de correio mágico me mostrava exatamente onde deveria ir. Na frente da casa de tijolos sem pintura, encontrei uma mulher jovem, apesar das rugas se formando em seus olhos, que procurava os cacos de si mesma dentro de um copo de cachaça barata. Eu lhe disse que em breve seu alcoolismo tomaria conta de seu corpo. Se não parasse de beber e começasse uma reabilitação urgente para controlar a cirrose, ela teria uma parada respiratória na semana seguinte.

Assim que o transe passou e sua consciência voltou à realidade, o copo se espatifou no chão e as lágrimas escaparam pelo seu rosto. Saí rapidamente da frente da casa. A última coisa que vi foi uma menina pequena surgir na varanda onde eu estava segundos atrás, com bochechas tão redondas quanto seus olhos castanhos preocupados.

— O que foi, mamãe? — ela perguntou com a voz abafada, temerosa. — O que foi?!

– Volta pra dentro de casa, Maria Eduarda! Fique junto do seu irmão! – a mãe gritou. – ENTRA!

Me apressei em desaparecer dali. No ônibus de volta para casa, minha cabeça tocava um *replay* eterno de pedaços daquela família partida. Enfim, entendi o que Cecília queria dizer quando explicou que a consciência seria minha motivação para trabalhar no DCS. Se as mensagens do Departamento vinham para salvar vidas necessitadas como aquelas, seria moralmente vergonhoso me negar a entregá-las e desprover de ajuda quem realmente precisava.

– Correu tudo bem hoje na escola? – minha mãe perguntou ao meu lado no sofá novo. Uma puxada de assunto leviana, mas que trazia preocupação escondida atrás das costas.

– Correu, sim – menti, arrancando meus olhos da janela de volta para o meu celular. Não fazia sentido contar que eu estava deprimida por ter entregado uma mensagem mágica a uma mãe doente e agora não fazia ideia se ela seria curada. Será que eu tinha conseguido salvar o seu destino? Ou será que eu tinha *falhado*? Poderia ter feito algo diferente?

Minha mãe me estudou por um longo momento. Achei que fosse perguntar na cara dura o que estava acontecendo comigo naqueles dias, como faria na época antes do acidente. Não o fez. Depois de meses lidando com a minha dor e a sua própria, isso tudo enquanto aprendia sozinha o malabarismo de nossa nova vida, ela também havia mudado. Ganhado uma inclinação extra nas sobrancelhas que a deixava com uma expressão perpetuamente cansada.

– Vou dormir – ela disse, com a desatenção das mentes exaustas. – Ponha a televisão baixinha, tá?

E deixou a sala. A solidão me espetou com uma farpa de culpa. Gelei meu coração contra as tristezas do dia e me obriguei a me recompor. Eu seria mais forte na nossa nova vida. Era hora de deixar minha mãe descansar e começar a cuidar de mim mesma.

Estiquei o braço para o controle remoto no momento em que o noticiário voltou ao ar. Meu movimento parou no meio do caminho.

– Um Não que ainda ecoa para o povo carioca – clamou o repórter. – Completam hoje seis meses desde o que ficou conhecido como o Protesto do Não, a grande manifestação que marcou a história do Rio de Janeiro. Mas de onde surgiu a onda de insatisfação que leva até hoje milhares de cariocas às ruas?

A imagem do repórter cortou para o início de uma retrospectiva sobre o movimento. Todos os trinta e seis graus da minha temperatura corporal caíram de uma vez. Por mais que eu quisesse trocar de canal, meus olhos grudaram na tela, suas imagens e narrações se misturando às minhas próprias memórias violentas daquele dia fatídico.

Tudo começou com um nome que estava cada vez mais presente no cotidiano carioca: AlCorp. A corporação trilionária surgiu pela fusão de inúmeras multinacionais internacionais e, nos últimos anos, chegou ao Rio de Janeiro com uma paixão pela cidade digna de Vinícius de Morais. Aos poucos, comprou e se entranhou na maioria dos segmentos comerciais e de infraestrutura cariocas. Quando menos esperávamos, ela já tinha suas raízes plantadas e controlava diferente setores, de restaurantes até sistemas de transporte e laboratórios farmacêuticos.

Foi nestes últimos que surgiu a origem da confusão toda.

Um belo dia, sem qualquer aviso prévio, o preço de grande parte da carteira de medicamentos da AlCorp duplicou. Incluindo aqueles que só ela fornecia. Ninguém nunca soube o motivo, e as organizações de controle de mercado não comentaram o assunto. A população impactada ficou naturalmente indignada e foi protestar na frente da sede, um prédio que tinha sido construído para a empresa na Cinelândia do Rio de Janeiro.

Em casos como esse, corporações normais acionariam sua melhor equipe de gestão de crise para entrar em acordo com seus consumidores sem danificar a marca.

Não a AlCorp.

A AlCorp já era poderosa demais para ligar para o que meia dúzia de "pobres chatos" queriam (o termo realmente foi dito por um dos empresários, na época). Eles que parassem de "encher o saco" (outro empresário disse). Faltou só o diretor executivo dar beijinho no ombro e mandar o recalque da população passar longe. Eu não teria me impressionado.

Os seguranças da empresa desceram o pau em todos os cidadãos que estavam naquele protesto, alegando legítima defesa em proteção à propriedade privada. Obviamente, isso foi notícia em todos os jornais do Rio, e ainda mais gente saiu às ruas, na onda da indignação. A frota de seguranças aumentou, e a sua violência também. Quando nem isso foi suficiente para aplacar a revolta do povo, a AlCorp jogou no lixo todos os conceitos de bom marketing e profissionalismo e revidou atingindo o bolso do consumidor.

Os remédios aumentaram ainda mais. E não só isso. A passagem dos ônibus, agora administrados livremente por eles, subiu quarenta por cento em um único dia. Alimentos básicos e *commodities* que eles monopolizavam também. Aluguéis. Estacionamentos. Restaurantes. Até a energia elétrica. Todos foram impactados.

A cidade virou um caos.

E o pior era que a AlCorp, detentora de tanta infraestrutura essencial, havia se tornado tão poderosa que até o próprio governo do Rio tinha problemas para controlá-la. Processos eram movidos por tribunais e órgãos, mas por algum motivo nenhum deles chegava a um veredito desvaforável para o réu. Ou, quando chegava, pagar uma multa de cem milhões de reais era quase dinheiro de troco para uma instituição do porte da AlCorp, que precisava de um patinete para chegar até o final dos zeros nas suas contas bancárias. Não foi diferente nem mesmo quando o problema saiu da esfera estadual. O Congresso, que já havia aprovado algumas leis favoráveis à empresa nos últimos anos, ficou em silêncio. Nenhum apelo foi ouvido pela Corte Interamericana. A Organização Mundial do Comércio, liderada coincidentemente por um ex-empresário da AlCorp, parecia ter saído de férias permanentes e arquivou a maioria dos processos. A trilionária pagava os melhores advogados do planeta para lutar pelos seus direitos de "legítima defesa" e "livre mercado". Patrocinava os melhores infiltrados em todas as esferas de fiscalização e punição, nacionais e internacionais. E ainda empregava alguns dos melhores capangas para cuidar de quem insistisse em desobedecê-los, como as teorias da conspiração nas redes sociais sempre gostavam de lembrar.

Alguns desses, dizia a lenda urbana, eram tão brutos que foram promovidos pela empresa. A eles foi designada a tarefa de criar uma força de contenção particular para os protestos. Como em momentos de crise e instabilidade a sociedade toma decisões impensadas e aceita o absurdo, o Congresso aprovou a medida, e nasceu então a P3, a Polícia da Paz Pública. Seu pretexto oficial era "auxiliar a manter a ordem e assegurar a proteção patrimonial da cidade". Na prática, isso era traduzido como "bater em tudo que se mexe no caminho até que eles calem a boca". Felizmente, a P3 ainda era uma organização privada, a primeira força policial patrocinada integralmente com dinheiro particular, com direito a logo da AlCorp no colete, e a permissão cedida para que funcionasse não incluía que seus membros andassem com armas letais.

Mas um mercenário bem pago consegue fazer um bom estrago até com um cassetete.

Com eles, a bola de neve dos protestos e brigas rolou e aumentou até culminar no Protesto do Não, a maior manifestação popular na história do Rio de Janeiro. Nele, as ruas da cidade foram sufocadas por spray de pimenta e gás lacrimogêneo.

Eu sei bem. Eu estava lá.

Às vezes, quando eu me deitava para dormir e minha mente esvaziava, ainda podia sentir os empurrões da correria por causa dos primeiros tiros zunindo em nossa direção. Aí eu ouvia os gritos. A explosão. A fumaça. E o silêncio. O mundo parava. Nada era real. Nem o fogo. Nem o sangue.

Meu pai.

Fechei os olhos e respirei fundo. Eu poderia passar décadas aprendendo a lidar com o passado e até aceitá-lo, mas *nunca* essa lembrança passaria por mim sem marejar os meus olhos.

O Protesto do Não ganhou esse nome na mídia porque era o que parecia que a AlCorp estava dizendo para o povo, curta e grossamente: NÃO.

Cinco civis morreram nos embates desse dia. A corporação alegou se tratar de apenas acidentes, mas a tragédia ainda serviu para as pressões populares conseguirem que os preços baixassem outra vez.

Só que nem todos. Não até o mesmo nível. E os protestos continuaram. Agora, não eram apenas pela baixa dos preços. O povo queria a expulsão da AlCorp da cidade.

Clamava em suas passeatas que a empresa era maligna e ilegal, erguida sobre inúmeras pilastras de corrupção nua e crua, caminhando imune sobre os ombros dos cidadãos. Grupos de revoltosos – identificáveis ou anônimos, pacíficos ou agressivos – multiplicavam-se em número e em seguidores para inventar novas formas de pressioná-los.

E a AlCorp, teimosa e prepotente, continuava se defendendo, tanto com sua equipe de comunicação para navegar a mídia, quanto com seus advogados e infiltrados e, enfim, com a P3 – sua força bruta.

O cabo de guerra entre a corporação e o povo continuava até hoje. Um balão de indignação estava crescendo pelas ruas do Rio, deixando cada vez mais protestos no seu caminho. Eu não sabia quando estouraria, mas, pela tensão nas ruas, suspeitava que seria muito em breve.

Eu só torcia para que a AlCorp cedesse antes que declarássemos uma guerra civil.

Como que para me compensar da dureza da última mensagem, o DCS me enviou no dia seguinte uma facílima de trabalhar. O destinatário, Leandro Novaes de Sant'Ana, estava no meu próprio prédio. Era meu vizinho! O mesmo para quem eu havia entregado a mensagem de Cecília no dia em que nos conhecemos. Será que ele não a havia recebido, e agora eu teria que corrigir sua sorte outra vez?

Eram seis da manhã e ele já estava acordado. Como eu sabia disso, não faço a menor ideia. Mas minha bússola interna me indicava que ele andava pela sua sala. Enfiei-me em um short e regata espalhados pelo quarto, dei um jeito rápido na minha juba e parti para o trabalho.

Toc, toc, toc, fui eu batendo na porta. A campainha faria barulho demais e poderia acordar o resto da residência. Enfiei as mãos nos bolsos e esperei. Seria tão mais prático se o DCS também me mandasse algumas informações sobre a família dos destinatários. Pouparia tanto trabalho na hora de evitá-los e...

A tranca clicou. A porta se abriu. Paralisei.

Meu vizinho era o garoto do YouTube.

Porque, aparentemente, não dá para trabalhar para o Destino sem ter algumas coincidências bizarras sendo jogadas no seu caminho.

Ele abriu a porta de cabelo molhado e segurando um copo de vitamina que cheirava a banana. Sua camisa, bermuda e tênis de corrida sugeriam que se preparava para praticar algum esporte.

Eu devo ter ficado congelada com o queixo no chão até ele apertar os olhos e quebrar o nosso silêncio:

– Hum... Oi?

Minhas bochechas entraram em ebulição. Argh, era para *ele* entrar em transe, não eu!

– Ei, eu já não te vi em algum lugar? – Ele franziu as sobrancelhas. – Ah, você é a garota que passou correndo na escada do prédio no outro dia e quase me tacou no chão. A apressadinha.

Ah, sim. Era ele nesse dia. Não me importei com o fato de ele não lembrar de mim da aula de ontem. Eu também não prestava atenção nele na internet.

— Primeiro quase me mata, agora me faz atender a porta a essa hora da madrugada — ele riu. — O que eu fiz pra você me odiar tanto?

— Eu tenho uma mensagem pra você — eu disse enfim, surpresa por não gaguejar. — Daqui a pouco, você vai estar no meio de uma manifestação hostil contra a AlCorp. No meio da confusão, um homem com uma máscara de gás e tatuagem de rosas na clavícula vai espirrar spray de pimenta direto no seu olho. É melhor passar longe dos protestos hoje se não quiser fazer *cosplay* de Nick Fury pelo resto da sua vida.

Ele me encarou com o mesmo silêncio perdido dos destinatários anteriores. Eu deveria ter ido embora nessa hora, mas algo nos seus olhos cinza estranhamente escuros sob a luz do corredor era diferente dos outros destinatários. Eles tinham... brilho.

Porque Leandro não estava em transe nenhum.

— Quem é você? — ele perguntou. Tentava manter o tom despreocupado, mas os nós dos seus dedos que seguravam o copo estavam brancos de tanto apertá-lo. — Quem te mandou dizer isso?

— Q-Quê?! — agora sim gaguejei. Era para ele ter me

ignorado e me esquecido! Dei um passo para trás, mas ele avançou sobre mim. – Não, eu...

– Quem são esses homens?! Qual a sua relação?!

– N-não faço ideia de quem sejam! – Levantei as palmas em defesa. – Eu só recebi a mensagem e vim entregar! Não sei de mais nada! Juro!

Minhas costas bateram na parede do outro lado do corredor. Os olhos do garoto saltitaram pelos meus, buscando minha sinceridade além das palavras. Eu queria abaixar o rosto, mas me mantive firme.

Foi Leandro quem recuou, enfim. Soltei a respiração, um pouco aliviada.

– Então valeu pelo recado – ele disse, puxando os lábios para o lado em uma expressão que misturava condescendência e ceticismo.

– Mas o que eu disse é verdade! – alertei-o quando voltou à sua porta.

– Uhum – ele murmurou, sem me dar muita atenção. Parou na entrada de casa e me olhou de cima a baixo uma última vez. Arqueou uma única sobrancelha, tomou um gole da sua vitamina de banana. – Eu, hein.

E fechou a porta.

Fiquei lá, arfando de susto contra a parede, minhas bochechas no limite da combustão espontânea, até a própria luz automática do corredor se apagar e me deixar no escuro.

4

O **pátio do Colégio Panteon** era banhado pelos raios solares de Mordor naquela manhã de verão. O calor era tão escaldante que nenhum aluno ousava desbravá-lo durante o recreio.

Exceto a Samzinha aqui, que correu apressada por ele assim que o intervalo começou.

Se eu tiver queimaduras de terceiro grau vou processar o Destino por acidente de trabalho, resmunguei comigo mesma, enquanto fazia sombra no meu celular para enxergar a tela.

– Alô? – Cecília respondeu um tanto grogue depois do quarto toque. – Cassandra, é você?

– Sam – a corrigi por força do hábito. – Finalmente! Eu tô tentando te ligar desde as sete da manhã!

– E era pra eu estar dormindo ainda. – Ela bocejou. – Fiz uma maratona de tradução até de madrugada. Essa coisa de levar um tiro me deixou com o *deadline* apertado.

A mulher ainda nem havia saído do hospital e já estava trabalhando? Que *workaholic*!

– Espera, tradução? Pensei que você só trabalhasse no DCS.

– Ele te dá um bônus de sorte bruta anual pra você usar como quiser, mas só o dinheiro vivo de um trabalho normal vai pagar a minha assinatura da PSN Premium. Ei, você não me ligou nove e meia da manhã pra discutir minhas condições trabalhistas, ligou?

– Não, não! – Calor emanava em ondas dançando pelo chão do pátio. Senti-me uma tola por não ter acreditado naquele vídeo do YouTube em que um garoto fritava um ovo no asfalto de Bangu. Em dias como esse, aquilo era perfeitamente possível. Apertei a blusa do uniforme para enxugar uma gota de suor descendo pelas minhas costas. – Aconteceu algo *muito estranho* hoje de manhã quando eu entreguei a mensagem.

Ela esperou que eu continuasse. Ou talvez tivesse voltado a dormir. Ah, mas ela ia acordar bem rapidinho com a minha notícia bombástica.

– Eu contei o presságio pra um menino e ele não se esqueceu de mim!

– Ah, isso – ela disse depois de uma breve pausa desinteressada. – É um *insone*. De vez em quando você pode encontrar um. Esqueci de te falar. *Mals* aí.

– O quê?! – berrei, indignada. O goleiro dos alunos jogando na quadra me olhou por cima do ombro, assustado, e o time adversário marcou gol. Ele gritou um palavrão. Abaixei o tom. – O que raios é um insone?!

– Alguns destinatários são diferentes. Eles conseguem

reter memórias vagas do mensageiro ou conversar durante o transe. Acredita-se que são pessoas que já receberam muitas mensagens de correção e criaram algum tipo de resistência.

– Mas não foi uma "memória vaga"! O garoto me ignorou cem por cento! Ele basicamente me chamou de maluca e bateu a porta na minha cara!

– Sério? – ela pensou um pouco. – Mas isso não faria sentido. As únicas pessoas imunes ao transe da mensagem são as que já sabem da verdade sobre o Destino e sobre o Departamento. Que são poucas, aliás, além dos próprios funcionários. No máximo parentes próximos. Eu te falei da burocracia para a autorização. Mas, se fosse esse o caso, o tal menino receberia a Sorte do seu próprio conhecido, não de você. Tem certeza de que ele só não ficou meio bobo?

– Tenho, mas… – hesitei, lembrando outro fato curioso. – Ele é o garoto que deveria ter recebido a sua mensagem no dia que você levou o tiro. O meu vizinho, Leandro. É a segunda mensagem destinada a ele em menos de uma semana.

– Ah, viu! Ele deve ser só um pobre azarado que já recebeu tanto presságio que criou um campo de força contra o DCS.

A ponto de nem acreditar nas mensagens? Porque era isso o que eu imaginava que tinha acontecido, já que Leandro ainda não havia dado as caras na aula nesse dia. Provavelmente tinha ido correndo para o protesto que eu disse para evitar. Se bobear, já estava até no hospital. Tinha certeza absoluta de que ele não havia acreditado em mim. Me lembrava bem da sua expressão na cena constrangedora daquela manhã: sobrancelhas retas sobre os olhos, lábios puxados e apertados em descrença. Ele até parecia um pouquinho com uma avestruz desconfiada.

Um avestruz cem por cento lúcida.

– Não sei – confessei. – Eu realmente acho que tem algo de estranho com esse garoto. Mesmo que ele seja um insone.

– Bom, mesmo que tenha, não é importante – ela retrucou, um pouco sem paciência. – E nem tenho como investigar isso agora. Já temos coisas estranhas o suficiente acontecendo no Departamento pra encher a minha barrinha de preocupação e mais um pouco.

Eu ia apontar que o DCS em si já era uma coisa bem estranha, mas entendi que não era a isso a que ela se referia.

– Como assim? – perguntei.

– Ninguém sabe aonde a minha sorte foi parar. Aquela que era pra ter me protegido enquanto eu trabalhava na sexta-feira. Que era pra ter me impedido de virar peneira humana. Mas vou descobrir. Ah, se vou. Deixa só eu sair dessa cama de hospital maldita.

Até o Destino cometia erros. Aliás, eu estava cada vez mais desconfiada da sua capacidade para organizar aquele sistema de entrega de sorte todo. Se bobear, até eu teria criado algo mais eficiente. E olha que toda a minha experiência de gerenciamento de negócios vinha daquela vez em que montei um esquema de venda de brigadeiros no mercado negro do sétimo ano.

– Cecília, por que a gente existe? – perguntei, cética. – Quer dizer, não no sentido filosófico da coisa. Por que existem mensageiros? Não era mais fácil o DCS mandar as mensagens direto para as pessoas, como faz com os nossos presságios?

A linha fez um ruído quando a mulher suspirou do outro lado.

— Mexer com o Destino não é tão fácil assim — ela disse.

— Nossos processadores já trabalham no limite pra fazer os cálculos de sorte de cada uma das milhões de pessoinhas dentro das nossas áreas atendidas. Depois eles ainda têm o dobro de trabalho pra analisar os dados e definir as correções dos sorteados. Mas mesmo se tivéssemos capacidade pra enviar uma mensagem direta pra cada alma viva na face da Terra, nós não poderíamos. É contra as *Leis*.

Eu já ia encher os pulmões para perguntar sobre essas *Leis* misteriosas quando ela me cortou:

— Mas enfim. Não fique preocupada com o garoto insone. Entregue as mensagens, tente insistir, mas, se não der, paciência. Você fez sua parte. Não vai ser penalizada, porque a falha não foi sua. O máximo que pode acontecer é o sistema cadastrá-lo como pendência e você receber outras mensagens dele pra tentar compensar as que não deram certo.

Dessa vez não suprimi meu resmungo reclamão. Cecília riu.

— Não é tão ruim assim encontrar com insones. Alguns deles são legais. Sabe do que eles chamavam os mensageiros algumas centenas de anos atrás, antes da própria estrutura do DCS existir?

— Lenha para a fogueira da Inquisição?

— Nem perto. — Um sorriso emanou pela sua voz. — Eles nos chamavam de anjos da guarda.

Leandro só chegou no colégio no meio da primeira aula depois do recreio. A essa hora eu já havia tido tempo o suficiente escondida no banheiro feminino do terceiro andar para uma vasta pesquisa exploratória sobre o garoto.

Ou deveria dizer sobre o *Moleque Sensato*?

Esse era o nome do seu vlog, como eu tinha descoberto por um de seus vídeos compartilhados nas redes sociais de Mayume, a menina da minha sala.

Eu estava bem cética quando apertei o primeiro *play*, achando que Leandro, com sua postura de mauricinho marrento na sala, seria mais um desses vlogueiros-para-reclamar-de-tudo. Meu julgamento levou um tapa na cara quando o seu conteúdo se mostrou surpreendentemente bom, *sensato*. Seus vídeos abordavam de forma divertida e sem preconceitos desde assuntos cotidianos até análises políticas e filosóficas da vida. Na maioria das vezes, tudo isso ao mesmo tempo. Como em um que ele gravou com uma garota, que eu também tinha certeza de já ter visto em algum outro lugar: "Se você fosse uma mulher fruta, qual fruta escolheria?". Eles começaram falando das cores das jujubas que sempre sobram no pacote e, cinco minutos depois, estavam debatendo música, elitismo e padrões estéticos como luta de classes. Tudo com montagens rápidas, cortes hilários e piadas sobre o absurdo de qualquer situação.

Senti-me um pouco envergonhada por ter avaliado Leandro pela aparência. É o que a pessoa tem a dizer, e não o que ela aparenta ser, que nos entrega as peças do quebra-cabeças que a define de verdade. Por mais que seja impossível completá-lo, quanto mais ouvimos, e quanto mais peças juntamos, mais podemos entender quem aquela pessoa realmente é.

E eu o havia julgado sem nenhuma peça.

Apesar do ótimo conteúdo, o canal não era tão famoso assim. Ele existia fazia poucos meses, e cada vídeo ficava na média de dez mil visualizações. Com a exceção do mais recente, que tinha bombado no último domingo. Um certo vídeo sobre o mercado de consumo de guloseimas clássicas brasileiras voltadas para o público infantil.

Um certo vídeo sobre *paçoca*.

Parece que Leandro havia recebido o meu bilhete na sexta-feira, afinal.

O vídeo deu *sorte* de ter sido descoberto por um grande portal de fofoca. A redação havia arranjado uma foto exclusiva de um ator famoso flagrado com a barba toda suja de paçoca e aproveitou para compartilhar o vídeo do *Moleque Sensato* junto. Desde então, a internet estava discutindo não só sobre o doce como também sobre as teorias conspiratórias de Leandro acerca do porquê de algumas das guloseimas nostálgicas da nossa infância terem desaparecido misteriosamente das prateleiras. Conspirações de cartéis? Ingredientes radio-ativos?

Espiei o garoto do outro lado da sala. Ele mexia no celular se escondendo atrás do menino mais alto da turma. Então, de súbito, ele me encarou. Nossos olhos se encontraram com um choque que trazia à tona toda a conversa esquisita daquela manhã. Desviei o rosto e fitei a paisagem na janela com tanta veemência que faltou pouco para abrir dois círculos no vidro com os *lasers* saindo das minhas retinas.

Mas não consegui evitar o garoto por muito tempo.

— Aê — ele me chamou quando saí da sala no final da aula, depois de esperar o resto dos alunos partir.

Gelei, trinquei os dentes e virei. Leandro estava sozinho no corredor do nosso andar, com um ombro apoiado na parede, um tornozelo cruzado sobre o outro e as mãos dentro dos bolsos do jeans.

Tenho bastante certeza de que quem se parecia com uma avestruz agora era eu.

— Que coincidência — ele disse. — A menina biscoito da sorte estuda na mesma sala que eu.

Seu tom era cheio de triunfo por ter me achado. Obviamente, não gostei.

— Não me chame assim.

— E qual é o nome que eu posso chamar, então? — ele perguntou, arqueando as sobrancelhas.

Demorei alguns segundos ponderando qual o estrago que ele poderia fazer com aquela informação e, enfim, respondi:

— Sam.

Ele piscou, sem entender.

— Quê?

— Sam.

As sobrancelhas arqueadas se franziram.

— Sam? Tipo em... sanduíche?

As minhas também se franziram.

— Não, Sam, tipo em...

— Sam e Frodo? — ele riu. — Você já foi a Mordor?

— Não, Sam de...

— Sam Winchester? Você luta contra as forças do sobrenatural?

Perdi a paciência e lhe dei as costas para ir embora:

— Mudei de ideia. Me chama de Cassandra.

— Ah, não, eu adoro Sam! — Ele se desencostou da parede e me seguiu. — As possibilidades são infinitas!

— Então faz um vídeo sobre isso. Vai ser um sucesso.

— Tanto quanto o da paçoca?

Parei. Qualquer desavisado que nos ouvisse agora pensaria ser apenas uma provocação aleatória, mas tanto eu quanto ele sabíamos que era tudo menos isso.

— Foi você, não foi? — A graça na sua voz atenuara para dar lugar a admiração. Ele veio até o meu lado e me mostrou um bilhete amassado. O mesmo em que eu havia escrito a mensagem de Cecília. O barquinho azul no canto da folha era o do bloco de anotações na minha cozinha.

Fingi-me de desentendida, tentando manter a calma:

– O que é isso?

– É sério que você não sabe? Porque a letra no seu caderno é bastante parecida com a que tá aí.

Virei para ele, revoltada:

– Quando você...

– Você deixou ele aberto na sua mesa durante o recreio. Eu estava *passeando* pelas redondezas quando: "Opa! Pera aí, isso aqui é familiar!".

Não respondi. Mas era a resposta que ele queria. Seus olhos brilharam com o consentimento do meu silêncio. A pergunta que eu mais temia rondava no fundo do cinza deles. Afiava suas garras. E deu o bote.

– Como você sabia? – ele perguntou.

Minha pulsação batucou nos meus ouvidos. Minha testa queimava como o chão do pátio lá fora. Então dei a melhor resposta que meu cérebro ágil e minhas avançadas habilidades de comunicação me ofereciam no momento.

Saí correndo.

– Espera! – Ele foi mais rápido e se pôs no meu caminho com as palmas esticadas para mim. Parei, sem escolha. Ele coçou a nuca em um gesto meio sem jeito. – Hum... Desculpe pela maneira como reagi mais cedo e tal. Acho que te assustei. Foi desnecessário da minha parte.

Ele abaixou um pouco o rosto, humilde.

– Mas você deve entender que eu tinha motivo pra ficar espantado também – ele continuou. – Receber um aviso assim, do nada! Da primeira vez, quando foi o bilhete, eu nem levei muito a sério. Achei que fosse alguma mensagem de um *stalker* do canal ou sei lá. Ou algum vizinho com senso de humor meio controverso. Só aceitei o desafio porque era engraçado. Mas depois de hoje cedo... Eu não acho mais que isso seja coincidência.

De súbito, ele aproximou o rosto do meu. Meus olhos se arregalaram até quase pularem para fora. O que ele estava fazendo?! Então ele virou o rosto para o lado e apontou para o seu olho esquerdo. Além da íris cinza, havia vermelho. Não o suficiente para ser notado à distância, mas indiscutível agora que eu o examinava de perto.

— Sabe o que foi isso? — Ele recuou de volta. — Foi você, sabotando a minha grande oportunidade de ganhar um tapa-olho e ingressar na carreira de figurante de *Piratas do Caribe*.

— Então se meteu na manifestação mesmo depois da minha mensagem. — Pensei em voz alta. — Não me obedeceu.

— Não sou muito bom em obedecer as pessoas. Especialmente se elas são desconhecidas batendo às seis da manhã na minha porta com avisos suspeitos sobre o meu futuro sem nenhuma explicação.

Tudo bem, justo.

— Mas, ao contrário do que o bom senso e todos os princípios lógicos de raciocínio indicavam, você... — Ele franziu as sobrancelhas, ainda admirado por admitir aquilo. — ...estava certa. Foi quando eu vinha para a aula que aconteceu. Uma hora ou duas atrasado, admito. Acabei passando na praça de Lagoinha quando o primeiro protesto da manhã já estava tentando parar o trânsito da hora do *rush*. Percebi que o que você tinha dito começava a se concretizar e fiz o que qualquer pessoa sã faria no meu lugar.

– Saiu correndo na direção oposta?

– Corri na direção da confusão pra ver o que ia acontecer, é claro.

Levei uma mão ao rosto em desaprovação.

– E dei de cara com o homem com tatuagem de rosas e *spray* de pimenta.

Levei a outra mão também e balancei a cabeça.

Leandro encolheu os ombros com uma leve sombra de acanhamento.

– Calma, eu não sou um caso perdido. Posso não ter te obedecido, mas eu te *ouvi*, pelo menos. Escapei do maluco na última hora. Se não fosse pelo que você disse, eu não estaria aqui fazendo piada de tapa-olho. Estaria no hospital, usando um. Eu... – Ele virou o rosto para o lado, coçou o pescoço, e voltou a me encarar. – Obrigado.

Seus olhos se puseram à mercê dos meus. Estudei um deles, depois estudei o outro. Desviei dos dois e assenti.

– Mas não vou mentir – ele continuou. – Tô sim curioso pra saber como você sabia que essas coisas iam acontecer. Mas sinto que você não vai me contar, não é?

– Não sei do que você tá falando. Foi coincidência.

Estiquei os lábios e dei de ombros. Ambos sabíamos que era mentira, mas era tudo o que ele teria de mim por enquanto.

Será que Cecília ainda diria que o garoto insone não era

importante quando soubesse que além de não me esquecer ele também desconfiava de mim? Chamassem o professor de Matemática, porque definitivamente havia um problema ali.

— Comigo foi a sua primeira vez? — perguntei, não aguentando a curiosidade. Leandro engasgou em um riso de graça ou constrangimento ou os dois. Minhas bochechas digievoluíram para bolotas de lava cutânea.— NÃO, quer dizer… A primeira vez que… Que alguém apareceu te avisando sobre algo que ia acontecer?

Ele me estudou sem soltar o sorriso cínico e respondeu:

— Não. Não foi.

O jeito como me fitou com olhos cheios de graça me levou a entender outros sentidos na resposta que queimaram o meu rosto.

— Quantas vezes isso já aconteceu? — insisti, apesar disso. E me arrependi. Meu rosto só ferveu mais.

— Você tá fazendo muitas perguntas *íntimas* sem me dar nada em troca.

Urgh, será que não existe mais nenhuma frase sem duplo sentido na face da Terra?!

— Achei, finalmente! — Uma garota de pele oliva, *piercing* em uma narina e cabelos negros indomáveis que me deram uma estranha vontade de cantar Shakira festejou no fim do corredor. Ela não vestia o uniforme do colégio como nós dois e vinha carregando uma bolsa trespassada e uma mochila. Tive a sensação de já tê-la visto em algum lugar.

— Isso tudo é vontade de voltar ao ensino médio?

– Leandro brincou quando a garota caminhou até nós. – Veio reviver os vexames?

– Que vexame nada, eu só sei lacrar nessa vida. – Ela sorriu de volta. – Você estava demorando pra sair. Quando eu ainda estudava aqui, mal tocava o sinal eu já tinha me teletransportado lá pra rua.

– Que maldade, Ivana, você sabe muito bem que a minha cartinha de Hogwarts nunca chegou pra eu aprender isso. Mas, sério, o que você faz aqui? Não íamos gravar o vídeo do canal em casa hoje?

– Mudança de planos. Tem serviço no ar.

Ela, Ivana, tirou a mochila que levava no ombro e estendeu-a para Leandro que, como todo péssimo aluno, não levava nenhuma. O garoto hesitou por um segundo, sua expressão séria. Então assentiu. E tirou a camisa.

Espere, o quêêê?

Ah, sim, certo. Ele estava com outra camisa por baixo. É claro. Por que ele iria ficar seminu no corredor do colégio do nada, né? *Haha.* Nada a ver. Eu sabia disso. O quê? Não, eu não estava prestes a arranjar notas de um dólar para jogar nele pelo *striptease*. Não estava. Juro.

Leandro aceitou a mochila, guardou o uniforme dentro dela e passou-a pelo ombro.

– Oi! – A garota se dirigiu para mim. Demorei alguns segundos para entender que era comigo.

– Ah, Ivana – Leandro aproveitou a deixa. – Essa é a Cassandra. Ou melhor, Sam. Sam, Ivana. Nós moramos juntos.

– No mesmo prédio! – Corrigi, envergonhada com a insinuação dele. Os dois me olharam confusos, então entendi que o garoto se referia a ele e a Ivana, que parecia ser sua namorada, e não a nós dois. Xinguei-me mentalmente. Agora ele teria certeza de que eu morava lá no prédio. Antes, Leandro só tinha me visto no corredor.

– Você mora lá também? – Ivana me perguntou.

– Acabei de me mudar...

Afe. Pelo menos eles ainda não sabiam qual era o meu apartamento.

– Ah, então você é do 303? – Leandro adivinhou.

Tive que me controlar para não levar a mão à testa em decepção pela minha burrice.

Mais fácil pegar todos os seus documentos e entregar logo para ele, Sam. Aproveita e fala do DCS e do Destino, já que você não está escondendo nada mesmo.

– Que boa notícia! – Ivana sorriu. – Não sabe o quanto fico feliz em saber que a nossa vizinha é alguém normal. Ou pelo menos parece. Eu estava com medo de ser outro doidão. O último inquilino era um pouco... vocal demais, digamos.

– Ele conversava com a televisão vinte e quatro horas por dia – Leandro completou. – Aos berros. E com raiva.

– Muita gente grita vendo futebol, eu acho – eu disse devagar, ainda sem saber como lidar com aqueles dois.

– O canal favorito dele era a TV Senado.

Suprimi um arrepio. Ivana continuou:

– Eu diria que o cara era um enviado do próprio inferno

pra punir a humanidade pela morte do Jack em *Titanic* se ele não tivesse nos ajudado tanto com o canal.

– O canal? – repeti. – Você diz o *Moleque Sensato*? Ele ajudou vocês como? Emprestou equipamento ou...

– Um dia ele gritou umas coisas muito engraçadas quando estávamos gravando e até hoje a Ivana usa os sons na edição – Leandro explicou.

Ah, então o grito de "o Brasil é treeeeeta", ao invés de "tetra", que os vídeos dele repetiam de tempos em tempos devia ser de autoria dele. Obrigada, vizinho louco!

– Fica maravilhoso. – Ivana riu. – E me ajuda bastante a melhorar o material quando a base tá ruim. Às vezes o Leandro é tão sem graça, tadinho, que eu preciso usar tudo ao meu alcance, incluindo os delírios de um maluco, pra salvar os vídeos do *Moleque Sensato* na pós-produção.

– Vou te inscrever em um curso de verão sobre Práticas da Zoeira pra você conseguir acompanhar o meu humor refinado – Leandro se defendeu.

– E eu vou te inscrever em um de humildade.

O garoto soltou o ar pela boca em um *pff!*

– Eu não preciso disso. Eu sou o rei da humildade!

Agora que eu os via comentando sobre o YouTube, neurônios se conectaram na minha cabeça e reconheci Ivana como a menina que eu havia visto com Leandro em alguns dos seus vídeos, a que eu pensava ser vlogueira de outro canal. Era por isso que tinha essa estranha sensação de já tê-la conhecido?

Não, nosso encontro não tinha sido na tela de um computador. Onde teria sido?

– Enfim – a garota virou para Leandro. – Vamos? Minha câmera tá coçando pra pegar uns bons flagras para o vídeo novo.

Ela tirou de sua bolsa uma máquina fotográfica que transformou o *déjà vu* que era Ivana em memória concreta.

– Era essa a câmera que o homem queria pegar no dia do protesto lá na nossa rua! – exclamei.

O mesmo que havia ferido Cecília e me transformado em mensageira do Destino, completei, mas não em voz alta.

Ivana apertou os olhos e arregalou-os ao me reconhecer também.

– Ah, é! Eu te vi na porta do prédio. Você mandou eu ligar pro SAMU e foi ajudar a mulher ferida. Eu fiz isso. E juntei alguns panos limpos com o seu Messias. Coitada. Espero que não tenha sido tarde demais.

– Não foi. Soube que ela ficou bem.

– Puxa. Que bom. Queria poder agradecer pelo que ela fez por mim. Ela me salvou daquele louco, e em troca levou um tiro…

Não contei que conhecia Cecília. Isso traria perguntas demais sobre nossa relação.

Ivana mordeu os lábios de batom laranja e guardou sua câmera na bolsa outra vez.

– Não foi culpa sua – peguei-me dizendo, antes que pudesse impedir. – A mulher ter levado um tiro ao te ajudar. Você não tinha como saber.

A garota abriu a boca e pausou, surpresa por eu ter presumido isso com tanta facilidade. Era o que eu sentiria, pelo menos. Enfim, ela deu de ombros:

— Eu sei. Não acho que seja culpa minha. Foi uma fatalidade. Não faz sentido viver se arrependendo do que não se pode controlar. — Leandro, que a observava, desviou o rosto nessa hora. — Agora, a única coisa que fico pensando é o que posso fazer para que isso não aconteça de novo.

— Se você ficar longe dos protestos — sugeri —, acho que já é meio caminho andado.

Os dois se entreolharam.

— Vou precisar de uma solução melhor, então — Ivana disse —, porque estamos indo pra um agorinha mesmo.

— Um protesto?! — Quase guaguejei e a palavra não saiu, inchada pelo temor a ponto de entalar na minha garganta.

— Sim, tá acontecendo um espontâneo bem grande, ali na Lapa. Estamos com essa ideia de capturar atrocidades pra fazer um vídeo de denúncia no canal. P3 abusiva, baderneiros violentos, o que for. Aliás, é melhor irmos logo, Leandro. Se demorarmos, corremos o risco de chegar lá só com os destroços do que sobrar no chão.

— Quer ir com a gente? — o garoto me perguntou.

Se não existissem paredes, montanhas ou oceanos, eu teria recuado o suficiente para dar uma volta completa na Terra nessa hora.

Leandro franziu a testa:

— Acho que isso é um "não".

– Prefiro evitar – eu disse devagar – conflitos potencialmente letais.

– Por quê? – a garota sorriu. – Esses são os mais divertidos!

Não sou uma pessoa com pavio curto. Raramente me irrito com estranhos na rua. Mas o descaso com que aquela garota tratava os demônios que haviam destruído a minha vida liberou a válvula de irritação dentro de mim e me deixou transbordar.

– Não vai ser divertido quando os protestos pegarem a sua vida e a rasgarem em mil pedaços – a cortei, fria. – *Nunca* os subestime. Ou daqui a pouco é você quem vai estar lá no chão tentando juntar os seus destroços.

Meu corpo suou frio e desviei o rosto. Aquilo havia escapado sem querer. Eu não devia ter dito nada. Tocar naquele assunto doía. Meu estômago começou a embrulhar.

– Concordo com ela – Leandro disse para Ivana, sua voz com um tom pesado que era novo para mim. Ela soava mais grossa, sem o humor.

– Foi mal – Ivana admitiu, abaixando os olhos. – Não vou subestimar. Mas nós precisamos ir, de qualquer jeito. Foi um prazer, vizinha. A gente se vê por aí.

– Ok. – Mordi os lábios. – Tenham cuidado.

A garota sorriu de um jeito que tentava esconder orgulho com timidez.

– O mundo que tenha cuidado comigo.

Então ela me deu as costas e partiu.

Balancei a cabeça para mim mesma, cheia de pena. Pessoas convencidas assim são sempre as primeiras a se machucarem.

— A gente se fala depois — Leandro me disse antes de segui-la, prendendo meu olhar alguns momentos além da despedida.

"E continuamos com a conversa de antes", foi o que aquilo significou.

Só que não nos falamos mais. Nos dias que se seguiram, eu só ouvia a voz do garoto quando o zumbido da colmeia de pessoas perpetuamente à sua volta no colégio se acalmava para respirar. Ou quando ele pedia desculpas para o professor por chegar, como sempre, atrasado. E uma vez naquele dia em que voltei para casa tarde depois de entregar uma mensagem do DCS e, quando passei na frente da sua porta, ouvi-o conversando com Ivana lá dentro.

Mesmo assim, nossos olhos às vezes se encontravam no colégio, e pessoas e colmeias e zumbidos sumiam para dar lugar ao reconhecimento silencioso de que ambos sabíamos um do segredo do outro. Só faltava a coragem para cruzar a distância entre nós.

Até eu encontrar aquele bilhete enfiado por debaixo da porta de casa, na sexta-feira.

5

— **Pensei que você não fosse vir.**

E não ia mesmo. Eu era prudente demais para ceder ao convite de me encontrar com Leandro. Mas o garoto havia marcado logo na banca de jornal que ficava no meu caminho para casa. Estava voltando depois da aula e lá estava ele, olhando as notícias penduradas.

Eu devia ter passado direto. A parte mais medrosa de mim já piscava uma sirene vermelha de perigo desde a primeira vez que nos vimos. Deixar alguém se aproximar de mim, depois de meses afastando tudo e todos, era desconcertante. Assustador.

Mas meus pés haviam hesitado na hora *h*. As solas do meu tênis haviam se arrastado de um lado para o outro no asfalto, incertas. Então elas haviam ido na direção dele.

Leandro me observou com o canto de olho, esperando que eu dissesse algo.

Vai, Sam. Faz o que você veio fazer. Diz que não quer mais conversar com ele. Diz que não vai responder a nenhuma pergunta.

– Você já reparou que esse cara tem um nariz zangado? – eu disse ao invés disso.

– Ahn? Como assim?

Indiquei a manchete de um dos jornais pendurados na banca. Nela, havia uma foto de Armando Novo, o atual diretor executivo da AlCorp, em sua última coletiva de imprensa contra os protestos no dia anterior. Ele erguia o punho fechado, pronto para bater no púlpito cheio de microfones à sua frente.

– Eu não sei – expliquei –, acho que é a forma das narinas, meio diagonais demais. Parece que estão sempre com raiva. Me assusta um pouco.

Leandro franziu as sobrancelhas:

– Eu não... – Então seus lábios se esticaram em um sorriso. – É verdade! Caramba, nunca vou conseguir *desver* isso.

– Exato. Foi mal.

– Bom, pelo menos agora eu sei que se esse nariz quiser passar na minha frente na fila da balada, é melhor não comprar briga.

Eu quis rir. Me contive.

Seus olhos voltaram a passear pelo homem na foto.

– Minha mãe diz que ele é só uma fachada pra quem manda na empresa. Que são os acionistas da AlCorp ou algo assim. E que não adianta ficar só com raiva dele. O Armando Novo mesmo é só um safado qualquer que eles colocam pra falar em público.

– Não sei. Ele não seria o diretor se não fosse esperto. Mas que é um safado, sem dúvidas.

– Então. – Virei para o garoto e coloquei as mãos na cintura. – Você me chamou aqui com um bilhetinho super suspeito quase de madrugada. Passou pertinho *assim* de deixar minha mãe em pânico achando que eu seria sequestrada, caso ela tivesse acordado e lido antes de mim.

Ele se encolheu.

– Foi mal. Não pensei nisso.

– Teve esse trabalho todo só pra discutir política comigo?

– Não, claro que não. Eu não tenho motivos pra te odiar assim. Te chamei porque eu quero te *agradecer*.

Ele subiu o rosto em uma expressão levemente triunfante e fui obrigada a apertar os olhos:

– Por que eu tô desconfiando disso?

– O quê? É sério. Você me ajudou com a dica do vídeo sobre paçoca e garantiu que meus olhos claros continuem conquistando donzelas sem fim por aí. Eu te devo meus agradecimentos sinceros. Te pago o almoço de hoje. Pode ser?

Não, eu não estava acreditando nem um pouquinho nisso. Aquilo era mais uma busca por respostas. O jogo de verdade ou consequência que havíamos evitado durante toda a semana estava prestes a começar. Se eu deixasse.

– Depois disso, você tá livre de mim – Leandro adicionou. – Juro.

– *Hummm*, agora a proposta ficou interessante – brinquei.

Eu não podia ir. Cecília havia me proibido de falar do Departamento com outras pessoas. Mas não era do interesse do próprio DCS descobrir o que havia de errado com aquele garoto completamente insone? Ele tinha um novo tipo de proteção ou o quê? E, além de tudo isso – e essa dúvida tinha base na minha própria curiosidade –, que grande azar havia no passado dele para que precisasse de tantas entregas de sorte corretiva assim? Era possível existir um infortúnio tão gigantesco?

– E aí, o que você quer comer? – Leandro perguntou.

Eu não poderia responder as suas perguntas, mas talvez ele respondesse as minhas.

E, bem, ninguém é louco de recusar comida de graça, não é mesmo?

Sentamos com nossas refeições em uma das mesas quadradas com toalha de plástico do restaurante por quilo que escolhi na esquina do colégio.

– Sempre fui da corrente da psicologia que prega que você define uma pessoa pelo prato dela no bufê – disse Leandro, me entregando os talheres que eu havia esquecido de pegar. – Mas aí eu teria que te definir como a personificação da teoria do caos.

– Aceito o elogio.

– Você tem alguma fixação pela cor amarela?

Analisei meu prato. Macarrão, batata, polenta, fritura, ovo, banana. Dei uma risadinha sem graça.

– Bom, eu tô comendo *alguma coisa*, pelo menos. Não vou reclamar.

Leandro parou o garfo que já levava até a boca e me olhou. Encolhi-me automaticamente. *Droga, eu não devia ter dito isso.* Como explicar para aquele garoto desconhecido que o período difícil dos últimos meses havia abafado o meu interesse por comida? Que a minha mãe fazia pavês e mais pavês, antes meu doce favorito, no desespero para que eu ingerisse alguma coisa, e eles sempre saíam intocados do meu quarto? Que avalanche de perguntas e julgamentos eu teria que aguentar depois?

— Passei por uma fase ruim recentemente — foi tudo o que expliquei, sem levantar os olhos para ele. — E sabe como é, né. Quando você tá mal, o apetite é o primeiro que o seu cérebro corta da lista de prioridades. Mas deixa pra lá. Não quero falar sobre isso.

Ele me observou por mais um momento, sua expressão ilegível. Ele parecia estar a quilômetros dali e ao mesmo tempo tão perto de mim que eu conseguia senti-lo encostando na minha angústia.

— Pelo menos você tá comendo bem agora — Leandro disse, enfim, e levou o garfo à boca.

— "Bem" é um conceito muito abstrato — brinquei, querendo tirar o peso do assunto. Apontei para o prato dele, cheio de vegetais e coisas saudáveis pelos quais eu passava direto em qualquer restaurante. — Não sou tão saudável quanto você. Eu honestamente nem sei o que é metade dessas coisas verdes que você pegou.

— Você achou que esses meus músculos de Adônis eram esculpidos só por pensamento positivo?

– Eu pensei que você injetava uns óleos.

– Nem todo o óleo do mundo seria suficiente pra essa perfeição aqui. – Rolei os olhos, mas meu sorriso escapou mesmo assim. – E aí não sobraria óleo para o seu prato. Você morreria de fome.

– Você não me engana, Leandro. Eu sei que na verdade você só montou esse prato de *blogueira fit* pra tirar foto e postar na internet.

– Poxa, agora você me pegou. Eu sou realmente um gênio da manipulação de massa. – Ele tentou cortar o frango, mas estava usando a colher. – Opa. – Ele pegou a faca, esbarrando no copo de guaraná natural. Tentou salvá-lo, mas a bebida escorregou. Derramou pela mesa e escorreu para o chão. Leandro xingou e arrancou vários guardanapos da caixinha metálica para limpar os respingos da toalha e de si. – Você se molhou?

Balancei a cabeça negativamente, contendo a gargalhada. Levei a mão à minha boca e prendi os lábios no lugar.

– Que droga, esse Guaravita custou dois reais – Leandro lamentou, genuinamente pesaroso. – Tínhamos um futuro tão feliz juntos...

Desisti e caí na gargalhada.

– Minha desgraça te diverte?

– Só um pouquinho – admiti, entre risos.

Ele riu também. Eu não o havia visto rir abertamente ainda. Leandro era sempre quem fazia a piada, não quem ria. Foi adorável. Seus sorrisos deviam evoluir ao próximo nível mais vezes.

E foi o que eles fizeram durante o resto do almoço. No início eu ainda me sentia desconfortável na presença dele, mas foi só o assunto passar perto do último vídeo viral que ambos havíamos visto que a conversa embalou e não parou mais. Éramos PHD em *memes* de internet, e o que a zoeira une, nem o diabo consegue separar.

Olhe só para você, Sam, pensei comigo mesma, quando o garoto levantou para pegar alguma sobremesa para nós. *A menina que afastou todas as pessoas que mais gostava rindo com um moleque qualquer.*

Minha mãe estaria orgulhosa. Mesmo sabendo que teria que trabalhar feito louca para pagar os custos mais altos da nossa mudança para o Rio, ela nunca hesitou na hora de decidir isso. Depois de infinitas manhãs ensolaradas abrindo janelas sem conseguir me arrancar de casa, ela sabia que sair de Petrópolis seria a única forma de me ajudar a deixar o passado para trás.

E agora lá estava eu, jogando conversa fora alegremente com um estranho qualquer. Será que sua estratégia estava finalmente funcionando? Será que eu voltaria a ser a garota de amigos fáceis e risos mais ainda que eu era antes disso tudo? Seria possível, algum dia?

Observei Leandro se debruçar sobre a geladeira de picolés no balcão do restaurante, escolhendo inocentemente uma sobremesa para nós.

Quanto tempo demoraria para ele descobrir sobre o meu passado e começar a me desprezar?

De uma vez só, meu bom humor desapareceu.

Porque isso invariavelmente aconteceria. Não conseguiríamos nos manter em assuntos neutros e irrelevantes para sempre. Uma hora ele começaria a perguntar. Era para isso que havia me trazido ali, afinal. E se ele não quisesse saber só sobre o DCS? E se o assunto da investigação fosse eu? O que eu conseguiria esconder? Meu estômago se apertou de remorso. Tinha sido uma péssima ideia vir almoçar com ele. Uma ideia terrível.

– Toma esse de chocolate branco, acho que você vai gostar – Leandro disse ao me entregar meu picolé e se sentou do outro lado da mesa. – Hoje tô ousado e escolhi pra mim o de fabricação própria da casa. Os sabores são "roxo" e "vermelho", segundo a moça. Qual você acha que é a chance de nascer um terceiro braço em mim depois de eu comer isso?

– Por que a gente tá aqui, Leandro?

– Como assim? – Ele abriu o picolé despreocupado. – Vim te agradecer, ué. – Deu uma mordida. Sua boca ficou vermelha com o corante. – Hum, Chaves estava certo. Parece de morango, tem gosto de tangerina. Deve ser de tamarindo, então.

Não mordi o meu. Eu estava subitamente sem apetite.

– Tá, vou ser honesta primeiro, já que você se recusa. Eu sei que você me trouxe aqui pra ver se conseguia arrancar alguma informação de mim.

Leandro mordeu mais um pedaço do picolé e me observou em silêncio. Ele não ria mais. Continuei:

– Desculpa acabar com a brincadeira, mas esse clima de que eu posso ser interrogada a qualquer segundo me deixa desconfortável e... – bufei, exasperada. – Eu não posso responder as suas perguntas, tá? Não posso te contar como eu soube daquelas coisas. Não é algo que eu possa explicar. Não tenho permissão.

– Tudo bem.

– Não tenho! Não adianta insistir que... Ahn?

Parei, surpresa. Ele havia desistido tão fácil assim? Cadê a longa discussão para a qual eu já havia praticado mentalmente mais de cem vezes nos últimos dias?

– Sei que não te passo muita confiança – ele disse, sério –, mas eu não sou um idiota ingrato. Você me ajudou, e respeito isso. Realmente queria te agradecer hoje. Não vou mentir que nunca passou pela minha cabeça que, durante um almoço *inteiro*, era bem capaz de você me confessar alguma coisa. Mas isso seria só lucro. Se não quer conversar sobre isso, eu nunca vou te forçar. Sei muito bem que ninguém é obrigado a contar o que não quer. Algumas coisas ficam mais seguras dentro da gente. E viver com o medo de que alguém vai tentar arrancá-las...

Ele não completou. Havia se debruçado sobre a mesa enquanto falava, preso em algum outro significado das suas palavras. Voltou a recostar na cadeira, um pouco sem jeito por ter se empolgado, e não me fitou quando disse:

– Peço desculpas se te deixei desconfortável. Seu sorvete vai derreter.

Ele já estava pingando sobre a mesa. Mordi-o. Não senti gosto algum.

– Eu acho que... – comecei a dizer, algum tempo depois. Pausei. Engoli. Continuei. – Algumas situações são delicadas pra mim. Eu acabo ficando na defensiva muito rápido, depois de tudo o que tem acontecido na minha vida. Na cidade inteira. Não que eu esteja pedindo desculpas. Você é muito pouco confiável e é óbvio que eu ia achar os seus motivos suspeitos.

– Ok, justo. – Ele deu um sorrisinho. – Eu te entendo. Eu vi como você reagiu naquele dia no colégio, quando a Ivana brincou sobre os protestos. Aliás...

Meu peito disparou. Minhas unhas cravaram no palito do picolé.

– Deu pra perceber que você não gosta deles – o garoto continuou, com cuidado. – Mesmo assim, se arriscou no meio de um pra salvar uma mulher estranha. A que foi baleada ajudando Ivana. Sam, você...

Por favor, não entre no assunto. Não pergunte por quê. Não pergunte.

– ...você é bem corajosa, sabe?

Isso foi tão inesperado que meu pânico até deu uma pausa para o ridículo. Corajosa?! Eu era basicamente a pessoa mais covarde que eu conhecia! Não tinha coragem nem de jogar conversa fora com uma garota da minha sala!

– Admiro isso em uma pessoa. – Ele balançou suavemente o picolé para que pingasse em cima do guardanapo na mesa. – Eu queria ser assim também.

– Mas você é! Gente, que inversão de valores é essa?

Você faz vídeos todos os dias pra jogar na cara da sociedade o que tanta gente tem medo de comentar! Aparece pra milhares de pessoas como se fossem seus melhores amigos!

Ele sorriu torto, uma expressão tímida e estranha nele, e quase não ouvi sua voz por baixo das conversas cada vez mais altas nas mesas em volta quando disse:

— E mesmo assim levei dois dias pra tomar coragem e chamar uma garota gata pra almoçar comigo.

Isso não era...

Espera, ele estava falando de mim?

Senti minhas bochechas corando. Abri a boca para gaguejar algo de volta.

Foi nessa hora que as janelas explodiram.

6

Cacos de vidro choveram por cima das mesas da entrada. Por um segundo, o restaurante assistiu imóvel às pedras rolarem e caírem no chão. Então os estouros trovejaram na rua e a gritaria irrompeu. Pratos se estilhaçaram no chão. Cadeiras foram derrubadas. Pessoas se bateram e se puxaram contra si.

Joguei-me para baixo da mesa. Não estávamos perto das janelas, mas pedaços da vidraça chegaram até os meus pés.

– Fora AlCorp! – alguém gritou na rua, sendo acompanhado por um coro.

Era um protesto surpresa. E parecia que estava bem ali, dentro do restaurante.

Alguém me puxou para sair de debaixo da mesa. Meu corpo tremia e eu não quis ir. As últimas duas manifestações que presenciei se tornaram grandes traumas na minha vida. Na mais recente, Cecília foi baleada. Na outra...

O silêncio. O fogo. O sangue.

Prendi-me ao pé de madeira da mesa. Me puxaram com

mais força. Não, não me tire daqui. Não quero ir para o meio da guerra. Por favor. Não.

– Sam.

Levantei um pouco o rosto, mas não para a voz. Para as janelas estilhaçadas. Do lado de fora, pessoas caminhavam na rua com uma faixa: "50% de aumento! 100% na rua!".

Não. Não. Não.

– Sam!

A faixa foi rasgada ao meio pelo cassetete de um oficial da P3.

Não!

Uma mão capturou gentilmente minha bochecha e desviou meu rosto do caos.

– Sam – Leandro chamou. Ele estava ajoelhado debaixo da mesa bem próximo de mim. – Olhe pra mim. Não olhe lá pra fora.

Um estouro distante. A P3 devia ter soltado uma bomba de gás. Tentei ver. Leandro não deixou meu rosto virar. Por que sua mão estava tremendo tanto?

Ah, não era ele. Era eu.

– Vai ficar tudo bem, tá? – ele continuou. – Olha pra mim. Segura a minha mão. É só um protesto na rua. Estão jogando pedras nas janelas pra fazer baderna. Vai ficar tudo bem. Respire fundo. Você consegue fazer isso?

Tentei me concentrar no seu rosto tão perto do meu e assenti devagar. Forcei minha respiração como ele mandou. Uma vez. Duas.

Gritos lá fora. Fechei os olhos.

Três. Quatro.

– Agora me ouça – Leandro pediu. – Eu vou te tirar daqui. As pessoas do restaurante estão saindo pelos fundos da cozinha. Dá na rua de trás. A gente vai fazer isso também, tá?

Cinco, seis, sete, oito.

– Não largue a minha mão.

Nove.

– Pronta?

Dez. Assenti.

O garoto me puxou para longe da mesa. Passou o braço pelos meus ombros e me manteve de pé quando eu mesma queria desabar de pânico. A moça que nos vendeu os picolés segurou a porta dos funcionários e fez sinal para que nos apressássemos. Além dela, panelas industriais e vapor passaram rápidos pelos cantos dos meus olhos. O cozinheiro nos mostrou a porta dos fundos.

O beco tinha cheiro de lixo e produtos químicos, mas nos levou até a rua de trás. Jipes da P3 estavam estacionados por ali. Dava para ver os manifestantes e os fardas roxas brigando na esquina.

Então fugi na direção oposta. Agora que minhas pernas tinham despertado, elas não parariam de correr até que tivessem deixado todos os rugidos do protesto para trás.

Quase meia hora. Esse foi o tempo que meu corpo levou para parar de tremer. Leandro manteve um braço sobre os meus ombros, tentando me acalmar. "Já acabou", ele dizia de vez em quando. "Tá tudo bem agora". Palavras sem jeito e um pouco tímidas, mas genuínas.

Havíamos sentado em um dos bancos de ferro espalhados sob as árvores da praça de Lagoinha. A quarteirões suficientes de distância do protesto para que só minha memória conseguisse ouvir os gritos.

Eu me desvencilhei do garoto, na tentativa de me recompor sozinha, e Leandro sumira para arranjar algo para eu beber. Subi meus dois pés ao banco e abracei os joelhos. Na minha frente, no centro da praça, o chafariz. Além dele, o cruzamento onde eu havia salvo a senhora no meu primeiro presságio do DCS. Do outro lado da rua, a farmácia onde eu havia entregue outra mensagem a uma funcionária sobre uma nova oportunidade profissional. A duas ou três quadras, a padaria onde eu avisei o pai de família sobre a estátua de Aleijadinho de sua herança.

Tanta sorte para as outras pessoas. Eu devia imaginar que no final faltasse um pouco para mim. Um protesto surpresa bem onde eu almoçava…

Leandro voltou com uma dessas garrafinhas de água de coco de barraca de rua. Tomei um gole grande. Minha garganta estava tão seca que começava a arranhar. Ele sentou ao meu lado outra vez. Não me abraçou de novo. Por um segundo, desejei que o tivesse feito. Então me repreendi pela fraqueza.

— Valeu por salvar a minha mochila — forcei-me a dizer, a voz saindo rouca. Eu queria agradecer por ele ter me tirado do restaurante, na verdade, mas estava constrangida, então foquei no que estava ao meu alcance. — Tô impressionada por pensar nela, considerando que você mesmo não leva nada pro colégio.

— Com essa sua cara de "tenho fichário de doze divisórias", imaginei que iria surtar se eu a deixasse lá.

Estudei-o, sentado quase deitado no banco, com as mãos nos bolsos dos jeans.

— Como você consegue ser assim? Quer dizer, pelos seus vídeos, você parece ser até, tipo... — Revirei os olhos, encabulada. — Esperto. Mas não leva nem uma caneta pra aula, chega todos os dias atrasado...

— Sou mestre no estilo do desinteresse chique.

— Não é possível que a sua mãe não reclame.

— Talvez. Se ela ainda estivesse viva.

De todas as expressões abertas que eu já tinha visto nele, aquele segundo na sua resposta em que seus olhos perderam o foco me pareceu a mais verdadeira de todas.

— Eu não sabia... — murmurei sem graça.

— Tudo bem. Ela faleceu faz um ano, já. — A voz de Leandro soava normal, mas senti seus ombros ficarem rígidos. — Foi assalto.

— Nossa, que horror...

Apertei os lábios, sem saber o que dizer a mais. É difícil lidar com a perda em palavras, quando a morte só fala a linguagem da dor. Não existe tradução fiel em português para o sentimento de devastação quando alguém que nós amamos é arrancado brutalmente dos nossos braços. Só quem sente pode entender.

– Meu pai morreu também.

A frase escorregou para fora de mim antes mesmo de eu perceber que tinha aberto a boca. Aquela era uma verdade que eu normalmente guardava fundo dentro do peito. Não, não falei como se eu tivesse uma vontade doentia de competir quem sofrera a pior perda. Não era isso. Só queria que Leandro soubesse que não estava sozinho. Que alguém entendia o que ele havia passado. Era o mesmo que eu gostaria que fizessem por mim.

– Sinto muito – ele disse, com uma voz suave. – Quando foi?

– Há seis meses. No Protesto do Não. Por isso fico um pouco nervosa com as manifestações, sabe? Foi um acidente.

Só que, no fundo, eu sabia que não tinha sido. Um acidente, por definição, é algo que acontece sem ninguém prever. E eu sabia muito bem do perigo quando saí de casa naquele dia.

O fogo. O sangue. O silêncio. O caos.

Pisquei algumas vezes meus olhos molhados, torcendo para que o movimento dissipasse as lágrimas. A última coisa que eu queria era me fazer de vítima na frente de Leandro. Se ele era forte, eu também seria. O monstro da caixinha no meu peito não ganharia de mim.

– Você tá bem? – ele perguntou, preocupado.

– Sim. É que os últimos meses foram meio pesados. Tive problemas pra lidar com a perda.

"Problemas" eram pouco. Eu havia entrado em choque com a morte do meu pai. E então, quando o choque passou, veio a depressão. Tranquei-me no meu quarto, afastei-me dos meus amigos. Só não repeti de ano por milagre. E por muita insistência da minha mãe, tanto comigo quanto com a diretoria do meu ex-colégio.

– Mas tô melhorando agora – concluí em voz alta.

– É normal. Demorei bastante pra superar também. Foi uma época... turbulenta.

Abri os lábios para dizer que o meu caso era diferente. O peso no meu peito era muito maior do que a perda. Porque era tudo culpa minha. Se não fosse a minha teimosia, meu pai ainda estaria comigo. Mas fechei-os de novo. Leandro só iria me julgar. Ele não entenderia.

A água do chafariz no centro da praça refletia pedaços pálidos do céu, como cacos de espelho flutuando aqui e ali. Desviei os olhos. Às vezes, a última coisa que queremos ver é um espelho de nós mesmos.

– Eu e minha mãe decidimos voltar pro Rio depois disso. Uma mudança de ares é bom de vez em quando.

Principalmente para quem está tentando deixar o passado para trás para seguir em frente. Eu não disse isso em voz alta, mas tive certeza de que Leandro entendeu.

– De onde você veio? – ele perguntou. – Às vezes seu sotaque soa diferente.

– Uau, sério? Eu nem sabia que tinha sotaque em Petrópolis. Eu sou do Rio mesmo. Morei só os últimos dois anos fora. Meu pai tinha arranjado um bom emprego na curadoria do Museu Imperial. Mas agora ele não tá mais conosco, né? Aí voltamos.

– Deve ter sido difícil.

Ainda é, eu quis responder. Fiquei calada.

– Tá gostando de Lagoinha? – Ele tentou amenizar o assunto.

– Mais ou menos. Os protestos da última semana não me deixaram muito animada. O que é irônico. Escolhemos vir pra cá justamente porque pensamos que aqui seria seguro. Lagoinha parece aquele tipo de lugar tão pequeno que nem os problemas vão te achar.

– Era mais calmo antes. Ficou pior nas últimas semanas.

Soltei uma única risada sem humor.

– Óbvio que isso ia acontecer. Com o meu azar...

– Não acho que podemos culpar tudo pela sorte ou azar, Sam. Esse caos aqui – Leandro abriu as palmas e indicou em volta. – Esse caos no Rio de Janeiro inteiro. Tá bem mais pra uma consequência do que todos nós temos feito, tanto população quanto AlCorp, do que uma fatalidade. Mais AlCorp que população, tudo bem. Tá, quase praticamente só AlCorp. Mas enfim. Não é culpa divina a guerra estar chegando no ápice outra vez.

Tomei um gole da minha água de coco. Pensei em comentar. Desisti. Tomei outro gole.

– Por que voltaram para o Rio? – Leandro apontou. – Podiam ter ido morar em qualquer lugar. Por que vir logo pra onde aconteceu o protesto em que o seu pai...? Ele não completou.

– Foi mais fácil vir pra cá. Já moramos aqui antes, temos parentes. É meio estranho, mas eu não guardo rancor. Também não foi culpa da cidade o que aconteceu. – Foi minha, pensei, mas não adicionei. – Tenho um pouco de medo dos protestos, mas pensei que poderia evitá-los, pelo menos. Não é exatamente o que tem acontecido, mas ainda é melhor do que Petrópolis, onde cada segundo da minha rotina ou cada esquina que eu virava me fazia lembrar do meu pai. A gente precisava sair de lá.

Pausei, impressionada com a facilidade com que aquelas pecinhas da minha tragédia estavam escapando de mim. Eu ainda me sentia estranha por compartilhá-las em voz alta com Leandro – uma inquietação que fazia meus dedos brincarem incessantemente com o canudo da água de coco –, mas nem perto do que eu havia sentido com outras pessoas.

– Aqui no Rio não é perfeito – completei –, mas ainda assim é mais fácil de recomeçar.

– Entendo. Acho que também tô tentando isso. Recomeçar. Morando com a Ivana e tudo mais.

– Por que você não mora com o seu pai? – perguntei, deixando minha curiosidade ganhar da educação.

Se eu não estivesse olhando para ele na hora, nem teria reparado no milésimo de segundo em que hesitou antes de responder:

– Ele é um idiota. Prefiro ficar na rua do que voltar pra casa dele. Enquanto a Ivana me aguentar, fico com ela. Filmar suas ideias loucas pro YouTube até que é um preço de aluguel baixo, considerando o mercado imobiliário do Rio de Janeiro.

Ele não encontrou meus olhos enquanto falava. Retribuí a cortesia e também não perguntei mais sobre seu pai.

– Quer dizer que as ideias dos vídeos são dela? – brinquei, ao invés disso.

– Algumas. – Ele sorriu. – As piorzinhas.

– As minhas favoritas! – Ri com ele, mas a graça esmaeceu rápido. Era desconfortável falar do relacionamento dos dois.

– Uma pergunta – Leandro disse de súbito, e minha pele já começou a pinicar de nervoso. – Uma pergunta só. Eu prometo. E você não precisa responder se não quiser.

Ele me encarou, pedindo permissão. Apertei os lábios. As palavras já estavam formadas neles. *É melhor não.*

Mas parei diante daquele garoto que havia perdido a mãe. Que tinha tanto azar que já havia sido visitado por inúmeras correções de sorte do Destino. Que havia me acalmado e me salvado do pânico no restaurante.

E as palavras não saíram.

Tranquei o maxilar e esperei sua pergunta.

– Por quê? – ele disse.

– Como assim?

– Por que você me ajudou todas essas vezes?

Franzi a testa. Até que não tinha sido uma pergunta tão difícil assim. A resposta era óbvia.

– Porque era a coisa certa, ué.

O que quer que o garoto esperava que eu respondesse, não era isso. Mas logo ele disfarçou a surpresa e assentiu.

– É a minha vez? – eu sorri bem de leve.

– Hum? – Ele acordou dos seus pensamentos para mim.

– De fazer uma pergunta?

Tive o prazer de vê-lo cruzar os braços tão desconfortável quanto eu.

– Claro – ele disse mesmo assim. – Sou um livro aberto.

– Agora há pouco, no restaurante... – Segurei a alça da minha mochila um pouco mais apertado. – Como você sabia que eu ia gostar do picolé de chocolate branco?

Leandro piscou os olhos, sem entender.

– Você não gostou?

– Gostei. Amo chocolate branco. Mas como você sabia?

– Eu não sabia. – Ele deu de ombros. – Mas era amarelo, então a chance de você gostar era alta.

Fazia tempo que eu não mostrava tantos dentes em um sorriso. Leandro até se surpreendeu. Então retribuiu o gesto. Deixei aquela alegriazinha gostosa escorrer por nós dois, até que invariavelmente minhas memórias me alcançaram e ela foi murchando em mim.

– Meu pai sempre comprava barrinhas de chocolate branco pra mim, antes de... – Não completei. – Hoje foi a primeira vez que eu comi algo desse sabor desde que ele se foi.

– É com um passo de cada vez que a gente segue em frente – ele disse, e abaixou o rosto, encabulado. – Ou pelo menos é isso o que Ivana sempre ficava repetindo pra mim.

Assenti sem encará-lo.

– Mas eu sei... – Leandro continuou um momento depois, sua voz tão perdida quanto seu olhar no chafariz. – ...eu sei o quanto cada passo é difícil, quando a gente carrega uma dor dessas nas costas.

Não assenti dessa vez. Só fiquei em silêncio.

Mesmo assim, tenho certeza de que Leandro soube que eu concordava.

Deixei que levasse minha mochila até em casa. Segundo ele, minhas pernas ainda estariam bambas pela correria. Ambos sabíamos que não estavam. Ambos fingimos não saber.

Nosso prédio era um dos mais antigos da região, nascido na época áurea da burguesia carioca. Por isso, não havia elevador, apenas uma escadaria aberta em espiral, dessas que se você ficar de pé na base e olhar para cima, consegue enxergar as grades de arabescos subindo pelos andares com um efeito de repetição quase hipnotizante. É algo até bonito, se você não se importar em ter que liberar umas boas gorjetas para os entregadores dos eletrodomésticos.

Mas não subi reparando em beleza alguma.

Saímos no nosso andar e paramos na frente das nossas respectivas portas. Leandro levantou sua chave. Hesitou. Abaixou-a de novo e se virou para mim.

— Já que você gosta taaanto dos meus vídeos e é suuuper minha fã... — ele disse, sorrindo. Revirei os olhos. — Quer ver a gravação de hoje? Vamos fazer agora à tarde.

— Não posso.

Não completei com nenhuma desculpa, e o silêncio pesou entre nós. Eu não lhe devia satisfações, mas senti vontade de me explicar mesmo assim. Compartilhamos tanto nas últimas horas, e nos mostramos tão estranhamente semelhantes nas nossas perdas que eu não estava pronta para reerguer a barreira que nos separava como estranhos outra vez.

— As suas mensagens não são as únicas que eu tenho que entregar — eu disse, enfim. Era tudo o que eu poderia revelar sem ser jogada na fila da demissão do DCS.

Ele me encarou por alguns segundos e assentiu. Abrimos nossas portas. Ele entrou em casa e me deixou.

Não fiz o mesmo. Relutei com a porta ainda aberta. Respirei fundo. Tranquei-a de novo e lhe dei as costas. Enquanto houvesse pessoas sofrendo, como Leandro e como tantas outras, haveria sorte precisando ser entregue. E enquanto havia sorte para ser entregue, eu tinha trabalho a fazer.

7

Cecília estirou o documento na mesa virado para mim.

– O que é isso? – perguntei.

Um grampo no topo indicava que havia mais folhas debaixo da primeira. Debrucei-me para analisá-lo sem levantar meus braços colados no corpo. Tinha letras demais, lacunas em branco e o cabeçalho e o rodapé cobriam-se de símbolos que eu não conhecia. Em um dos cantos, porém, reconheci a árvore sem folhas do cartão de visita do DCS que eu tinha. O marketing moderno havia revolucionado tanto as organizações humanas que agora até o Destino precisava de um logo.

Cecília repousou o copo do seu chá gelado e pegou uma batatinha do prato escorrendo queijo cheddar e bacon. À nossa volta, o restaurante fervilhava no ponto alto do seu horário de almoço de domingo. Garçons corriam de um lado para o outro com bandejas enormes, deixando um rastro aromático de temperos exóticos e carnes grelhadas pelos corredores. Grande parte dos fregueses havia esperado horas na fila por uma mesa e já se sentava atacando os cardápios com mãos trêmulas e lábios babando. Nenhum deles prestava atenção na conversa estranha sendo trocada entre as paredes altas do nosso box.

— Isso é o seu contrato — Cecília explicou. — Todo funcionário do Departamento tem que assinar. Mesmo que temporário, como é o seu caso, já que o Destino te escolheu como minha substituta enquanto não posso atuar. Eu devia tê-lo trazido mais cedo, mas um certo ferimento de considerável perda muscular na coxa me deixou meio grudada na cama do hospital. Não era nem pra eu estar fora de casa, na verdade. — Seus lábios se apertaram, tentando forçar uma expressão de remorso, mas logo desistiram e se transformaram em um sorriso arteiro. — Mas minha mãe sempre disse que pra melhorar a gente precisa comer bem, né?

Ela se esticou e procurou um garçom para pedir o refil de sua bebida. Cecília definitivamente não parecia o tipo de pessoa que se abate com facilidade.

Tão diferente de mim.

Deslizei o documento para mais perto. Quando toquei a primeira folha, sua tinta preta iluminou-se por um segundo a partir das pontas dos meus dedos. O documento havia me reconhecido. Arregalei os olhos. Então as lacunas nas frases começaram a se completar. Aos poucos, seus floreios negros tomaram forma.

O texto estava pronto com todos os meus dados.

— Isso é... — eu gaguejei.

— Uma boa prova de como tudo o que o ser humano

acredita pode não ser real e de como temos muito o que evoluir no nosso entendimento do universo?

– Eu ia dizer "bem legal", mas isso serve.

Comecei a ler o documento. Estava em advoguês. Contive uma vontadezinha de gemer agoniada.

Entende-se por CONTRATANTE o Departamento de Correção de Sorte do Destino (DCS), filial do Rio de Janeiro, sediado na Praça XV.

Sim, não tinha endereço além disso.

Entende-se por CONTRATADO Cassandra Lira Oliveira, 17 anos.

Seguiu-se uma penca dos meus dados que não precisei conferir para saber que estavam certos.

– Ah, você tem dezessete? – Cecília disse, entortando o rosto para ler o papel de cabeça para baixo. – Que novinha. Por pouco escapava, hein? O Destino trabalha entre os humanos com a maioridade de dezessete anos e meio.

Era uma idade terrivelmente específica, mas quem sou eu para questionar as excentricidades dos planos extranaturais, não é mesmo? Voltei ao contrato. Os próximos parágrafos explicavam o que eu já sabia, como o meu cargo de mensageira substituta, minhas responsabilidades e direitos e o prazo para o meu serviço temporário (vinte e dois dias, para ser mais exata, já que era o tempo estimado para Cecília tirar o gesso, segundo o médico). Em seguida, um parágrafo curto sobre remuneração: algumas doses de "sorte bruta", dependendo da situação e do cargo.

– Cada mensageiro ganha uma dose de sorte bruta por ano – Cecília explicou antes mesmo de eu perguntar. – Que você pode usar pra receber um presságio sobre você mesma no momento que melhor lhe convier. Pode ser quando você estiver se sentindo em perigo, ou quando precisar que os ventos do Destino soprem a seu favor. Não me olhe com essa cara sarcástica, garota. Isso é coisa séria, sabia? Você pode ganhar na loteria! Evitar um grande perigo! Mudar a sua vida! Imagina quantas sortes extras você ganharia em vinte anos de serviço?

– Mas eu só vou trabalhar por três semanas. Isso significa que eu estou trabalhando essencialmente de graça?

– Bom, nesse caso a gente precisa lembrar que realização pessoal também é pagamento, querida.

Bufei, resmungando:

– Tente dar isso de Natal pra sua mãe.

Mãe. Parece que foi só falar nela que a próxima cláusula surgiu em sua homenagem.

Cláusula Quinta - *Confidencialidade*

A existência e funcionamento dos departamentos do Destino são confidenciais, sendo proibida qualquer menção do CONTRATANTE para não funcionários não autorizados, mesmo após o término

do presente contrato. Ver processo de autorização
no Anexo 3.

Arranjar uma autorização para contar a minha mãe a verdade sobre o meu pseudoemprego seria um adianto tentador. Quer dizer, não que eu tivesse dificuldade para sair de casa para realizar as entregas do DCS sem ela reparar. O cansaço dos últimos meses aliado às pilhas de tarefas da vida e do emprego novo a deixavam displicente comigo. Nos dias de semana, chegava tão tarde do trabalho que nem percebia que eu tinha dado umas escapadas. Nos fins de semana, como hoje, que ela estava em casa, era só eu inventar uma desculpa de ir me encontrar com novos amigos que ela me enxotava para fora sem perguntas e com um sorriso desatento no rosto, grata por me ver, depois de tanto isolamento, saindo com alguém – qualquer que fosse a pessoa ou o motivo.

Mas aquela paz não duraria para sempre. Alguma hora ela repararia que havia algo diferente em mim, graças ao DCS. Que minhas constantes desatenções e minha estranha insônia às seis da manhã não eram só mais uma nova fase da minha crise de ansiedade, uma nova camada de tantas outras variações de personalidade e hábitos que eu havia acumulado nos últimos meses.

Além disso, eu me sentia mal tendo que mentir e deixá-la de fora.

Mas valeria mesmo a pena toda a preocupação extra que eu jogaria sobre os ombros da minha mãe, já tão frágil depois da nossa crise, se lhe contasse a verdade? Não seria egoísmo fazê-lo, sabendo que nada mudaria, e atormentá-la só para eu não ter que lidar com minha própria consciência pesada?

Só mais duas semanas, Sam, pensei comigo, ignorando aquela cláusula e passando para a próxima.

Cláusula Sexta - *Penalidades*

A infração de qualquer responsabilidade do CONTRATADO descrita neste documento, quando comprovada sua falha, e não havendo risco de vida para qualquer indivíduo, implicará na sua penalização, conforme os seguintes parágrafos.

E então, em meio à lista das possíveis penalidades:

Parágrafo Terceiro: a infração da cláusula de confidencialidade implicará na imediata anulação deste contrato, assim como remoção de todos os privilégios e poderes do CONTRATADO, que receberá a punição de sete (7) anos de azar.

– Espera, o quê?! – exclamei. – Se eu contar pra alguém sobre o DCS, vou ter sete anos de azar?! Isso é ao mesmo tempo absurdo e hilário.

– Eu sei – Cecília devorava o prato de batatas sem prestar muita atenção. Seu batom roxo desaparecia a cada nova mordida, e seus lábios voltavam aos poucos ao tom escuro de sua pele. – Mas colocam uma penalidade grande pra assustar mesmo. Tem penalidades ainda maiores pra outras coisas, como irregularidades de entrega e abuso de poder. Nos casos mais graves, até a vida do mensageiro fica em jogo.

Um súbito frio na barriga revirou as poucas batatinhas que eu havia aceitado.

– Eu contei sobre as mensagens para o garoto insone – admiti. – Será que…

Cecília se debruçou sobre a mesa tão de súbito que seus óculos de grau escorregaram pela ponte do nariz e sua muleta apoiada na mesa caiu no chão.

– Você contou?! – ela gritou. As mesas em volta pararam só meio segundo para olhar antes de voltarem para suas conversas e guloseimas. Uma garçonete pegou a muleta e a devolveu para sua dona, que a equilibrou outra vez.

– Era o garoto insone! – me defendi. – E ele é meu vizinho, e da mesma sala no colégio! Uma hora eu ia ter que explicar alguma coisa! Principalmente do jeito que ele ficou desconfiado.

Cecília apertou suas mãos com unhas turquesa no próprio rosto, em um gesto que silenciosamente dizia: "POR QUE COMIGO, DEUS?!"

– O que você contou, exatamente? – ela perguntou. – As suas palavras.

– Eu não lembro direito. Mas foi algo na linha de que as mensagens dele não eram as únicas que eu tinha que entregar.

– Só isso?

– Só isso, eu juro!

Ela soltou o ar devagar. Batucou os dedos na mesa. Reorganizou seus talheres pesados em linhas paralelas, ajeitou seu guardanapo de pano no colo.

– Bom, se você não contou nada sobre o DCS especificamente, menos mal – ela disse, enfim. – E se eles fossem nos punir por isso, já teriam feito. Sim, eu falei no plural porque, como sua supervisora, eu sou responsável por você. Só não diz mais nada além disso, pelo amor do Poder Superior.

– Desculpa. Não vou dizer.

Voltei ao papel com todo o meu medo e incerteza por aquele universo renovados. Materializei-os em uma última pergunta:

– E o que acontece se eu não quiser assinar?

– Pra falar a verdade, eu não sei – Cecília pegou mais uma batatinha. – Nunca vi alguém recusar um contrato com o Destino. – E mordeu-a. – Eu já te disse isso antes, não disse? Se te escolheram pra ser mensageira, é porque você é capaz. E eu nem sei se faz diferença você assinar ou não, já está exercendo a função mesmo. Mas o Destino sempre trabalha com escolhas. Negar é uma delas. Não que você deva.

– Ela me lançou um olhar de advertência sobre a próxima batata que levava aos lábios. – São só mais duas semanas fazendo o que você já fez nessa última, Sam. Até lá, minha perna ficará boa o suficiente pra eu me arrastar de volta ao serviço. Quando acabar esse prazo, o contrato anula automaticamente, e só a cláusula de confidencialidade continua valendo. É só andar na linha agora que depois vai poder fingir que nada aconteceu. Nada de mais.

Cecília tentou pegar mais uma batata com queijo, mas o prato estava vazio.

A enrolação tinha acabado. Era hora de decidir.

Ela bateu as mãos uma contra a outra para limpar os farelos de comida, esfregou-as no guardanapo no seu colo e pescou uma caneta da sua bolsa, repousando-a na mesa à minha frente. Se eu fosse um cachorrinho, minhas orelhas teriam abaixado e eu teria me encolhido acuada no fundo do banco. Mas eu não era. Eu era uma garota responsável que estava perseverando sobre uma crise séria na minha vida. Pensando bem, perto do que eu já havia passado desde o acidente, com tantos meses de insônia, anseios angustiantes e terapia, aquele contrato não era tão assustador assim. Era só mais uma dificuldade para eu ultrapassar.

Mas a que custo?

Estudei Cecília. Sua atenção estava concentrada no prato de batatas vazio, como se encará-lo o suficiente fosse fazer surgir novos pedacinhos de bacon esquecidos, que ela também capturaria com as pontas dos dedos e degustaria com paixão. Para ela, minha decisão não era nem digna de preocupação.

— Por que você aceitou trabalhar para o DCS? – perguntei.

Ela pareceu surpresa por meio segundo antes de responder.

— Eu já trabalhava com ONGs em algumas comunidades do Rio. Quando me escolheram, o Departamento me pareceu só outra forma de ajudar as pessoas com meu trabalho voluntário. E a gente ainda ganha um pouco de sorte como pagamento. Isso é bem útil quando você precisa de uma forcinha na vida, sabe? Tudo bem que eu levei um tirozinho, mas minhas fontes garantem que houve um falha no sistema e eu ainda vou descobrir o que aconteceu, ah, se vou...

Cecília havia aceitado trabalhar no DCS para ajudar os outros. Porque esse era o tipo de pessoa altruísta que ela era. O tipo que saía sem pensar duas vezes no meio de uma debandada para salvar uma desconhecida na rua. O tipo que menos de uma semana depois de tomar um tiro já estava de pé na rua, me ajudando em troca de meras batatinhas.

Enquanto isso, eu hesitava em desprezo próprio. Atrapalhava a vida daqueles que eu amava. Resmungava por ter que ir entregar felicidade a estranhos com poucas palavras de esforço. Conversar com Cecília era uma jornada constante para encarar meus defeitos. Por que eu não podia ser um pouquinho mais como ela? Alguém que ajudava, ao invés de destruir?

O papel na mesa emanava uma aura quase brilhosa ao refletir a luz sobre nós.

Peguei a caneta e assinei.

— Parabéns — Cecília disse —, *agora* você é oficialmente minha substituta temporária.

Ela pegou a pasta que carregava na bolsa e retirou outro punhado de folhas.

— Essa é a sua cópia do contrato. Não é pra mostrar pra ninguém, obviamente.

Guardei-a com cuidado na bolsa. Cecília pagou a conta e saímos para o corredor do pequeno shopping de Lagoinha. Andamos juntas em direção à saída, ela se equilibrando nas muletas com uma ruga suave entre as sobrancelhas. Apesar de não reclamar, desconfiei que estivesse com dor. Quis oferecer ajuda, mas fiquei com medo de ofendê-la. Cecília não parecia gostar de demonstrar fraqueza.

— E aí, como foi a sua primeira semana como mensageira do Destino? — Ela puxou assunto.

— Você disse que seria fácil. Mas não é sempre só dizer *algumas palavras*. Às vezes dói. — Ela franziu a testa e me expliquei, mencionando o caso da mulher alcoólatra. — Algumas mensagens têm uma carga emocional tão grande que parece que algo acaba ficando pra trás com a gente. Eu não tô fazendo sentido, tô?

Eu ri, um pouco constrangida, mas o olhar de Cecília que vi refletido em uma vitrine não achava graça.

— Eu entendo. Lembro de algumas pessoas a quem entreguei a mensagem até hoje. E uma ou outra ainda acompanho de vez em quando.

— Deve ser gratificante vê-las melhorando de vida com a sua ajuda.

— É, mas nem todas melhoram. — Ela apertou os lábios. — É o que eu disse. Nós só fornecemos a informação. Nem sempre o destinatário escolhe tomar as decisões certas a partir dela. Por mais que eu queira que fosse diferente.

— Por que o Departamento não faz as coisas no lugar

das pessoas, em vez de só entregar a mensagem? Ou obriga as pessoas a fazerem o certo para o bem delas? Não vai me dizer que o Grande Destino não tem poder pra isso.

– É claro que tem. Mas é contra as *Leis*. É um Departamento chefiado pela própria Justiça não vai quebrar as regras.

Não era a primeira vez que Cecília falava de leis.

– Que leis são essas, afinal? – perguntei, aproveitando que dessa vez ela não poderia mudar o assunto correndo e desligar o telefone.

Cecília checou em volta se ninguém ouvia antes de continuar:

– Bom, agora que você tem um contrato assinado, acho que não faz mal contar. Só se lembra da cláusula de confidencialidade depois, ok?

Assenti, sentindo minhas mãos suarem de nervoso.

– O universo não é só gerido pelas leis físicas ou morais. Existe todo um conjunto de leis definindo como o extranatural deve se portar e administrar a vida material. Elas vão de normas éticas e linhas de conduta à manuais de gestão. Mas a maior de todas as leis, a que todas as outras entidades extranaturais regulamentadas devem obedecer, é a Lei Máxima do Livre-Arbítrio, imposta pelo próprio Poder Superior. No caso do Destino, isso significa que nenhum dos seus funcionários extranaturais pode interferir diretamente no encaminhamento de um ser humano específico sem o seu consentimento.

– E como que eles têm permissão pra punir os mensageiros, então? Isso é interferir diretamente, a meu ver.

– Não é, porque o mensageiro que aceita trabalhar para o DCS assina seu contrato por livre e espontânea vontade, fazendo pleno uso de seu livre-arbítrio. Quebrar as regras, portanto, também é escolha dele.

Sua lógica era quase tão fascinante quanto a história em si. Considerei pedir uma pausa para comprar pipoca. Ela me bateria com a muleta, provavelmente. Fiquei quieta e não perguntei mais.

– Nem todas as entidades extranaturais são regulamentadas – Cecília continuou. – É comum irregulares interferirem na vida terrena e bagunçarem as coisas. E, mesmo se não fizessem isso e tudo corresse perfeito no mundo além desse, não faz sentido jogar um bando de humano junto no planeta e esperar que as coisas deem certo pra sempre entre eles, né? Por isso, o mundo é cheio de *injustiça* por aí. O que, por motivos óbvios, não agrada a...

Ela esperou que eu completasse. Continuei no meu silêncio embasbacado de sempre.

– Justiça, Cassandra. Poxa, essa foi tão fácil. Você tem que me ajudar também. Mas enfim. A Justiça, que foi a encarregada de gerir o departamento do Destino, não estava contente com tanto problema entortando a sua Balança por aí. Mas ela também não podia infringir a Lei do Livre-Arbítrio. Então criou um sistema de enviar presságios para os próprios humanos influenciarem na vida de outros. Foi meio que uma brecha que ela encontrou e que foi aceita pelo Poder Superior. Porque, se você pensar, depois que você manda o presságio para um mensageiro, nada garante que ele vai mesmo ajudar o destinatário, não? Punições à parte. E nada garante que o destinatário vai mesmo fazer a escolha certa para aproveitar a oportunidade. Eu sei que não dá pra corrigir todas as injustiças do mundo assim, mas foi o que deu pra fazer.

Chegamos na saída do shopping, onde uma corrente de pessoas entrava e saía em seus passeios de domingo. Muitas vinham direto da praia com seus trajes de banho e roupas molhadas, completamente alheias do que acontecia no universo.

— Uma pergunta — eu emendei após a pausa final de Cecília.

— Tem certeza de que você não tem lido muito Neil Gaiman?

Ela revirou os olhos. Porém, confessou:

— Às vezes acho que o Departamento nos manda esses documentos, como os contratos e os cartões, só pra ajudar os humanos a acreditarem que ele existe mesmo. Pra tornar o processo mais palpável.

— Faz sentido. É difícil continuar cética depois que te mandam um pedaço de papel com mais capacidade de processamento visual que um iPhone 20 e tinta mágica.

Como o que eu tinha dentro da minha bolsa agora. Meu próprio contrato com o Destino.

— Mas como você sabe disso tudo? — perguntei. — Eu tinha imaginado o Departamento em um esquema mais *faça o seu trabalho e não faça perguntas.*

Cecília parou e virou o rosto para mim como se quisesse compartilhar um segredo interessante.

– Você sabe qual é a qualidade que as entidades superiores usam pra definir o ser humano? Não, não é ser primitivo. Nem idiota. É ser curioso. Então, se existem humanos trabalhando em uma organização como o Destino, pode ter certeza de que eles vão fuçar em tudo o que puderem. E a gente sempre fica sabendo de uma descoberta ou outra por um colega.

Ela voltou a mancar em direção ao ponto de táxi. Eu ri:

– Que honra saber que a minha espécie foi responsável por exportar a intriga e a fofoca para o universo extranatural.

Cecília sorriu também, mas era um tipo de sorriso triste cuja única graça vinha da sua própria impotência.

– Quem me dera que fosse só isso que eles exportassem.

– Como assim? – perguntei assustada.

Fiz menção de abrir a porta do táxi para ela, mas a mulher tocou meu ombro para que eu parasse.

– Tem algo de errado acontecendo no DCS – ela disse, olhando para os lados de um jeito conspiratório. – Algo... ou alguém. E a minha sorte que sumiu no dia em que levei um tiro foi só a ponta do iceberg.

– Você acha que isso tá acontecendo com outras pessoas? – Franzi a testa. – E que pode ser culpa de alguém?

Ela respirou fundo e desceu o meio-fio. Ajudei-a a entrar no táxi.

– Na verdade, não sou eu quem acha isso – ela continuou, se acomodando no banco de trás. – É o próprio Departamento. Por isso fomos convocadas para a triagem.

Entreguei-a sua muleta.

— Cecília, a cada frase dessa conversa eu fico mais confusa. Você pode repetir, que vou pegar um caderninho pra fazer umas anotações?

— Tá, anota aí, então. Sete da noite, na Praça XV. Porque essa é a hora e o local que eu e você vamos estar amanhã.

— O quê?!

Mas o táxi já partia e Cecília me deixou plantada na calçada com dois olhos arregalados e um compromisso marcado sem querer.

Será que o Destino nunca estava preocupado com o que eu queria ou não?

Não, não estava. Foi o que eu tive o prazer de confirmar, como se as peraltices de Cecília e seus encontros misteriosos não fossem suficientes, com o meu trabalho para o DCS nesse mesmo domingo, poucas horas depois.

Eu tinha uma mensagem e não queria entregá-la.

Já era quinze para as cinco. O horário de visitação da UTI chegava ao fim. Mesmo assim, eu hesitava na entrada, incapaz de seguir pelo corredor de camas e cortinas até meu destinatário.

Eu havia fornecido um nome e número de documentos falsos para entrar, algo que nunca teria dado certo se não fosse o caos em que se encontrava aquele hospital público em época de protestos misturado a um pouco de sorte extra da minha parte.

Assim que conquistei a vitória de entrar na UTI e vi os pacientes deitados, porém, meus pés foram grampeados ao chão.

Quando aconteceu o acidente com meu pai, ele ficou em coma por alguns dias. Tentei tudo o que a internet dizia para ajudá-lo a acordar. Li para ele, trouxe a comida que ele gostava para que sentisse o cheiro, coloquei Pink Floyd tocando do lado da cama. Eu tinha certeza absoluta de que daria certo.

Até que um dia fui para casa e minha mãe me ligou do hospital dizendo que ele não ia voltar mais.

Meu peito deu um salto errático com a lembrança, e da UTI fui jogada de volta a quando tudo deu errado.

Já era fim de tarde no dia do grande protesto. Meus pais não queriam me deixar ir. Minha mãe havia ouvido boatos no trabalho de que haveria repressão. Seria perigoso demais. Não deixariam sua filha de dezesseis inocentes anos correr esse risco desnecessário. Mas eu, no ápice da minha juventude revolucionária, acreditava que era meu dever de cidadã participar. Além disso, vários amigos meus estariam lá.

Quando meus pais não estavam olhando, rasguei todos os meus diplomas de boa filha adquiridos com muito esforço e peguei o primeiro ônibus na rodoviária de Petrópolis com destino ao centro do Rio de Janeiro. Meu celular vibrou durante toda a viagem. Não atendi. Estava decidida.

Minha teimosia só durou até eu chegar no protesto. Eram centenas de milhares de pessoas lá. Eu estava sozinha. Não me lembrava onde seria o ponto de encontro da minha turma e não consegui falar com nenhum dos meus supostos amigos. Não havia sinal de internet, e o de celular era intermitente na multidão. A marcha começou e fui arrastada junto à massa de pessoas. Por todos os lados, rostos indignados. Empurra-empurra. Não era para ser um ato pacífico? Eu não sabia mais dizer. Cada um protestava da sua própria forma. Alguns manifestantes usavam máscaras de gás e camisas enroladas para esconder o rosto. Alguns balançavam bandeiras que eu não conhecia. E a P3 começou a nos cercar. Seus oficiais chegavam cada vez mais perto, suas fardas negras e coletes roxos pareciam tentar engolir a todos nós.

Nunca senti um alívio tão grande quando meu celular vibrou naquela hora. Algum amigo tinha me lido. Alguém iria me salvar dali.

Só que a mensagem não era de um amigo. Era da minha mãe. Ela queria que eu soubesse que meu pai tinha dirigido até o Rio para me buscar, e que era para eu esperá-lo imediatamente na estação da Central.

"Ah, e você está de castigo durante os próximos cem anos. Me obedeça agora se não quiser ficar mais cem." Essa parte não estava no texto, mas eu a conhecia o suficiente para ler nas entrelinhas.

Então a obedeci. Não por causa do medo pelo castigo – eu já havia me conformado com a futura vida em cativeiro desde que fugi. Não. Fui porque meus pais haviam jogado a única cartada que me obrigaria de fato a sair da manifestação.

Eu não podia deixar meu pai sozinho atrás de mim naquela bagunça.

Dei meia-volta na marcha e segui no contrafluxo. Batalhei entre corpos e fardas, gritos e vaias. Um cartaz arranhou meu braço. Quase arrancaram minha bolsinha de mim. Mas perseverei. E enfim o rebanho foi se espaçando. Quando cheguei à Central do Brasil, a aglomeração mais densa de manifestantes já tinha seguido adiante pela Avenida Presidente Vargas. O trânsito próximo estava sendo liberado e começava a andar.

Nele reconheci o carro da minha família.

Meu pai me viu e piscou o farol. Comecei a ir na sua direção.

Foi aí que o caos estourou.

Os primeiros tiros começaram a zunir. Ninguém sabia se eram da polícia ou de manifestantes armados. Ou se eram balas de borracha ou de verdade.

Mas ninguém queria ficar perto.

A Central explodiu em correria e empurrões. Bolos humanos se atropelaram para entrar nos ônibus parados. Uma massa de pessoas da manifestação voltou em debandada para a estação. Mais tiros. Gritos. Pisoteamentos. Meu pai buzinou e tentou jogar o carro pela calçada para trazê-lo até mim, mas havia gente correndo por todos os lados. Pulavam pelo capô. Desatei na direção dele. Bombas de gás começaram a estourar. Tapei o rosto e tossi, mas continuei indo.

*Até que as bombas de gás evoluíram para algo muito pior.
Meu pai largou o carro e tentou sair. O coquetel molotov
caiu primeiro. A explosão e a fumaça vieram em seguida.
E silêncio. O mundo continuava em caos, mas, para mim,
ele havia congelado. Nada era real. Nem o fogo. Nem o sangue.
Apenas meu pai estirado no chão.*

Cada um dos enfermos naquela UTI lotada lembrava um pouco a dor do meu pai. Minha visão embaçou quando passei os olhos de leito a leito. Quantos teriam sido vítimas das mesmas manifestações? Quantas famílias já se preparavam para chorar a perda?

Meu coração partido quis dar meia-volta e fugir.

Mas meu destinatário precisava de mim.

Arrastei meus pés pesados como tijolos pelo piso branco do hospital.

A cortina envolvia a cama do homem em uma espécie de quarto falso em volta de si, tentando lhe conferir alguma privacidade dos outros pacientes. Edgar Alves Pinhão, 44 anos, deitava-se imóvel e pálido sob os lençóis verdes. Seu rosto seria uma máscara de mármore, não fosse pelo chamuscado de barba por fazer. Apesar dos equipamentos ligados, ele parecia em paz. E foi essa expressão que me puxou de novo para seis meses atrás. Minhas pernas bambearam e sentei-me na cadeira ao lado do leito. Meu monstro da caixinha grunhiu dentro do peito, louco para sair. Ouvi-o dizer através dos meus lábios, mais uma memória com vida própria que tomava conta de mim:

— As pessoas já usavam o tempo passado pra falar do meu pai quando ele ainda estava em coma. Meu sangue fervia e eu gritava que elas estavam erradas. Que meu pai ainda estava vivo. Estava bem. Mas aí ele se foi. E eu continuava falando dele no presente, como se ainda estivesse aqui. Eu que fiquei errada. Que irônico, né?

Edgar, como esperado, não comentou. Seu peito levantava e abaixava, calmo como ondas escorrendo pela areia. Tão diferente do meu. Tudo o que eu queria era sair logo dali. Fazer o meu trabalho e deixar aquela lembrança dolorosa para trás.

Só que eu não sabia como.

O presságio desse dia havia sido o mais vago que eu já recebera. Não havia palavras nem imagens além do suficiente para me permitir encontrar meu destinatário ali. Fora isso, apenas um sentimento nebuloso me atraía até o homem, como se estivesse puxando uma pontinha da minha alma para se aproximar.

Levei minha mão à dele, repousada por cima do lençol por causa do fio do soro. O homem estava tão sozinho que a minha boa ação daquele dia seria apenas lhe fazer companhia?

Então nossas peles se encontraram, e eu soube que não. Eu não vinha para lhe dar apoio moral. Nem para entregar qualquer mensagem.

Eu vinha para acordá-lo.

Apertei seu pulso com a firmeza da compreensão, então soltei-o e levantei da cadeira, quase tropeçando para trás. Engoli minha respiração ofegante e balancei a cabeça. Meu trabalho estava feito.

Quis correr para fora da UTI sem olhar para trás, mas me detive na porta pela segunda vez naquele dia e, controlando meus nervos, chamei uma enfermeira.

– O paciente do coma, Edgar. – Apontei. – Ele acordou.

Por minha causa. Eu acordei aquele estranho. Ou melhor, o DCS me mandou acordá-lo. Mas, e todas as outras pessoas em coma pelo mundo? Não mereciam um pouco de sorte extra também?

E, o mais importante: o que fazia aquele homem ser tão mais merecedor de ajuda que meu pai? Por que ele não tinha sido acordado também?

Não era justo.

Aquilo não estava certo. Nada estava certo.

8

– Me sinto insegura – desabafei, encarando o asfalto sob nossos pés e não a mulher andando apressada ao meu lado. – Eu não sei. Quase não dormi essa madrugada. Depois da mensagem de ontem, não consigo parar de pensar em todas as pessoas doentes por aí sem ajuda. Será que isso é realmente justo?

Cecília continuou andando, seu rosto sem expressão. O sinal da rua Primeiro de Março abriu para os pedestres, e atravessamos as pistas abarrotadas de carros e ônibus ansiosos em direção à Praça XV. Mesmo de muletas, Cecília andava rápido. Este era o tipo de pessoa que ela era: sempre é preciso correr para acompanhá-la.

Perdi a paciência e parei de andar.

– Você não tá me ouvindo, né?

Eu nem sabia exatamente para que ela havia me chamado ao Centro do Rio de Janeiro ainda. Ela se recusava a me explicar quando eu perguntava sobre a tal "convocação" do Departamento. E agora Cecília nem tinha a delicadeza de prestar atenção em mim?

Cecília parou alguns passos à frente. Não me viu e, assustada, procurou em volta. Achou-me de braços cruzados lá atrás.

– O que foi? – ela perguntou.

– Eu estava aqui botando minha alma pra fora e você nem prestou atenção!

Suas sobrancelhas eram uma linha tensa sobre seus olhos.

– Desculpa, Sam. Tenho muita coisa na cabeça no momento. Você disse algo?

Bufei, irritada, mas não repeti. Sua preocupação se sobrepôs ao meu desânimo.

– Aonde a gente está indo, afinal? – perguntei.

– Já te mostro. Prometo. É logo ali.

Fiz uma careta de contragosto, mas a segui.

Havia escurecido fazia pouco tempo. A iluminação da Praça XV em si era fraca, ao contrário da dos prédios a sua volta, que, com os holofotes direcionados para si, surgiam em bolhas de luz pela escuridão como quadros históricos em uma galeria de arte para gigantes. O Paço Imperial repetia suas dezenas de janelas arqueadas em um padrão que suspeitei que seguiria até o infinito se o arquiteto tivesse verba. O Arco do Teles, local repleto de bares, já fervilhava com os trabalhadores e alunos que acabavam de ser liberados para curtir uma cervejinha antes de voltar para casa, segunda-feira ou não.

A paisagem noturna era bem diferente da última vez

que eu visitei o Rio Antigo em um sábado ensolarado. Meus pais haviam me levado até lá para conhecer os museus. Eu não devia ter mais que doze anos e um conhecimento muito vago de quem era Dom João VI naquela época. Mesmo assim, meu pai me ensinou cada nome e cada detalhe de tudo que tivesse história no nosso caminho. Estudar o passado brasileiro era sua profissão e paixão, afinal.

Arrependi-me de não ter dado importância às suas explicações na época. Pouco havia sido retido na minha memória. Agora que ele não estava mais aqui para repeti-las, eu nunca desvendaria seus segredos. Moedas valiosas em um navio naufragado, impossíveis de recuperar.

Cecília cruzou a praça e me levou a um monumento que eu lembrava bem. O Chafariz da Pirâmide erguia-se no que seria o encontro com o oceano na época em que foi construído, hoje dezenas de metros mais recuado que o limite da água. Sem funcionar havia muitos e muitos anos, a obra do Mestre Valentim parecia mais o topo da torre de um castelo de contos de fadas do que um chafariz em si. A construção retangular de pedra tinha seu teto ornado por balaústres e, do centro deles, subia um telhado em forma de pirâmide esticada, do tipo que quer encostar no céu. Na sua ponta, uma esfera que eu nunca consegui enxergar direito, mas que meu pai contou ser um globo terrestre. "Foi aqui ao lado que a família real desembarcou quando veio para o Brasil", meu pai dissera. Em um surto de criatividade involuntária, imaginei a corte portuguesa com toda a sua pompa europeia na Praça XV de hoje, seus membros vagando confusos entre a multidão que saía do trabalho no centro comercial do Rio de Janeiro.

– Me ajuda aqui – Cecília me acordou do devaneio. Ofereci-lhe apoio para que descesse o degrau até a grama que circundava o chafariz.

– Acho que não é permitido pisar na grama – eu avisei, insegura. A mulher avançou por cima dela. – Também não acho que a gente devesse chegar tão perto assim do monumento.

A nossa volta, correntes de pessoas saíam e vinham do cais das barcas que atravessavam a baía de Guanabara até Niterói. Nenhuma dessas pessoas descia o degrau até a área em volta do chafariz.

– Você se preocupa demais pra alguém da sua idade – Cecília reclamou.

Ela nos levou até a frente do monumento, onde uma porta de grade de ferro oferecia a única entrada para o seu interior. Cecília tentou abri-la, mas o metal nem se mexeu. Pela ferrugem ali, dava para ver que algumas gerações se passaram desde que foi aberta pela última vez.

– Tente você – a mulher ordenou. Eu ri e abri a boca para negar. Ela entortou a cabeça e me olhou com uma expressão de "você já devia ter aprendido a confiar em mim".

Então o fiz. Fechei meus dedos nas barras e empurrei-as para dentro. E elas foram. A porta abriu. Imediatamente olhei em volta, culpada.

– Vamos entrar.

– Entrar?! – retruquei. – Tenho bastante certeza de que isso aqui pode ser enquadrado como vandalismo de monumento histórico. Acho que estou ouvindo sirenes. Urgh!

– Relaxe um pouco, garota – Cecília revirou os olhos. – Digamos que, por coincidência, ninguém está olhando.

– Depois de tudo o que aprendi sobre o mundo extranatural, não acredito mais em coincidências.

– Ah, elas existem sim. Mas não se preocupe, que quem cuida delas é o Departamento de Improbabilidade e Variância.

Antes que eu fizesse mais perguntas, ela desistiu de me esperar e entrou no prédio do chafariz. Escaneei os arredores uma última vez e, constatando que realmente ninguém prestava atenção em nós, repassei mentalmente minha desculpa caso a polícia chegasse e entrei.

O cômodo era pequeno e mal iluminado, mas o teto subia tão alto que, no escuro, eu não o enxergava. A única luz vinha da porta semiaberta atrás de nós e das duas janelas no alto das paredes perpendiculares a ela, também fechadas com barras de ferro. Eu não fazia ideia do que estávamos fazendo ali, mas uma coisa era certa: o quartinho daria uma cela perfeita caso fosse uma armadilha para nos capturar. Bom, pelo menos a grade ainda estava aberta. E foi neste momento que Cecília fechou-a. Não satisfeita, fechou também uma segunda porta de madeira escura que eu não tinha percebido que havia ali, bloqueando a visão lá de fora. Tá, aquilo era oficialmente suspeito, então já dei por certo que seria capturada e viraria cobaia em um laboratório secreto de ricaços tentando extrair de mim meus supostos superpoderes e comecei a imaginar minhas opções de fuga naquele cenário. Talvez eu pudesse usar meu charme e simpatia para fazer um dos guardas do cativeiro se apaixonar por mim e ajudar na minha fuga. Mas ele largaria seu salário altíssimo de capanga de milionário para me salvar? Será que o amor seria mais forte do que o dinheiro? Eu pensaria em um plano B, só por via das dúvidas.

– Eu sei, também fiquei sem palavras quando meu ex-gerente me trouxe aqui pela primeira vez – Cecília disse, interpretando errado meu silêncio.

– E "aqui" seria o quê exatamente?

Ela apontou para o centro da torre:

– Fique em pé ali – ordenou, ao invés de responder. Obedeci. – Vire para a parede do fundo. Tá vendo esse feixe de luz?

Procurei-o. De fato, com as portas fechadas, só com a luz fraca das janelas lá em cima, reparei em um único feixe de luz perfeitamente reto que caía do teto até o chão na minha frente.

– Passe o seu cartão nele.

Hesitei, cética, mas minha curiosidade foi maior e a obedeci. Cortei o feixe com meu cartão de visita. Para a minha surpresa, a parte da luz que sumiu foi a de cima.

Ou seja, o feixe vinha do chão.

Então não vinha mais. Retirei o cartão e olhei para baixo, confusa. O ponto brilhante ainda estava lá, mas a luz não subia mais. Em vez disso, ela vazava entre as pedras no solo. Correu pelas suas frestas como água luminescente, até que sob meus pés se formou o caule e os galhos retos de uma árvore sem folhas. O logo do Destino. Meus olhos pularam para a parede da frente quando a mesma luz aquosa surgiu nela. Dessa vez, ela formou palavras.

Bem-vinda, Cassandra Lira.

Embaixo, em letras menores, outras informações aparentemente sobre mim começaram a surgir pela *tela* de pedra:

Nível: júnior, 0 mensagens pendentes, 10 entregas bem-sucedidas.

— Por acaso eu acabei de entrar na... intranet do Departamento?

— É uma boa analogia.

— Quando acho que tô começando a entender o DCS, ele vai e me dá uma rasteira de novo. Não tem como você me explicar tudo o que ele pode fazer de uma vez?

— Se eu fosse te listar todas as funções, surpresas e irregularidades possíveis quando se trabalha com o Destino, Sam, a gente só ia parar de falar na próxima era do gelo.

Cecília podia ser uma pessoa proativa e corajosa, mas não era a melhor mentora do mundo. Continuei, sem reclamar, distraída com meu novo iPad extranatural:

— Eu me sinto tão em *Minority Report* agora — eu ri. — O que eu faço?

O primeiro "bem-vinda" desapareceu da parede e foi substituído por outra mensagem:

Iniciar triagem?

— O que é isso?

— É só dizer que sim.

— Eu quis dizer, o que é *tudo* isso?

Porque eu não deixaria a existência de um computador ligado ao mundo extranatural passar sem uma boa explicação. Não, senhora! Se Cecília não me explicasse, eu pessoalmente ligaria para o Departamento de TI do Destino para tirar satisfação.

— Isso é o Chafariz de Pirâmide do Mestre Valentim. Foi construído um pouco antes de 1800. Não lembro a data exata.

— Ela pausou, checou se seria suficiente para minha curiosidade. Meu silêncio respondeu que não. Ela suspirou discretamente e continuou. — Você já sabe que os mensageiros do Destino existem desde muito antes do sistema atual do DCS ser formado. Estamos aqui há tanto tempo quanto o homem racional. Foi em algum momento do final do século XVIII que o aumento da população e dos conhecimentos mundiais fez necessário dar uma *profissionalizada* no sistema. Os primeiros relatos de uma organização maior são dessa época, mesmo que só muito depois fosse chamado de Departamento, como hoje. E, para criá-lo de forma uniforme e centralizada, o Destino decidiu que precisava de uma sede principal em cada zona que atuasse. No Brasil, foi fincada aqui, com a construção do Chafariz, cuja finalidade real quase ninguém conhece até hoje. Naquela época, só essa base era suficiente para a Colônia inteira. O que não é o caso hoje, que temos sedes em todas as capitais do país e em muitas cidades extras também.

— Acho que faltei nessas aulas na matéria de história brasileira.

A risada de Cecília ecoou pelas sombras.

— Mas ainda não entendi a necessidade de uma sede — continuei. — O Destino, ou os seus processadores, ou o que for, não consegue falar das questões do Departamento diretamente com os mensageiros, como já faz pra mandar os presságios?

— Esse tipo de conexão com o sistema que fazemos aqui no Chafariz é mais profunda. Um portal de comunicação desse nível entre os planos não é algo fácil de se abrir em qualquer lugar. Principalmente para os Departamentos do Destino, que precisam seguir uma regulamentação de segurança bem restritiva. Por exemplo, as entidades superiores dos Departamentos não podem entrar nesse plano pra falar conosco. Mas aqui nesse portal eles têm condições de nos acessar diretamente.

A palavra "acessar" ligada a "entidades superiores" aumentou consideravelmente a intimidação que eu sentia pela mensagem de luz na parede.

— O que é essa triagem? O que vai acontecer se eu disser "sim" pra ela?

— Você quer mesmo saber?

— Sim.

A escuridão tornou-se luz. Fechei os olhos e apertei-os, cega pela luminosidade. O calor invadiu cada célula minha de uma vez só, inspecionando cada milímetro do meu corpo sem cerimônia ou resistência. Ele queimou como da primeira vez que recebi meu cargo de Cecília, mas não com a mesma intensidade dolorosa. Passou por mim com seu bafo quente e dissipou. Abri os olhos, ainda marejados, e não enxerguei nada na escuridão. Um surto de pânico me tomou, com aquela sensação de impotência que sentimos quando abrimos as pálpebras, de repente, e não é mais suficiente para nos fazer enxergar, até que minha visão se acostumou e novas palavras se formaram na parede de pedra.

Triagem completa. 0 irregularidades encontradas.

— Podia ter me avisado, hein! — reclamei, enxugando os olhos com as costas das mãos.

As palavras mudaram de novo, dando lugar a uma série de frases que assim que eu as lia, eram substituídas pela próxima.

Obrigado pela visita.

Até logo e faça um bom trabalho.

O Destino está em nossas mãos.

Quando a última palavra sumiu, nenhuma tomou seu lugar. Meu nome e as outras informações se apagaram também. Então o símbolo luminoso sob nossos pés pulsou mais forte em seu último suspiro e se apagou de uma vez só. Cecília abriu a porta e as grades do chafariz.

– O que foi isso tudo? – perguntei, ainda atordoada.

– Vamos sair daqui primeiro. Esse prediozinho me deixa claustrofóbica.

Nos adiantamos para a área aberta da Praça XV na sua frente, onde antigamente passava o viaduto da Perimetral, até atingirmos uma distância segura do sistema do Destino. Cecília forçou um tom despreocupado que não combinava com a tensão do seu rosto e disse:

– O sistema estava só checando se correu tudo bem com as suas entregas. Nada de mais.

Eu tinha vindo até o Centro do Rio de Janeiro só para o Destino me dar um "joinha"?! O que todas as suas suspeitas por erros acontecendo no DCS tinham a ver com isso? Suspirei tão dramaticamente que o gesto foi um espetáculo para os passantes. Devo ter feito uma expressão de coruja desgostosa no processo, porque Cecília perdeu a paciência e disse, levemente bruta:

– São só mais alguns dias, garota. Depois você pode

voltar a não fazer nada na internet o dia inteiro como os outros jovens da sua idade, enquanto o mundo se perde lá fora. Ela estalou um *tsc* inconformado com a língua. Cecília falava como se, trabalhando para o DCS, nós estivéssemos fazendo uma enorme diferença.

Só que, desde ontem, eu não me sentia assim. Me encolhi um pouco dentro dos meus braços cruzados e partilhei isso outra vez com ela, já que da primeira ela não havia ouvido.

– E se todo esse esforço meu, nosso, do DCS inteiro, não passa de um grãozinho de areia em um mundo de injustiça? Por mais que a gente trabalhe, o mundo continua todo errado por aí. Não sei se vale tanto a pena. Qual é o sentido, se a diferença que fazemos é tão pequena? – Não consegui conter a impotência que me assolava e, antes que pudesse perceber, estava admitindo a raiz da minha indignação. – Ontem acordei um paciente em coma. Quando o *meu pai* ficou em coma, ninguém foi acordá-lo. Eu me sinto tão... tão... frustrada, sabe? É meio irracional, mas agora que eu sei que existe uma organização extranatural que poderia tê-lo salvado, eu fico com tanta raiva! Ele ficou vários dias no quarto da UTI. Por que não podia ter ido alguém do DCS lá um único dia?!

– São vários os fatores que influenciam isso – ela disse, cansada, porém simpática à minha dor. – Eu já te expliquei. Os processadores fazem o levantamento de quem tem as maiores variações de sorte.

– Você tá dizendo que meu pai não era azarado o suficiente pra merecer ajuda?! – interrompi-a, meu queixo caído. – Explodiram um coquetel molotov na droga do carro dele!

– Não! Não foi isso que eu disse. Eu só estava explicando. Depois que fazem o levantamento de quem merece ajuda do DCS, eles são sorteados aleatoriamente. Não temos como chegar a todas as pessoas. E agora parece que nem sempre chega a ajuda certa mesmo quando são escolhidos…

Seu tom escurecera nesta última frase.

– O que você quer dizer com isso? – perguntei. – É disso que você falou ontem, sobre os erros que estão acontecendo aqui?

Cecília hesitou. Para ela, aquela conversa era caminhar sobre uma estreita ponte de madeira sobre águas inseguras cujo rio ela nem tinha certeza se precisava atravessar. Mas meu olhar perturbado estava logo atrás dela, cutucando-a para que seguisse em frente.

– Nem sempre a sorte tem sido entregue da forma correta por alguns mensageiros – ela explicou, com cuidado. – Nem sempre vai pra quem merece. Algumas vezes ela acaba sendo desviada para o lugar errado. É por isso que tivemos que vir aqui ao vivo hoje. O sistema tem convocado todos os mensageiros de nível *sênior* e abaixo pra triagem. Ele quer checar pessoalmente e verificar se toda a sorte que correu por cada um foi para os devidos destinatários, sem qualquer irregularidade.

Balancei a cabeça, me negando a acreditar.

— Então pode ser que meu pai não tenha sido salvo por conta de um erro no sistema?!

A mulher desviou o rosto, sem querer admitir. Enfim ela seguiu pela ponte de madeira por cima do rio que era a nossa conversa.

— Não sei se são erros do sistema ou só erros *humanos* mesmo. Mas eles já estão sendo devidamente investigados. — Ela se virou para mim com os olhos brilhando de determinação por trás das lentes. — Sam, saiba que eu também sinto a *sua* raiva. Mas jamais saberemos se era pra ter acontecido ou não. A vida terrena é toda salpicada de acidentes e incidentes se misturando com os nossos caminhos.

Desviei o rosto para a baía de Guanabara; a escuridão entre os prédios no limite da praça me pareceu reconfortante, e cruzei os braços. Lá longe nas águas, um ou outro barco brilhava solitário, cada um como se fosse uma pequena constelação na noite.

— Independente disso, você não pode perder o foco do seu trabalho — Cecília continuou. — Não pense no que não pode mudar, mas sim no que pode. Seu pai não foi salvo, mas talvez o pai de alguém possa ser. Talvez o homem que você acordou ontem esteja cercado de uma família feliz agora. Uma família feliz por sua causa.

Mordi os lábios, meus olhos ainda perdidos na vista da baía. Eu sabia que Cecília estava certa, mas não estava em um momento muito racional para admitir.

– A morte é algo delicado para os cálculos dos processadores do DCS – ela explicou. – O falecimento inesperado ou antes da hora de uma pessoa conta como azar para aqueles que a amavam, os que ficaram para trás. Às vezes, é uma perda tão grande que precisa da nossa correção. O que eu quero dizer é que, se não fosse pela sua mensagem ontem, salvando alguém que ainda não deveria partir, talvez um outro mensageiro estaria neste momento indo encontrar com a esposa do homem agora, em luto, para corrigir a sua sorte pela morte do marido em coma.

As luzes na baía vacilaram conforme meus olhos marejaram. Desviei-os para o chão. Cecília continuou:

– Eu entendo que é difícil controlar a frustração às vezes, Sam. Mas temos que reconhecer que o mundo *não é* justo. É por isso que o DCS existe. Para consertá-lo. A cada mensagem que você entrega a um necessitado, ele fica um pouquinho melhor do que era antes. Esse é o nosso foco. Esse é o nosso papel. Nunca se esqueça disso.

Foi a sua vez de desviar os olhos quando completou:

– Como outros já esqueceram.

9

Não esqueci. As palavras de Cecília me deram força para entregar as mensagens da semana seguinte. Quando eu parava algumas noites, porém, as dúvidas sobre o sentido daquilo tudo tentavam voltar de fininho, me arrancando um olhar perdido e um momento de silêncio. Meus meses de depressão haviam me deixado vulnerável a esses tipos de questões existenciais. Mas eles também haviam me dado experiência em combatê-las, e logo eu me distraía e me esquivava das suas garras. Como dizia a Dory, em *Procurando Nemo*, às vezes tudo o que você precisa é continuar a nadar.

Cecília pediu que eu ficasse alerta quanto a novas irregularidades na nossa distribuição de sorte, então a obedeci. Mantive meus olhos bem abertos quando avisei a moça no terminal de metrô que perderia sua mala no aeroporto. Quando avisei o senhor na fila do INSS que seu Fusquinha antigo lhe causaria um acidente. E até quando adverti o motorista do ônibus para Madureira qual era o animal em que ele deveria apostar no jogo do bicho.

Nada.

Acabou sendo uma semana calma. Sem presságios de vida ou morte. Sem protestos no meu caminho.

E, mais surpreendente ainda, sem perguntas de garotos desconfiados.

Leandro ainda estava lá, é claro. Era difícil esquecê-lo sabendo que morava do meu lado e estudava na mesma sala que eu. No início, até tive medo de reencontrá-lo no colégio, achando que já teria se esquecido da promessa de não me obrigar a responder nada. Havia se passado vários dias desde que a fizera. Poderia ter mudado de ideia. Mas ele manteve sua palavra e, com o tempo, meu medo foi abrandando. Começamos a conversar quando nos esbarrávamos pelos corredores da escola. Voltamos juntos para nosso prédio um dia ou dois. Cheguei a apresentar ele e Ivana a minha mãe em uma noite em que nós duas chegávamos em casa na mesma hora em que eles saíam. E, em um recreio, Leandro até achou meu esconderijo sob a arquibancada da quadra e me fez companhia por alguns minutos até ser carregado pelos alunos abelhas de volta às suas responsabilidades de rainha da colmeia.

De vez em quando, porém, eu o pegava me espiando com o canto do olho de um jeito estranho, como se tivesse algo na ponta da língua para dizer. Isso atiçava em mim uma melancolia que me fazia lembrar que em algum momento Leandro faria, sim, perguntas demais, e nós inevitavelmente nos afastaríamos. Mas o garoto sempre se decidia por permanecer em silêncio nessas horas, e eu seguia aproveitando nossas pequenas parcelas de amizade. Dando sorrisos discretos quando tinha certeza de que ninguém estava olhando. E assim seguiu minha semana calma. Tranquila.

Até o Destino chegar em casa, ver a linha da minha vida descansando arrumadinha em cima da mesa da cozinha e dizer "ué, o que isso tá fazendo aqui?", logo antes de enrolá--la em um emaranhado cheio de nós e jogá-la no chão para o gato brincar.

Foi no domingo seguinte, faltando menos de uma semana para terminar meu tempo como mensageira, que minha folga acabou.

Eu saía de casa de tarde para entregar a mensagem do dia quando dei de cara com o homem na frente da porta de Leandro e Ivana. Sua calça e camisa social estavam prensadas impecavelmente, mas seu rosto tinha a sombra de uma barba por fazer. Ele apertava a campainha com a impaciência de quem já repetiu aquele gesto muitas vezes. Pegou o celular do bolso e checou-o. Pegou outro celular de outro bolso e fez o mesmo. Tocou a campainha de novo.

Virei para continuar meu caminho quando ele me chamou:

— Menina. Sabe se seu vizinho tá em casa?

— Acho que não, se não tá respondendo a campainha...
— Parecia tão óbvio que acabei soando grossa, o que o homem levou na brincadeira.

— Ou isso, ou eu sou muito chato e não querem me ver — ele rebateu. Seu riso era fácil, mas não aberto. Seu tom, alto e impositivo demais. Estranhei. Aquele bom humor não era de simpatia honesta. Passava mais perto de uma estratégia calculada de quem já tem experiência com pessoas, e sabe que se diminuir funciona para se aproximar. – Você é amiga do Leandro? Tem o celular novo dele?

– Não tenho – menti. – Você é parente dele?

– Assistente do pai. Sabe aonde ele foi?

Neguei com a cabeça e disse, pescando informações:

– Quer que eu dê algum recado se o vir mais tarde?

– Só diga que o Elias passou pra falar com ele. – O homem pausou, pensou melhor. Enfim, decidiu que eu, garotinha tão inocente, não seria uma ameaça se ele acrescentasse mais alguma informação. Céus, como eu adoro me aproveitar das falhas do machismo. – E que já tá na hora de ele parar de ficar se metendo onde não deve.

O homem agradeceu e desceu pelas escadas em espiral.

– Ele já foi? – alguém perguntou atrás de mim. Pulei quase dois metros de susto. O olho decorado com delineador forte de Ivana me espiava por uma fresta na porta do seu apartamento.

Assenti, ainda assustada demais para falar. A porta fechou. Ouvi a corrente da trava ser removida e então ela se abriu de vez.

– Valeu por fazer ele se mandar – a garota disse. Ela segurava seu celular no ouvido, mas falava comigo. – O maldito já estava apertando a campainha há dez minutos. Se eu ouvisse aquele sininho mais uma vez, juro pra você, a gente ia descobrir na marra se o corpo humano consegue mesmo sobreviver a uma queda de três andares. E não tô falando do meu.

– Que bom que eu cheguei a tempo de impedir o assassinato, então.

– Alô, Leandro? – ela disse para o aparelho. – Já tá voltando? Ah, então segura uns cinco minutos longe do prédio. O urubu estava aqui na porta. Acabou de sair. Se você vier agora, corre o risco de cruzar com ele no caminho. Quê? Não, claro que não falei com ele. Eu lá tenho cara de trouxa pra aturar aquele cara por livre e espontânea vontade? Ei, a Sam tá aqui. Diz oi, Sam!

Ela estendeu o celular para mim. Pulei para trás de novo. A garota queria me matar do coração?

– Ela disse oi – Ivana continuou, inabalada. – Tá. Vou falar. Até.

A garota desligou o celular e virou para mim.

– Ele perguntou se você pode esperá-lo por dez minutos, que ele tem algo pra te dar. Tem tempo ou tá com pressa?

Algo para mim? Conhecendo Leandro, o aspirante a Carlos Alberto de Nóbrega versão *memes*, só podia ser zoeira. Mas tudo bem. Eu estava adiantada para entregar a mensagem daquele dia, mesmo.

– Entra aí. – Ivana virou para me dar espaço para passar enquanto digitava uma mensagem no celular.

– Quem era o cara? – perguntei, obedecendo-a.

– Trabalha com o pai do Leandro. Ele é um idiota. A gente evita.

O apartamento dos dois parecia ter a planta espelhada do nosso. A sala com sofá e televisão e a cozinha americana perto da porta. Lavabo ao lado do corredor que seguia para os quartos. Ele só não tinha o nosso tapete gostoso e a nossa quantidade absurda de travesseiros, mas isso era compensado por algo muito melhor.

Uma pilha enorme de ovos de Páscoa.

Sério. Devia ter uns vinte deles jogados sobre a mesinha de café, na frente de um tripé armado com uma câmera e um *laptop*.

– Caramba, quanto... dinheiro! – exclamei. – Como vocês conseguiram esses ovos todos? Venderam o apartamento?

– Foi o Leandro.

– Ele vendeu o apartamento?

– Não, só a alma dele.

– Pensei que ela já estivesse prometida pro diabo.

O peito dela chacoalhou com uma risada contida.

– Preciso lembrar de anotar essa no meu caderninho de insultos pra depois – ela disse. – Mas não, não foi pro diabo. Foi pras empresas de chocolate. Elas mandaram esses ovos de graça pra resenharmos no vídeo de Páscoa do canal. Vamos gravar hoje.

– Que legal! – Olhei para o sofá desarrumado. Tinha até uma mochila vomitando seu conteúdo sobre ele. – Mas não é aqui que vocês sempre gravam, né? Os vídeos do *Moleque* têm uma estante com uns livros e uns bonequinhos atrás, normalmente. E uns quadros coloridos aleatórios.

– O do Studio Ghibli fui eu que comprei – Ivana comentou, erguendo o queixo. – Eles ficam lá dentro. Mas é que aqui tem mais espaço para o de hoje.

– Ah.

Puxei um dos bancos de bar do balcão da cozinha – eles não tinham mesa de jantar como nós – e tamborilei os dedos no meu joelho. A televisão ligada passava um *talk show* de celebridade não interessante.

– Ei – Ivana me chamou de súbito, um tanto acanhada. – Desculpa por brincar sobre os protestos naquele dia em que a gente se conheceu. Essa semana, uma colega minha tomou um tiro de bala de borracha e foi parar no hospital. Estamos todos bem chocados ainda. Só agora tô entendendo o quanto você tinha razão. Os protestos são mesmo perigosos. Não que eu vá deixar de ir. Mas vou ter mais cuidado a partir de agora.

Leandro havia contado a ela sobre o meu pai? Não, a garota não dava a entender que sabia. Não havia nenhuma pena desviando seus olhos dos meus enquanto falava.

– Faz bem – foi tudo o que comentei.

Ela começou a ajeitar o tripé da câmera e, passado o clima pesado, logo puxou outro assunto, depois outro e outro.

– Seu sotaque é do nordeste? – perguntei em certo ponto, reparando numa musicalidade diferente na sua voz, umas vogais um pouco mais abertas.

– É sim. Mas nem era pra ter, viu? Vim do Recife pro Rio com meus pais quando era bem novinha. Leandro diz que eu só não perdi o sotaque todo porque sou uma "cabra da peste" muito teimosa.

Ela revirou os olhos.

– Seus pais voltaram pra lá? – Não consegui controlar a minha curiosidade. – O Leandro me disse que vocês moram sozinhos.

– Ah, eles foram pra Brasília a trabalho. Eu podia ir com eles ou voltar a morar com os meus avós no Recife. Mas aí minha família ia achar que sou acomodada e obediente, e Deus que me livre alguém pensar isso de mim, né? Então me inscrevi na faculdade aqui no Rio e os obriguei a me deixarem ficar nesse apartamento.

– Morando com o Leandro – completei despretensiosamente, mas Ivana percebeu minha insistência no assunto e me lançou um sorriso torto.

– Você tá a fim dele? – ela perguntou, assim, na lata.

– Não! N-não é isso. – Meu rosto ficou quente, e não era por causa do dia abafado. Ok, Leandro até era charmoso, com aqueles olhos claros e aquele humor afiado sempre a postos para te animar. Mas eu não estava pronta para manter um relacionamento com alguém. Entregar-me a outra pessoa deixaria a sua mercê segredos meus que eu não queria que ninguém descobrisse. Não entenderiam. E eu já levava fardos demais comigo para adicionar rejeição ao meu burrinho de carga emocional. Além do mais... – Por que você tá me perguntando isso? Vocês não são...?

– Se a gente se pega? – Ela fez uma careta. – Credo,

não! Somos amigos desde que eu tinha dez anos e nossas mães trabalhavam juntas. Ele é como se fosse um irmãozinho mais novo e meio mimado. Independente disso, eu nem ando em uma fase muito de gostar de homem.

Peguei-me me sentindo aliviada com o status de relacionamento não romântico dos dois e imediatamente me recriminei.

– Não tô a fim – declarei, veemente. – Juro.

– Sei. – Ela apertou os olhos, como se direcionasse os lasers da sua concentração para arrancar a verdade de mim. Fiquei nervosa e tentei distraí-la.

– Cadê ele, afinal? Já passou mais de dez minutos. Ah, não. Não me diz que ele foi malhar, por favor.

– Não, hoje não. Ele foi pesquisar os preços e os modelos de ovos das lojas de chocolate ali na praça da Lagoinha. Achamos legal falar disso no vídeo.

– Ah, tá.

Ela continuou me olhando apertado. Suei frio.

– Que bom, então – enrolei. – Se ele tivesse ido malhar, demoraria horas.

– Ah, é. Do jeito que ele gosta. Se deixassem, acho que malhava todo dia. Só não foi hoje porque era dia de faxina.

– E ele, que não é bobo, sabe que faxina é algo muito mais pesado que qualquer academia e aproveitou.

O olhar se desmanchou. Ivana riu, um riso que joga a cabeça para trás e se delicia em cada "há". Levou um momento até se controlar e contar, voltando a mexer na câmera:

– Ele malha assim desde que tinha uns treze anos, sabe? Era bem magrinho. Os meninos da escola zoavam. Os babaquinhas mirins. Aí a mãe dele marcou consulta na nutricionista e o inscreveu na academia. Você tinha que ver como o Leandro seguiu à risca a alimentação e os exercícios. Era o pré-adolescente com mais determinação que eu já vi, considerando que a maioria dos meninos nessa idade tem a capacidade de atenção de um pombo no chão da padaria. E nunca mais parou.

Seu tom viajou a uma distância de anos quando continuou.

– Mas hoje, desconfio que ele continua malhando com tanta persistência porque lembra a rotina que tinha antes de tudo dar errado. Antes de a mãe dele falecer. Sei lá. Gente, eu tô viajando aqui pra você. Foi mal.

Ela sorriu, mas não de um jeito sem graça. Largou a câmera e foi arrumar a posição dos ovos de chocolate sobre a mesa.

– Tô sendo estranha falando disso, né? Acho que sinto falta de poder conversar sobre ele com alguém, agora que a gente anda meio afastado dos nossos amigos antigos. – Equilibrou um ovo em pé. Ele caiu. Equilibrou de novo. – Relaxa, que eu sou meio abusada mesmo. Ele falou tanto de você que eu já até te trato como se te conhecesse.

– Não tem problema – eu disse, contendo minha curiosidade nas conversas dos dois sobre mim. – Pode falar à vontade. Principalmente se for pra me contar os podres. Um dos passatempos favoritos dele no colégio é ficar me zoando, e seria ótimo se eu tivesse algumas cartas na manga pra revidar.

Ivana pausou a maratona de brincar de Tetris com os ovos de Páscoa e me fitou com o canto dos olhos:

— Depois dessa, eu já tô oficialmente *shippando* vocês dois.

— Nããão! – choraminguei. – Eu já disse que não é isso! O *ship* tá proibido!

— Meu *ship* existe independente de permissão, *sorry*.

Quis pegar uma almofada do sofá para tacar nela quando me lembrei que eu mal a conhecia. Era impressionante como conversar com Ivana era fácil. Com seu riso aberto de covinhas adoráveis nas bochechas, ela parecia ser esse tipo de pessoa que não se incomoda com coisas bobas. Aquela que você se sente seguro de se aproximar porque ela provavelmente não vai se importar com os seus defeitos.

A campainha tocou e ambas pulamos. Ivana fez o sinal de silêncio para mim. O homem chato tinha voltado?

— Abre aê, Ivana! – disse a voz de Leandro do outro lado. – Esqueci minhas chaves.

O garoto entrou com uma sacola da loja de chocolates em uma mão e um papel amassado na outra. Deixou a primeira no balcão da cozinha e entregou a lista para Ivana. Fiapos do seu cabelo marrom queimado de sol estavam grudados à sua testa com suor.

— Tá fazendo um calor do inferno lá fora – ele disse, pegando um copo com água. Observei seu pomo de Adão subindo e descendo enquanto bebia. Então meus olhos passearam para os seus dedos segurando o recipiente e lembrei, não sei por que, de minha conversa vazia com Ivana sobre o vício dele em malhar. Seriam suas mãos calejadas pelos exercícios? Será que a textura da sua palma seria áspera contra a minha pele?

Desviei os olhos e suguei minhas bochechas para dentro num ato reflexo para tirar o vermelho delas.

Ele se virou para mim.

— E aí, Sam? Por que você tá imitando um peixe? Quer uma água? Espera, essa não foi uma piada intencional. Eu realmente estava oferecendo.

Soltei minhas bochechas, balancei a cabeça e extravasei meu desconforto emocional em palavras rápidas e desnecessárias:

— Você disse dez minutos, e já se passaram quinze. Não pense que não percebi. Sua filosofia pessoal te impede de chegar em qualquer compromisso na hora marcada? — Virei para Ivana. — Você é a responsável dele. Devia deixá-lo de castigo.

— Não, senhora! — Ela levantou os ovos que arrumava defensivamente. — Já decidi que não quero ter filhos justamente pra não ter que lidar com malcriação. Leandro já me traumatizou.

— Desculpe, hoje não foi intencional. — Ele se defendeu, então ergueu uma sobrancelha. — Você se incomoda tanto assim de eu chegar atrasado nas aulas? Deve ser a quinta vez que fala disso.

Encolhi os ombros e admiti, envergonhada:

– Só gosto de reclamar. Tô ficando repetitiva, não tô? Prometo que vou procurar outro defeito seu pra zoar da próxima vez.

Ao contrário de rebater minha chacota na hora, como sempre fazia, dessa vez Leandro demorou alguns segundos para responder. Quando o fez, me deu as costas e seguiu para a sala, e não vi o seu rosto.

– Eu não estudei ano passado, quando a minha mãe morreu. Depois de tanto tempo sem aulas, já me esqueci como faço pra me importar com essas coisas de colégio. Qual é o problema de perder alguns minutos?

Ele perdeu um ano inteiro de estudo por causa da morte de sua mãe? Queimei de curiosidade para saber o que mais havia acontecido com ele nessa pausa, mas, depois do tom pesado na sua voz, pela primeira vez não tive certeza se eu gostaria de ouvir a resposta.

Quanto àquele sentimento de desapego à rotina do colégio, de certa forma, eu me identificava. Eu também havia provado das dificuldades do mundo real, e frequentemente me pegava observando alguns problemas comuns dos outros adolescentes da minha idade com um certo distanciamento melancólico. Como podiam dar tanta importância a detalhes, quando a vida lá fora tinha tanta coisa mais preocupante?

A psicóloga que minha mãe tinha me levado havia uns meses desaprovaria eu me sentir assim. "Você tem que ser mais leve, Sam", ela sempre me dizia. "Nenhum problema tem direito de estragar a sua juventude, essa época tão boa de rir com os amigos e namorar *muuuito*." Ela então olhava para a janela e se perdia em alguns segundos de saudade da sua juventude.

Eu sei. Ela era otimista demais. Mas estava certa. Foi depois das sessões que eu comecei a me reerguer, dois meses após a tragédia. Os resultados eram lentos, mas já apareciam desde então. Aos poucos, o meu humor sarcástico e exagerado de antes da crise voltava às minhas piadas. Aos poucos, as rachaduras se abriam nas minhas tormentas e uma luz leve escapava para dentro de mim. Mas, por mais que você aprenda a lidar com as suas cicatrizes, algumas nunca desaparecem completamente. E de repente você se pega se escondendo dos outros alunos debaixo das arquibancadas no recreio.

Mas eu não dirigiria nossa conversa para temas tão pesados. Não naquele dia.

Segui Leandro até a sala:

— Espera, se você pulou um ano, então você é mais velho que eu?

— Só um pouco. Fiz dezoito agora, antes do Carnaval.

— Veeeeelho!

— Ele se aproxima de jovenzinhas como você pra sugar a vitalidade — Ivana alertou.

— Você não vai me absorver pra criar um terceiro bíceps, vai?

— Isso tudo é recalque — ele respondeu, entrando na brincadeira. — Pela minha perfeição física e intelectual.

— Ah, Leandro — Ivana bufou. — Espero sinceramente

que algum dia você possa amar alguém tanto quanto ama os seus músculos.

– Não sei se o meu coração é grande o suficiente pra isso – ele rebateu, e sorriu maliciosamente. – Já os meus bíceps...

O tema de entrada do noticiário da tarde da TV Vida tocou na televisão. Meus dois amigos imediatamente dirigiram sua atenção a ela.

– Um grande protesto interdita a Av. Dom Henrique Infante, em Botafogo – alertou a repórter. – Manifestantes afirmam que a concentração é uma reação à coletiva de imprensa da AlCorp do último sábado, quando o atual diretor executivo da empresa, Armando Novo, se reuniu com os representantes das associações de comerciantes do Rio de Janeiro para anunciar novos aumentos de mercadorias.

O homem apareceu na tela, com seu cabelo negro perfeitamente penteado de boneco Ken e suas narinas zangadas, se pronunciando em um púlpito para os cidadãos em questão. Eles já estavam levantando de suas cadeiras e abanando os braços, irritados por não terem o apoio do superior. A cena estava quase tão caótica quando a guerra da semana passada, quando Armando Novo se reuniu com os advogados do Procon. E olha que a AlCorp devia ter infringido quase todos os direitos de consumidor existentes nas suas normas e, quando multados, simplesmente pagavam o que deviam e seguiam fazendo errado. Ou seja, foi um debate bem violento.

Nesse dia, faltou só os homens sacarem katanás dos seus ternos para batalharem ao vivo no noticiário.

– Parece que vamos ter que adiar o vídeo de Páscoa – Leandro disse, sem nem um pingo do seu bom humor usual.

Em um olhar de mil palavras, ele e Ivana trocaram uma conversa inteira.

– Vou me arrumar – a garota decidiu. Largou os ovos do jeito que estavam e sumiu pelo corredor.

Na televisão, Armando Novo já estava dirigindo seu discurso, como inevitavelmente fazia para terminar todo pronunciamento, a atacar verbalmente os protestantes com uma calma perturbadora. "Inimigos da paz, da democracia e do cidadão trabalhador", ele dizia toda santa vez, como se fosse uma receitinha de bolo, com aquela oratória cheia de pausas enfáticas dignas de um bom político que sabe convencer o seu público.

– A nossa P3 já está ininterruptamente investigando os suspeitos de organizarem esses protestos de tamanha hostilidade – ele continuou. – Saibam que a AlCorp vai fazer *de tudo* para proteger o trabalhador honesto desses crimin…

Leandro desligou a TV.

– Vocês vão a esse protesto, não vão? – perguntei. – O que anunciaram agora, em Botafogo.

Ele assentiu e avançou até a mochila espalhada sobre o sofá. Observei-o arrumá-la.

– Como você consegue fazer isso? Ir aos protestos quando sabe que é tão arriscado? Que você só vai se machucar?

– Gosto de ser *vida loka* – ele brincou.

– É óbvio que você ia responder com uma piada – reclamei comigo mesma. – Nem devia ter perguntado. Essa sua mania de nunca levar às coisas a sério é bem frustrante quando a gente quer ter uma conversa de verdade, sabe?

Ele fechou o zíper da mochila e deixou que a expressão pesada voltasse ao seu rosto. Pela primeira vez, Leandro estava cansado demais para manter a fachada da simpatia e do humor comigo.

– Eu tenho que ir aos protestos. Você não entende. – Ele balançou a cabeça. – Não é porque tem um risco no caminho que vou deixar de lutar pelo que eu acho certo, Sam. Pelo que eu *preciso* lutar. Se todos ficassem na segurança dos seus sofás pra sempre, nada no mundo mudaria.

– E não tem uma forma mais segura de fazer isso?

Leandro me espiou pelo canto do olho com só um lado dos lábios levantado em um sorriso nem um pouco angelical.

– Aí não teria graça – ele disse.

O que só aumentou a minha preocupação com o seu bem-estar e a sua sanidade em uns novecentos por cento, mais ou menos.

– *Moleque Sensato* é uma propaganda enganosa – eu disse. – Porque você é tudo, menos isso.

– Nunca gostei desse nome. Foi a Ivana que quis colocar.

– *Moleque Vida Loka* já estava registrado?

Ele sorriu, mas eu não. Seu olhar distraído era o de alguém que não estava interessado em discutir, porque não havia abertura para mudar de opinião. Soltei o ar, chateada, e desisti.

Ivana voltou com roupas novas – incluindo uma linda camiseta com a estampa de vários dedos do meio se repetindo – e sua bolsa transpassada. Foi até a câmera e começou a removê-la do tripé. Leandro pendurou sua própria mochila no ombro.

Eu não queria vê-los se preparando para aquilo. Eu não devia ter esperado.

– Você disse que tinha algo pra mim – lembrei-o, um tanto fria. Que fizesse logo a sua piada, para eu ir embora.

O garoto parou no meio do caminho até a porta, hesitou. Estava respirando fundo?

– Isso – ele disse. Voltou à cozinha, pegou a sacolinha em cima do balcão e entregou-a para mim. Aceitei-a e fiquei esperando que fosse buscar o que era para me dar de verdade. Ele abaixou o rosto, sem jeito, e estendeu uma palma para indicar o que eu já segurava.

– Ah! É isso?

Abri-a. Era um coelhinho de chocolate branco.

– Eu estava na loja pesquisando os preços e vi isso aí na prateleira – ele explicou. Coçou a ponte do nariz. Passou a mão na nuca. – Lembrei de você falando que… hum, sempre comia chocolate branco, sabe? Antes do seu pai falecer.

Minhas bochechas ficaram quentes e meu estômago gelou ao mesmo tempo. Eu não fazia ideia de como me sentir. Estava absolutamente derretida pelo seu gesto, cheio de cuidado e consideração, e ao mesmo tempo completamente amedrontada que Leandro esperasse algo em troca.

— Obrigada — eu disse, enfim. — Bom saber que comida faz você se lembrar de mim.

Ele se virou e observou Ivana desmontando a câmera do outro lado da sala. Sua voz era calma, quase desinteressada, quando disse:

— Lembro em outros momentos também.

— ...

O. Que. Ele. Queria. Dizer. Com isso?!

Ele desviou o rosto. Estava vermelho.

Não, não, não. Isso estava indo longe demais.

— Ué, e eu? — Ivana reclamou, guardando a câmera na bolsa e se aproximando. — Cadê o meu chocolate?

— Tá lá na loja, ué — o garoto disse. — Você dá um dinheiro e o homem te dá.

Ela socou o ombro do amigo e o xingou, mas os dois tremiam com uma risada abafada.

Eu tremia por outro motivo.

— Vai ver se eu vou fazer mais do meu iogurte caseiro *gourmet* pra você — Ivana resmugou.

— Aquele vomitado de granola?

— Que eu sei que você adora.

Escapei para fora do apartamento enquanto eles resmungavam entre si. Eu precisava me afastar.

Não é que eu não gostasse de Leandro. Eu nem sabia se gostava. Mas a possibilidade de ter um relacionamento com ele, qualquer que fosse, me aterrorizava. Corresponder aos sentimentos de alguém sempre significa entregar um pouco de você mesmo para o outro. E não estava pronta para deixar alguém explorar quem eu realmente era tão minuciosamente assim. Eu teria que deixá-lo descobrir sobre meu passado. O acidente com meu pai. Sua causa. Teria que permitir que abrisse a caixinha no meu peito e conhecesse o monstro ali. Meu grande arrependimento. Minha culpa.

E aí viria a decepção. Porque ninguém me entenderia. Nem Leandro. Ele julgaria meus erros e ignoraria minha dor. Então se afastaria de mim.

Não tive coragem de encontrar seus olhos quando ele e Ivana saíram do apartamento e se despediram. Covarde, meu alívio era imenso por não ter que acompanhá-los.

Ah, Sam. Como se você não soubesse o quanto o Destino gosta de te sacanear.

10

O coelhinho de chocolate ainda estava na minha bolsa, mas me recusei a pegá-lo outra vez. Eu não ficaria obcecada pelo seu significado agora. Não quando tinha trabalho para fazer. Bebi mais um gole do meu caldo de cana, impaciente. Até quando eu teria que esperar naquela pastelaria?

A mensagem do DCS daquele dia era delicada de um jeito diferente de todas as que eu já havia entregue até então. Era para uma criança. Maria Eduarda Vieira, seis anos, fugiria de casa naquela tarde para ir atrás de seu irmão, que saíra para um protesto. Depois de ouvi-lo falar tanto das manifestações, e de como era importante ir participar delas contra toda a injustiça que estava acontecendo na cidade, a garotinha, em toda sua inocência infantil, decidiu que seguiria o exemplo dele e faria o mesmo.

Coisa que eu deveria impedir.

Eu ainda cerrava os punhos e tremia toda vez que lembrava o que aconteceria com ela nesse protesto, às dezoito horas e quarenta e oito minutos, como meu presságio havia me contado. Todos aqueles soldados com coletes roxos se aproximando...

O problema era que a menina estava em casa com sua mãe. Me imaginem tocando a campainha para falar com uma criança que nunca me viu na vida. Agora me imaginem explicando sobre meus poderes extranaturais na delegacia mais tarde.

Pois é. Não ia dar certo.

Então lá estava eu, esperando na pastelaria da esquina a fujona aparecer. Eu a pegaria no flagra, antes que fosse tarde demais.

Quando isso aconteceria, eu não fazia ideia. O Destino só me fornecia sua localização exata naquele momento e a hora e local em que seu desastre aconteceria.

Eu tinha menos de uma hora.

Mas nada para fazer por enquanto.

Talvez eu pudesse olhar para o coelhinho de chocolate só mais uma vez? Quer dizer, eu não estava fazendo nada, não é mesmo? Era só uma olhadinha bem rápida, nada de mais. Só para lembrar de como Leandro ficou vermelho ao me entregá-lo e...

Maria Eduarda saiu de casa. Meu GPS interno acompanhou-a pela calçada. Entornei o resto do meu copo goela abaixo e parti para o trabalho.

Lá estava ela, do outro lado da rua, trotando determinada pelo ponto de ônibus como se a sua mochilinha do Bob Esponja fosse um verdadeiro kit de sobrevivência e a rua, o pós-apocalipse. Suas bochechas gorduchas e olhos de cachorro pidão me pareceram estranhamente familiares.

Ah, sim! Aquela era a filha da mulher com problemas de alcoolismo! A que havia sido uma das minhas primeiras destinatárias no DCS. Caramba, eu nem havia me tocado que ela estava na mesma casa que eu tinha visitado daquela vez. Depois da desgraça com a mãe, agora era a filha que encontraria um destino cruel, caso eu não a impedisse. Meu coração se espremeu até virar uma *goji berry* desidratada. O extranatural deveria ter leis que impedissem que tanto azar se acumulasse em uma família só.

Desci o pé do meio-fio para atravessar a rua.

Subi-o de volta e me joguei para trás. Uma procissão de jipes da P3 inundou a rua a toda velocidade, seus cassetetes e pistolas com suposta munição de borracha à mostra pelas janelas abertas. Eles não tinham sirenes como os policiais públicos e, como se para compensar, maltratavam as buzinas em uma barulheira ensurdecedora que fazia a população carioca se encolher e ranger os dentes.

Que foi mais ou menos o que aconteceu em volta de mim. Pessoas entravam nos estabelecimentos comerciais ou se imprensavam contra as paredes, ansiando que eles passassem de uma vez.

Fiz o mesmo. Encolhi-me com tanta força contra a parede da pastelaria que minha roupa sujou na graxa do batente de metal. Não me importei. Meu coração bombeava sangue feito o motor barulhento daqueles carros. Tinha algum protesto acontecendo ali perto? Eu corria algum risco de cruzar com ele?

Então a procissão de carros passou. Soltei uma respiração que eu nem tinha reparado que prendia.

Está tudo bem, Sam. Respira, inspira. Está tudo bem.

Espera. Maria Eduarda estava andando rápido no meu GPS interno. O que estava acontecendo?

Ah, não. Não, não, não, não.

Levantei o rosto como um raio.

Sim.

A tempo de ver o ônibus virando a esquina.

Com a garotinha lá dentro.

Xinguei mentalmente. Corri para o outro lado da rua.

Calma, Sam. Calma. Nem tudo está perdido.

Um carro freou bruscamente para mim. Bati o quadril na sua lataria e segui em frente.

— Tá tudo bem, filha? — um senhor no ponto me perguntou. — Quer alguma ajuda?

— Quero sim — eu disse, sem fôlego. — Qual é o ônibus daqui que passa em Botafogo?

A concentração do protesto era entre o aterro do Flamengo e a praia de Botafogo. O número de participantes já batia facilmente a casa dos quatro dígitos. E tinha uma proporção igual de P3 para controlá-los. Em dias normais, eu me encolheria feito um tatu-bola assustado no assento do ônibus e rezaria para ele acelerar para longe daquela carnificina prestes a acontecer.

Mas não naquele dia. Ceder aos meus medos era um privilégio que eu não poderia ter, quando a vida de uma menininha inocente estava em jogo.

Desci do ônibus na margem da concentração. Maria Eduarda já estava lá. Eu sabia onde, graças ao GPS mágico dentro de mim. Bem no meio das pessoas. Será que eu tinha a estabilidade emocional necessária para chegar até ela? Eu tinha pavor dos protestos. Trauma. Pânico. E agora teria que me enfiar no coração de um deles.

Hesitei. Eu não conseguiria.

Meu presságio já estava em contagem regressiva para se tornar realidade. Para Maria Eduarda...

Não. Eu era uma mensageira do Departamento de Correção de Sorte, e, custasse o que custasse, eu tinha que entregar aquela mensagem.

Eu tinha que salvar aquela menina.

Mergulhei de cabeça na confusão de pessoas, placas e escudos de tropa de choque. Imediatamente me senti perdida. Impotente. E o monstro na caixinha do meu peito começou a se mexer. A última vez que eu estivera em uma situação assim, havia mais de seis meses, meu dia não terminara nada bem. A impotência evoluiu para nervosismo. Olhei acima das pessoas, tentando escapar do seu caos. Da sua presença. O céu escorria em um tom de mel sobre o mundo conforme o sol se aproximava do horizonte. O bondinho do Pão de

Açúcar passeava entre os morros sem se preocupar com os problemas dos mortais. Do outro lado, o Cristo Redentor lamentava as escolhas da humanidade.

– Sam?

Pulei alto quando alguém colocou a mão no meu ombro. Meus olhos nem quiseram acreditar quando vi que era Leandro ali comigo.

– Ué, é você mesmo! – ele disse. – Nem acreditei quando te vi correndo.

Era verdade. Eles tinham saído para o protesto mais cedo. Não era uma miragem. Apoiei-me nele antes que minhas pernas falhassem. Eu estava a ponto de hiperventilar.

– O que você tem? Tá tudo bem?

Meus dedos se fecharam no tecido da sua camisa do *Moleque Sensato*.

– Isso aqui é protesto, minha gente – Ivana alertou, enfiando o rosto entre nós dois. – Não é micareta pra se pegar não.

Leandro abriu a boca para retrucar, mas o cortei.

– Preciso da sua ajuda. É importante.

– Olha que lindos, os pombinhos – Ivana zombou, ignorando minha seriedade. Esticou sua câmera e nos mostrou uma foto que tirara de nós dois antes de nos interromper. – Tenho muito que escrever uma *fanfic* sobre vocês.

Um grito soou não tão distante. Outros se juntaram ao coro. Não tinham a urgência do desespero, como aqueles do protesto na minha rua quando conheci Cecília. Eles eram voluntários. Obstinados. O clamor do início da batalha.

E não demoraria muito para que a P3 lutasse de volta. Tirei a câmera de Ivana do caminho e puxei seu relógio de pulso sem cerimônia. Dezoito e quarenta e seis. Eu havia perdido a hora. E agora tinha menos de dois minutos para salvar Maria Eduarda.

— O que houve, Sam?

Não, não, não, não, não, não...

Encontrei-a na minha mente. Virei e olhei na direção que a menina estaria. No meio da maior concentração de P3, é claro. Afinal, o DCS só me mandava entregar a sorte de quem já tinha um baita azar, mesmo.

— Eu preciso ir lá pro meio — expliquei para Leandro, apontando o local. — Me ajuda a chegar lá?

O garoto relutou por um milésimo de segundo, confuso com o pedido. Então a ficha caiu e ele assentiu sem pestanejar. Segurei-o pelo pulso:

— Agora!

Ele fechou o próprio punho no meu e me arrastou pela multidão.

Ivana gritou nos chamando, mas sua voz se perdeu no meio dos ruídos de guerra que começavam a ranger e quebrar em volta de nós.

A P3 estava começando seu ataque.

Não éramos os únicos correndo. Uma debandada vinha contra nós, fugindo dos homens de roxo. Leandro tomava a maior parte dos empurrões ao abrir caminho, mas um ou outro desesperado esbarrava em mim ainda assim. Um senhor obeso se jogou com tanta força entre nós que quase nos separamos. Mas Leandro não me largou.

De repente, o laranja no céu não parecia mais mel.

Parecia fogo.

Leandro parou de súbito e me choquei contra seu corpo. Ele me segurou para que eu não caísse. Passou um braço sobre meus ombros e me trouxe para perto, usando seu corpo como escudo contra as pessoas em pânico que quase nos matavam acidentalmente. Um canto da sua testa estava cortado e sangrava sobre a sua sobrancelha.

— Onde? — ele gritou no meu ouvido. A barulheira quase o abafou mesmo assim.

Busquei em todos os lados. Meu rabo de cavalo ricocheteou nas minhas bochechas. Eu não a via. Mas meu GPS interno indicava que estava ali. Então lembrei-me do presságio. Procurei-a no chão.

Lá estava ela, encolhida no meio da rua interditada do Aterro do Flamengo. A poucos metros de nós. Mas a ainda menos metros dos homens que corriam na sua direção. Cinco oficiais da P3 atrás de três manifestantes encapuzados.

— Ali! — gritei, e o pânico fez minha voz vacilar. — Eles vão pisoteá-la!

Me soltei dos braços de Leandro e corri. Não havia hesitação. Não havia medo. Só havia a verdade incontestável de que eu tinha que salvar aquela menina.

Joguei-me sobre ela e tentei agarrá-la para fugir. O peso era maior do que eu esperava. Tropecei e caí de joelhos.

Abracei-a com força, dei as costas para os homens que vinham e rezei para que não doesse tanto assim.

Não doeu. Milagrosamente, os homens deram a volta por nós.

Porque Leandro tinha parado na nossa frente e, de braços abertos, os desviara.

Em vez de espancá-lo e nos pisotear de qualquer forma, como a P3 costumava a fazer, os oficiais escolheram seguir na sua própria briga e nos deixaram em paz. Que sorte. Minha proteção de mensageira do Destino devia ter algo a ver com isso. Nenhuma empresa quer ser processada por funcionário mortalmente ferido em acidente de trabalho. Nem as extranaturais.

– Dá pra levantar? – Leandro me perguntou. Aceitei sua mão e me coloquei de pé, ainda tremendo. Puxei Maria Eduarda para o meu colo e deixei que afundasse o rosto no meu pescoço enquanto chorava.

– Precisamos tirar essa menina daqui – Ivana disse. Espera, Ivana? Eu nem tinha reparado que ela havia nos alcançado.

Girei sobre meu ombro e vi um garoto cortando os últimos corpos de multidão até nós. Seu rosto perdeu toda a pouca cor que tinha quando viu a menina no meu colo. O desespero nas suas feições foi tão dolorosamente perfurante que ficou congelado na minha memória. Até hoje parte meu coração quando me lembro.

Maria Eduarda ouviu a voz do irmão e deixou-o puxá-la para o seu colo, chorando mais ainda.

– Pra longe da confusão – ordenei, minha voz trêmula, porém firme. – Por favor.

Ivana e Leandro abriram caminho. O garoto e a menina seguiram depois. Vigiei a retaguarda do grupo para que ninguém viesse por trás.

E para que ninguém visse as lágrimas de choque que já se acumulavam nos meus olhos.

Desprezei os protestos com toda a força da minha alma naquele momento.

Mas, por mais que eu quisesse guardar aquele dia aterrorizante na minha caixa de memórias ruins como das outras vezes, seria impossível esquecê-lo.

Especialmente quando, no dia seguinte, minha foto estava estampada em basicamente toda a internet.

11

Não havia um único portal de notícias que não tivesse a foto na página inicial. Blogs de todas as variedades publicavam análises sobre o que ela significava. Até os jornais impressos haviam arranjado um espacinho em suas edições para expô-la.

E o seu sucesso seguia aumentando, com a imagem rolando repetidamente pelos murais das minhas redes sociais conforme cada pessoa do planeta a compartilhava outra vez.

Em defesa deles, a foto era realmente impactante. Heroica até, eu diria.

Não por culpa minha, quer dizer. Sim, ela me mostrava ajoelhada no chão, apertando defensivamente a menininha em prantos contra o meu corpo. Mas meu rosto estava escondido atrás da cabeça dela. Nem dava para me reconhecer. Nós éramos apenas o elenco de apoio daquela apresentação. Sua grande estrela era o garoto tentando nos proteger.

Era um enquadramento quase lateral da cena. Leandro estava de costas para nós, de braços abertos. Na sua frente, três oficiais da P3 erguiam cassetetes e até uma pistola para ele. No fundo, o Cristo Redentor nos observava do Corcovado. E a cena inteira era queimada pelo tom febril de um pôr do sol particularmente avermelhado acima de nós.

Mas o que mais prendia meus olhos era o movimento. Os P3 com joelhos dobrados e pés longe do asfalto na corrida. Leandro com a testa franzida e a boca aberta, pego no meio do seu grito de aviso. O sangue escorrendo pela sua testa, um vermelho tão vibrante quanto flamboaiãs em chamas. Seus ombros tensos. Suas mãos esticadas ao limite, seus músculos dos braços flexionados. A foto me fazia prender a respiração, esperando que se movesse. E eu não conseguia desviar os olhos, com medo de que no breve momento em que eu me distraísse, ela mudaria um pouquinho. Como a queda de uma estrela cadente. Um curto corte na imensidão estática do céu. Tão fácil de perder.

Aquela foto não tinha capturado um quadro. Tinha capturado uma cena inteira. Ela contava uma história.

E contava muito bem. Tinha a paisagem impactante. O clima dramático. Suspense. Ação. Drama. E o elenco completo de personagens. Oprimidos. Vilões.

O herói.

E ele vestia a camiseta do *Moleque Sensato*.

Alguns discordavam – houve discussões infinitas sobre isso em um fórum da internet, inclusive –, mas eu pessoalmente acredito que o fato de Leandro ter um canal conhecido foi o que tornou a foto tão famosa. Ela era estonteante, é claro. Um conjunto de perfeições reunidas por coincidência em um único momento. Porém a notícia sempre ganha uma relevância quando tem o nome de uma celebridade no início da chamada.

Não que Leandro fosse uma celebridade de fato. Ele só tinha um canal no YouTube com algumas centenas de milhares de inscritos. Mas isso já era o suficiente para chamar a atenção.

Logo, a foto não era só um garoto corajoso protegendo uma criança e uma mulher indefesas da violência dos protestos cariocas. Era *aquele* garoto. O que a gente via nos vídeos. O que era próximo de nós. O que era um cara legal. Sensato.

A autora da foto era ninguém menos que a própria Ivana. Ela postou nas redes sociais assim que chegou em casa depois do protesto. Desde então, sua obra se espalhou pela internet feito fogo em mato seco em um dia quente de verão. Mais rápido que *memes* de desconhecidos falando besteira. Mais rápido que fotos de ensaio sexy de astros de *boybands*. E até mais rápido que aqueles vídeos cômicos de "americanos provam comidas brasileiras".

Mas a prova mais marcante de seu sucesso veio ao vivo, quando na manhã seguinte, uma menina do segundo ano me encurralou no meu esconderijo sob a arquibancada.

— Ei, você é do terceiro ano e anda com o *Moleque Sensato*, não é? Ainnn, ele é demais! Aquela foto dele no protesto! — Pausa para gritinhos histéricos dela. — Será que você me apresenta para ele? Por favor, por favor?

E essa não foi a única pessoa a subitamente virar fã de Leandro.

No início da aula, alunos aleatórios já vinham comentar da foto com ele nos corredores do colégio. Alunas das turmas mais novas que nunca haviám se aproximado do garoto pediam para tirar foto com ele.

Tirar. Foto.

Em pleno colégio. Juro. Foram umas cinco *selfies* no caminho da sala ao portão de saída. Se aquilo fosse um pouco mais longe, Leandro começaria a dar autógrafos. Cadê limites, galera?

Ah, eu esqueci. Não existiam mais limites. Porque todos sabemos que humanos têm critérios diferentes de timidez e invasão de espaço pessoal quando se trata de super celebridades.

E, da noite para o dia, Leandro era oficialmente uma delas.

Na hora em que saí para entregar a mensagem do DCS do dia, seu canal no YouTube tinha duzentos mil inscritos. Na hora em que voltei, já tinha batido os trezentos mil.

— Inacreditável — murmurei para mim mesma, sozinha no meu quarto na tarde da segunda-feira.

Havia teorias na internet sobre quem seria a mulher com a criança, mas ninguém havia formalmente me reconhecido e entrado em contado comigo. Às vezes, eu mesma me negava a acreditar que era eu naquela imagem. Então eu mexia meu pulso, ainda dolorido de quando Leandro havia me puxado pela multidão, e contra aquela prova física não havia como mentir.

Rolei a tela do meu *laptop* pelas fotos do primeiro fã

clube oficial do meu amigo: "As verdades do Lê". Eles publicavam imagens suas com citações dos seus vídeos em uma conta do Instagram. Leandro tinha um fã clube! Eu só não morria de rir porque não conseguia levar a sério. Ao contrário do próprio, que estava caindo na gargalhada com aquilo tudo. Me passava os *links* pela internet em mensagens cheias de risadas em caixa alta. Ao vivo, porém, eu o pegava observando seu celular com um silêncio chocado em alguns momentos, e quando um estranho o parou na rua para tirar foto, Leandro sorriu mais que o normal e não conversou com a mesma língua afiada de sempre, desatento. O garoto até tentava fingir que estava levando a fama numa boa, convencido como sempre, mas no fundo eu sabia que se sentia tão chocado quanto eu.

Ao contrário de Ivana. Segundo ela, o sucesso do amigo estava predestinado a acontecer em algum momento, por causa do canal, e ela já estava preparada para isso. Assumiu naturalmente o posto de sua agente e logo se encarregou de gerenciar sua assessoria de imprensa e *clipping* de mídia.

O que envolvia, é claro, a coleta sistemática dos melhores *memes* com a nossa foto. Ivana até juntou-os em uma lista e publicou na internet. Gerou milhares de compartilhamentos na mesma hora. O meu favorito era uma montagem de Leandro partindo o Mar Vermelho, como um Moisés contemporâneo.

Pronto, eu pensei. *É isso. Esse é o topo da pirâmide das celebridades. A fama do garoto não tem mais para onde crescer depois dessa.*

Foi então que o maldito do Destino bufou, riu da minha inocência, chamou-me de tola e foi além.

Le Monde. NY Times. The Telegraph. El País. No fim de semana, a foto no protesto começou a aparecer pelos grandes jornais do exterior. Ela era o novo símbolo da pequena guerra civil que estava acontecendo lá longe, tão abaixo da linha do Equador. O Cristo Redentor aparecia estrategicamente posicionado no fundo da imagem só para situar os leitores gringos. *"Stop The Fight, Rio"* virou *hashtag* mundial. A intenção do movimento era até boa, mas nem se preocupava em mencionar a AlCorp, grande causa de tudo, o que a deixou com um quê condescendente que os países desenvolvidos sempre gostam de usar com quem está no hemisfério sul. Algo meio "não ligo para o que está acontecendo, só parem de brigar, crianças".

Então vieram as entrevistas. A mídia. Os fotógrafos. As pessoas queriam saber *tudo* sobre o garoto da foto. Sobre o protesto. Sobre sua vida pessoal. Sobre o canal no YouTube – que agora já contava com mais de quatrocentos mil inscritos, e crescia a cada minuto.

Mandei uma mensagem de brincadeira sobre isso na terça-feira de manhã.

Sam Lira: Qual é a boa de hj, entrevista no Super Mundo?

Era zoeira, é claro. *Super Mundo* era o programa de variedades com maior audiência da TV Vida, principal canal da TV aberta nos últimos anos. Passava no horário nobre das noites de quinta-feira.

Só que Leandro respondeu, sério:

Leandro Novaes: Sim.
Estou indo agora pro estúdio gravar.

Foi nessa hora que a ficha caiu. Fechei a tela do celular e fitei o teto do meu quarto por vários minutos enquanto absorvia tudo.

Caramba. A coisa ficou séria mesmo.

Para minha mãe, porém, a ficha caiu bem mais rápido. Assim que ela bateu os olhos na foto pela primeira vez, passando em uma banca de jornal a caminho do trabalho no dia seguinte ao protesto, ela reconheceu nosso vizinho, e, automaticamente, eu. Não, não sei explicar que tipo de bruxaria ou sentido superior move o intelecto materno, mas é algo poderoso para detectar a prole só pelas pontas do seu cabelo e sua roupa surrada.

Tudo bem que o jeans que eu usava havia sido comprado por ela. E o tênis também.

A mulher entrou em *fúria*. O que eu não daria para tê-la visto nessa hora, na frente do jornaleiro. Aposto que dona Fátima queimou em combustão espontânea em plena

Avenida Rio Branco. Imagina seus colegas de trabalho em pânico ao ver uma grande bola de fogo de ódio adentrando o escritório.

Consigo rir disso agora. Na hora, não foi nem um pouco engraçado. Bem o contrário.

Consegui evitar ou desligar rápido suas vinte e sete ligações durante o dia, mas quando ela chegou em casa à noite e me confrontou sem que eu tivesse para onde correr...

Foram as minhas orelhas que entraram em combustão espontânea.

– O que você foi fazer naquele protesto?! – ela gritou. – No meio dos policiais?! E dos marginais?! Você não pensa, Cassandra?! Você é uma criança?!

Tentei explicar, sem mencionar meu emprego de sorte *delivery*, que eu precisava ajudar meus amigos a encontrarem Maria Eduarda. Que eu não tive escolha. Nada disso adiantou muito, e uma hora depois eu simplesmente desisti e fiquei calada.

A raiva não liga para justificativas.

A bronca continuou. Ouvi tudo sentada no sofá da sala com meus braços e pernas rígidos junto ao corpo, o queixo erguido e os olhos presos à parede atrás da TV, sem nunca se moverem um centímetro para encará-la. Eu aguentaria o desabafo de minha mãe com honra e determinação.

Até que ela disse:

– Não bastou o que aconteceu com o seu pai?!

E eu levantei e me tranquei no meu quarto.

Ela não veio atrás.

No dia seguinte, minha mãe não me deu bom-dia quando acordou. Engoli o orgulho e dei primeiro. Ela respondeu com um cumprimento seco, dirigido mais para a cafeteira do que para mim.

Apesar de nós nós duas não termos muita experiência em pedir desculpas uma para a outra, sempre preferindo pular essa parte para deixar o tempo varrer nossos desentendimentos para debaixo do tapete, nosso relacionamento mãe-filha era como o oceano. Podia passar uma onda mais hostil de vez em quando, mas, no fim, a água sempre voltava naturalmente a correr na sua constância.

Foi dessa forma que o clima tornou-se mais ameno durante a terça-feira. Na quarta à noite, então, ela até já se permitia outras emoções que não fossem a frieza da desaprovação.

– O vizinho saiu bem, hein – ela comentou no jantar. A foto aparecia pela milionésima vez no noticiário na TV, seguindo-se a uma chamada para a entrevista de Leandro no *Super Mundo*. – Mas ainda não acredito que você foi se meter em um protesto de novo...

E voltávamos às suas doses homeopáticas de desaprovação.

Eu não a julgava por estar tão decepcionada comigo. Eu a entendia. Minha mãe já havia perdido o marido para as manifestações. E se perdesse a filha também?

Mas se não fosse por minha ida ao protesto, outra mãe teria tido a sua filha arrancada de si.

Eu sabia disso. Meu lado racional estava com a consciência limpa. E tinha certeza de que, com o tempo, minha mãe me perdoaria.

Mesmo assim, eu me sentia mal, obedecendo os sussurros do monstro na caixinha dentro de mim. Mais uma vez, eu havia feito minha família sofrer.

Como sempre, era tudo culpa minha.

Assistimos à entrevista de Leandro no *Super Mundo* juntas na noite de quinta-feira. Foi mais tranquila do que ele havia dado a entender que seria, depois de ter passado o almoço inteiro daquele dia procurando passagens para o Alasca no seu celular. Ivana e eu estávamos até com a vista dolorida, de tanto revirar os olhos para o seu drama.

No fim, a entrevista durou poucos minutos. Não teve nenhuma pergunta capiciosa. O ápice polêmico foi quando o apresentador do programa afirmou que a explosão nos índices de indignação dos cariocas na última semana havia sido provocada pela foto de Leandro, e que muitos já esperavam segui-lo no próximo grande protesto que estava marcado para o sábado. Mas o garoto se fez de desentendido e respondeu que só estava feliz por ver o povo lutando pelos seus direitos.

– Esse menino parece um rapaz bacana – minha mãe comentou quando acabou.

– Ele é. – Piadinhas irritantes à parte, pensei comigo mesma.

– Ele costuma ir sempre aos protestos?

Droga. Alerta de pergunta delicada. Minha resposta definiria o quanto minha mãe aprovaria Leandro. E, por algum motivo, eu queria que ela o aprovasse.

– De vez em quando – eu disse, fazendo questão de manter os olhos na televisão e o tom despreocupado. Como se não fosse grande coisa.

Ela tentou engolir. Levantou, pegou nossos pratos vazios do jantar e foi lavá-los na cozinha ao lado. Assisti ao próximo quadro do programa sem prestar atenção de verdade, a expectativa da continuação da conversa tirando minha concentração.

– Não vai deixar esse menino te carregar pra baderna, hein – ela disse da pia, enfim.

– Eu tenho vontade própria, mãe – reclamei, na defensiva.

– Não vou sair por aí me jogando nos protestos só pela zoeira.

– Só quero que você tome cuidado. Eu sei que você tem um coração de ouro, Sam, e fica sempre pensando na causa nobre. Mas essas manifestações são muito perigosas.

– Você acha mesmo que precisa dizer isso *pra mim*? Depois de tudo o que aconteceu?

Ela parou de lavar os pratos. Desligou a água. Deixou o que faltava na pia e foi enxugar as mãos. Não vi seu rosto.

– Eu só quero lembrar que não são só os protestos que são perigosos – ela disse, pegando duas vasilhas no armário e abrindo o congelador. – Se envolver com gente que participa deles também é. Tem muitos vândalos que só querem quebrar tudo, machucar as pessoas...

Meu queixo caiu.

– E você acha que o Leandro é um deles?! Mãe, tem uma foto dele salvando eu e uma garotinha em cada página existente da internet! Como você pode pensar algo ruim de alguém que faz isso?!

Ela colocou uma colher de sorvete em cada potinho, os trouxe até a sala e me entregou um.

– Eu não disse que ele é mau. Mas pode ser que, através dele, você acabe conhecendo outras pessoas ruins, e...

– Isso não tem nada a ver! Não vai acontecer! Além do mais, a maioria desse pessoal violento nos protestos é infiltrado da P3 querendo causar o caos. A AlCorp paga esses caras pra machucar mesmo e incriminar os manifestantes honestos. Povo assustado não sai pra reclamar quando parece perigoso e a empresa fica como a "protetora" da cidade, financiando a P3. O Leandro odeia essas pessoas. Duvido que tenha contato com algum deles.

Minha mãe sentou ao meu lado no sofá com seu próprio sorvete e me espiou, levemente assustada com meu súbito engajamento.

– Quem te contou isso? Foi o Leandro?

– Não! – Tinha sido a Ivana. – Todo mundo sabe disso!

– Nem sempre a internet fala a verdade, Cassandra.

Puxei o ar para retrucar, mas nisso ela estava certa.

— Eu só quero o melhor pra você — ela terminou, seu tom bem mais suave e cheio de preocupação. — Sabe disso, né?

Soltei a respiração pelo nariz com força.

— Eu sei.

Então desmoronei feito gelatina pelo sofá. Por que eu estava fazendo isso? Por que havia ficado tão irritada por ela desconfiar de Leandro? Por que estava brigando? Eu não me cansava de ser uma péssima filha? De fazer tudo errado?

Descontei minha frustração no sorvete. Engoli a primeira colherada e fitei o resto no pote, exasperada.

— Esse sorvete tá com gosto de *bacon* — minha mãe disse, encarando sua própria porção.

Sim, eu havia reparado. Era o meu sorvete de morango *gourmet*. Mais um erro meu para a coleção.

Levantei, joguei-o fora e fui para o meu quarto.

Leandro Novaes: Tá acordada?

A mensagem piscou no meu celular pouco depois das dez.

Sam Lira: Não, tô dormindo. E vc tbm. Isso tudo é só um sonho.

Leandro Novaes: Se for um pesadelo, eu até acredito em vc.

Sam Lira: E a entrevista?

Leandro Novaes: Existe, infelizmente.

Sam Lira: Pelo visto vc não gostou.

Leandro Novaes: Digamos que eu tô na página
da Wikipédia do Nostradamus agora procurando
alguma profecia com o meu nome. Ele sempre
previa essas grandes desgraças pra humanidade.

Sam Lira: O plano de fugir pro Alasca ainda tá de
pé, então?

Leandro Novaes: Infelizmente não, pq agora
tenho compromisso.

Sam Lira: A grande fogueira de destruição pública
da sua reputação? ☺

A setinha de confirmação de "lida" piscou sob minha mensagem, mas Leandro não respondeu prontamente como as anteriores. Fiquei insegura. Será que eu o havia ofendido?

Sam Lira: Eu tô zoando, ein.
Achei ok a entrevista.

Leandro Novaes: Dá pra me encontrar agora?
No corredor.
É rapidinho.

Meu estômago pinicou com um súbito nervosismo. O que era tão importante assim que precisava ser dito ao vivo? Tinha acontecido alguma coisa?

✳ ✳ ✳

Debruçamo-nos na grade ornamentada da entrada para a escada no nosso andar. Na pressa, eu havia saído com meu misto de pijaminha com roupa de ficar em casa com mendigo *clubber*, mas Leandro ainda estava com a mesma calça jeans e camiseta que eu o vira usando mais cedo, como se tivesse chegado da rua naquele momento. Se minha mãe ainda estivesse acordada, provavelmente teria brigado pela minha falta de vaidade, quer gostasse de Leandro ou não.

Ele olhava para os andares de baixo enquanto batucava os dedos no corrimão. Meu nervosismo aumentava em progressão geométrica a cada segundo em que ele não falava nada.

— Então — Leandro disse, enfim. Virou e encostou as costas na grade. — Não sei se você sabe. A TV Vida tem um prêmio de personalidades do ano. Nessa edição, fecharam uma parceria com o Portal Pixel pra premiar o pessoal que marcou o ano na internet brasileira também. Blogueiros, youtubers e tudo o mais. E me chamaram.

— UAU!! Sério?! Caramba! Parabéns, Leandro!

— Calma. Não ganhei nada. Só vão me dar uma menção honrosa ou sei lá. Já que o assunto tá em alta. Acho que ficaram com peso na consciência.

— Não se diminua assim. Você merece toda homenagem e muito mais.

Minhas bochechas queimaram ao deixar tal sinceridade escapar. Leandro virou o rosto para me fitar. Virei o meu para me esconder. Nunca achei degraus de escada tão interessantes quanto naquela hora.

— Enfim — ele continuou. — Não é pra me gabar que eu te disse isso. A festa da premiação vai ser amanhã, sexta-feira, no Copa Château. E eu queria saber se você vai comigo mesmo.

Ele disse exatamente desse jeito. Como se já tivesse feito o convite antes e eu tivesse aceitado, e estava aguardando apenas a minha confirmação.

— Tipo, você tá na foto também — Leandro se justificou, sem tirar os olhos das suas próprias mãos, cujos dedos ele estalava em um movimento distraído e, ouso dizer, ansioso. — Mesmo que as pessoas não te reconheçam. Você... Merece ir comigo, não acha?

Ele disse algo mais depois disso, mas não ouvi. O som da apresentação de ginástica artística que meu coração fazia no meu peito estava alto demais para que eu escutasse qualquer outra coisa. Os mil sentimentos opostos que sempre surgiam quando Leandro demonstrava interesse em mim, chamas e antichamas, se atracavam em um turbilhão sob a minha pele.

Aquele convite para a festa representava uma bifurcação. Aquela onde eu teria que confrontar para onde caminharia nossa relação antes de seguir em frente. Aquela onde eu precisaria deixar claro para o garoto se continuaríamos andando juntos ou não. Se pararíamos por ali.

Eu gostaria de aceitar e ir ao evento com ele. Eu me sentiria uma celebridade. Nos divertiríamos. Nos aproximaríamos.

Mas não. Não daria certo. Eu não estava pronta para me abrir assim. Não estava pronta para estragar tudo. Escolhi o lado da bifurcação que fazia nossos caminhos se afastarem. E não haveria como voltar atrás.

— Acho que a Ivana vai ficar chateada quando souber que você me chamou — eu disse. — Ela que merece ir. Sempre te ajudou com o canal.

— Ela quer que você vá também. Não liga pra festas. Ela tá mais preocupada com o *Pulitzer* de fotografia que ela já tem certeza absoluta de que vai ganhar. — Ele pausou, esperando que a brincadeira fosse suficiente para me conquistar. Quando fiquei calada, ele continuou, sério:

— Você tenta ser modesta, mas está subestimando o valor de toda a ajuda que já nos deu com o canal. Não se esqueça de que o nosso sucesso começou com você e as suas paçocas.

Por que Leandro tinha que ser tão adorável justo na hora que eu tinha que ser dura com ele? Por que não podia ser irritante como sempre?!

— Não sei — gaguejei. — E não sei se é uma boa ideia eu ir. As pessoas vão ficar em volta de mim também. Não quero a exposição.

— Mas ninguém te reconheceu.

— Minha mãe me reconheceu. E se nos virem juntos lá, vão somar dois mais dois. Vão me fazer perguntas.

— Você não vai responder nada que não queira. Posso te garantir isso. Não vou deixar te assediarem.

– Não acho que isso está sob o seu controle. – Mordi os lábios. Meu tom saiu ríspido. – Desculpa. Olha, Leandro, seria legal ir. Obrigada por me chamar. De verdade. Mas sei lá. Acho melhor não.

Leandro abriu a boca. Pensou melhor e fechou-a de novo.

– Que pena – ele disse, um momento depois.

E não falou mais nada.

Segunda dose de sobremesa da noite. Torta de *climão*. Estão servidos?

– Vou indo. – Eu comecei a me afastar. – Ainda não terminei os deveres de amanhã. Não quero ficar atrasada. Vestibular tá aí, né? Depois a gente se fala.

Corri de volta para casa e deixei o garoto para trás sem palavras. Passei direto pela sala. Entrei no meu quarto e fechei a porta atrás de mim.

Você fez a coisa certa, Sam, repeti para mim mesma.

Mas, se fiz, por que algo dentro de mim doía tanto?

É em momentos assim que eu acho que o Destino tem, lá, em algum lugar dos seus departamentos, uma telinha ligada 24 horas em mim. Porque, sem exagero, parece que ele sempre encontra a hora *perfeita* para me ferrar.

Já era meu penúltimo dia trabalhando para ele, poxa. Meu contrato acabava logo no sábado! Por que ele não podia aliviar a minha barra só por mais dois diazinhos?

E qual seria a graça?, o Destino diria, enchendo a boca de pipoca e apertando o botão vermelho que enviava um novo pressagiozinho sacana para mim na manhã seguinte.

Acordei puxando o ar com o susto. Soltei-o de volta já na forma de um soluço de choro engasgado. Virei de lado, me encolhi e repeti para mim mesma que nada daquele pesadelo tinha acontecido mesmo. Que Leandro não...

Soluço.

Tá tudo bem, Sam. É só entregar a mensagem a ele que vai ficar tudo bem.

Só que... eu não sabia se ficaria mesmo. Pensando melhor, o safado sempre deu um jeito de desobedecer um pouquinho as outras mensagens que eu havia entregue a ele no passado. Por pouco não se machucara. Como eu poderia garantir que me obedeceria?

Eu sabia como.

Mas eu não poderia ir à...

Você é uma mensageira, Sam. É sua responsabilidade. Seja adulta e faça a coisa certa.

Eu não o deixaria sozinho com a sua imprudência de novo. Não agora.

Às seis e quinze da manhã da sexta-feira, ainda de pijama e descabelada, abri a porta de casa para o corredor do prédio e interrompi Leandro quando saía para os seus exercícios matinais.

– Então... – eu disse. – Que horas a gente sai para o prêmio?

12

O salão luxuoso do Copacabana Palace estava decorado como uma batalha entre o clássico e o contemporâneo. Por um lado, os ornamentos delicados dos tetos e paredes relembravam a época de ouro da burguesia carioca. Janelas altas com longas cortinas brancas davam vista para a varanda do hotel, onde celebridades costumavam ficar para acenar para os fãs na calçada de baixo. Por outro, pratarias lisas e minimalistas abarrotavam as mesas redondas de dez pessoas espalhadas pelo salão. Arranjos de flores compridas e sem muitas folhas erguiam-se no centro de cada uma delas, com a beleza estática e levemente superior de modelos de gala em um catálogo da *Vogue*.

O prêmio Personalidades da Vida estava mais para um coquetel que para uma festa. Havia música, mas não havia pista de dança. As mesas se espalhavam entre o bufê de petiscos e o palco. Nele, uma tela de vários metros de altura projetava clipes de músicas *pop*, com a eventual pausa para rodar o comercial de um dos patrocinadores.

Era desconcertante quando a propaganda da AlCorp passava entre eles.

Mas ninguém além de mim parecia se importar. Naquele universo de exclusivos, a crise dos protestos soava só como um sopro na base de um penhasco que eles observavam de longe. Inúmeros pontinhos de luz branca cintilavam pelas pilastras e pelo teto. Fora elas, a iluminação era tímida, um azul inebriado que deixava que víssemos apenas o suficiente, e nada mais. O clima era confortável, como se sussurrasse "pode relaxar, ninguém vai te ver aqui". Uma falsa privacidade, já que aquele grande espetáculo de pessoas impecáveis, belezas e excentricidades alheias ao mundo normal estava sendo minuciosamente fotografado e filmado para transmissão ao vivo.

Inclusive, ao chegarem, os convidados eram instruídos a parar na frente de um painel com os logos dos patrocinadores para tirar fotos para a imprensa.

Incluindo nós dois.

Leandro segurou meu braço e me puxou de volta quando tentei escapar pela lateral da fila.

— Calma, que os salgadinhos não vão embora ainda — ele falou baixo no meu ouvido, me deixando nervosa com a aproximação. Senti meus braços se arrepiarem. — Não precisa ter pressa, Sam.

— Não é pressa. Hum, não sabia que a gente teria que tirar foto. Que vergonha!

— É só uma foto.

— Com o logo da AlCorp no fundo!

Leandro não tinha reparado nisso. Arregalou os olhos por um milésimo de segundo e me segurou pelo ombro. Era desconfortante sentir os seus dedos contra a minha pele nua. *Argh, corpo, por que tanta sensibilidade hoje?! Controle-se!*

— Quando eu disser, você corre, ok? — A mão dele desceu até a minha, enquanto ele vigiava os produtores na fila. Eles olharam para o outro lado. — Vai!

Escapamos por trás do painel direto para a festa.

O que foi um grande alívio para a minha autoestima. Imagina, ver a minha foto saindo nos portais de fofoca no meio de tantas atrizes de novela estonteantes. Eu pareceria um patinho feio com *mullets* do Chitãozinho e Xororó.

Tanto meu vestido, de alcinhas finas e saia só até a coxa, quanto minhas pequenas bijuterias prateadas eram manchas de um cinza sem brilho naquela noite de estrelas coloridas. Eu parecia o personagem na fase 1 de um joguinho de simulador de vida. Aquele que começa usando os itens mais baratos e sem graça de todos.

Não que eu não tivesse me esforçado para construir meu figurino. Só que, ao invés de lutar para me produzir, eu havia travado uma batalha homérica contra minha mãe para deixá-lo simples. Se dependesse dela, eu estaria de cosplay da Lady Gaga.

O que era bem contraditório, se você pensar. Não era para ela estar tão feliz com a minha ida à festa, considerando que ela reprovava o motivo de eu ter sido convidada.

— Não me impeça de aproveitar a única coisa boa que

veio dessa sua foto no protesto – ela retrucou quando apontei sua incoerência enquanto secava meu cabelo. – Se você vai, que seja pra ser a estrela da noite. Minha filha, a rainha do Prêmio da TV Vida!

Coitada. Se decepcionaria bastante depois de passar por todas as galerias de fotos dos sites de fofoca sem me achar uma única vez.

Assim que entramos no salão, concentrei-me no meu real motivo para estar ali.

– Leandro, tenho que te dizer...

Uma mão no meu ombro me puxou para fora do caminho. Fui puxada contra alguém. Levantei o rosto no susto assim que Leandro bateu a *selfie*.

– Por que você fez isso?! – briguei.

– Porque eu preciso postar nas redes sociais que eu tô aqui. – Tentei pegar o celular. Ele se esquivou. – É por isso que eles chamam as pessoas, Sam. Publicidade. Esse é o valor do ingresso.

– Mas o mundo vai me ver! – Rodei por ele. Leandro virou de costas e olhou o celular.

– Ficou bonitinha. Vou postar.

– Não!! – Pulei, mas na hora ele levantou o aparelho acima da minha cabeça. – Eu devo estar horrível!

Leandro se contorceu enquanto eu tentava me esticar e franziu as sobrancelhas com um riso incrédulo:

– Você não olhou nenhum espelho antes de vir pra cá? Você tá linda.

Assim que o elogio escapou, ambos congelamos. Desci os olhos e reparei na nossa posição. Eu tinha uma mão no ombro dele, me apoiando para subir nas pontas das minhas sandálias de salto atrás do celular que ele esticava bem alto. Nossos corpos quase se colavam um ao outro. Seu rosto, a centímetros do meu. Podia sentir a respiração dele na minha bochecha.

Minhas pernas tremeram e eu me afastei, sem jeito, minha pele quente.

Leandro ofereceu o celular para mim sem cruzar o olhar com o meu. Mas logo sua curiosidade falou mais alto e senti que me espiava quando analisei nossa foto na tela.

Nela, Leandro sorria abertamente, sua testa ainda arranhada por causa da confusão no protesto. O braço que segurava o celular para a *selfie* abraçava uma Sam que olhava para a câmera um tanto surpresa.

Leandro estava certo. A foto tinha ficado fofa. Parecíamos um casal.

Não, Sam. Não.

– Posta ou deleta – Leandro exigiu.

Não consegui deletar.

Postei.

Devolvi o aparelho e virei de costas para procurar algo para beber. A festa mal tinha começado e eu já estava vacilando, deixando o trabalho de lado para ceder à lábia de Leandro. Aquela seria uma noite *bem complicada*.

Como se lesse minha mente, o garoto capturou duas taças de champanhe da bandeja de um garçom passando e me oferecu uma. Não seria profissional da minha parte beber durante o expediente. Mas me lembrei do presságio que eu ainda tinha que entregar. Aceitei a taça e comecei a bebericá--la. Leandro entornou-a goela abaixo de uma vez só.

— Hora de se misturar — ele disse, com uma ruga de tensão na testa. Ela sumiu assim que o primeiro grupo de curiosos se aproximou dele, o "herói do protesto". Em um piscar de olhos, Leandro estava de volta à sua persona de abelha rainha. Acompanhei-o em silêncio, agradecendo por ninguém reparar em mim, a plebeia sem seguidores suficientes no Twitter. O anonimato facilitava o meu trabalho. Escanear a festa atrás do homem que machucaria Leandro era mais fácil quando eu não tinha que dar satisfação a ninguém pelos meus olhares fugitivos e desconfiados.

Mas não o achei, e de tempos em tempos minha análise anônima não tinha escolha a não ser voltar para aqueles próximos a mim. Especialmente Leandro. Eu havia me acostumado a admirá-lo sem pudores quando assistia a seus vídeos no YouTube, no conforto secreto do meu lar. Era estranho fazer isso ao vivo. Eu tinha quase certeza de que não era socialmente aceitável, mas dane-se. O garoto estava lindo de roupa social, e eu já havia passado muito perrengue por causa dele nas últimas semanas. Eu merecia aquele mimo.

Os famosos chegavam abordando-o de um jeito condescendente, como se ele fosse uma atração da festa, uma mascote que alguém trouxera para entretê-los. Mas Leandro não havia nascido para ser uma curiosidade pontual. Ele atraía as pessoas e as conquistava, até que se tornasse para elas mais que uma anedota, um "conheci o garoto da foto" que diriam a seus amigos em uma noite de boteco qualquer. Leandro tinha presença, tinha ideias. Ele era o *Moleque Sensato*. Uma pessoa admirável que eles reconheceriam, querendo ou não.

O que não agradava a todos, aparentemente.

Algumas personalidades se aproximavam dele para questionar a sua participação nos protestos e desmerecer o movimento. Uma mulher, com mais joias que todas as que afundaram no Titanic, chegou a dizer que eram apenas vândalos desocupados. Que já deviam ter parado de reclamar depois do Protesto do Não, uma vez que a AlCorp já havia abaixado os preços dos medicamentos. "Os trabalhadores de verdade estavam cumprindo seu serviço, não bagunçando a cidade", foi o que tive que ouvir sem poder oferecer uma careta como reposta.

Leandro devia estar borbulhando de indignação por dentro. Seu sorriso tinha mais dentes que o usual. Acho que vi o músculo do seu maxilar saltando quando trincou um deles, inclusive.

Toquei a manga da sua camisa, já que ele tinha se recusado a vestir um paletó, e estendi meu celular.

— A Ivana tá na linha. Quer falar contigo.

Ele passou os olhos pelo meu aparelho, com a tela claramente desligada, e se dirigiu às pessoas em volta.

— Com licença.

Guardei o aparelho na bolsa quando nos afastamos.

— De nada — eu disse.

— Você nem se deu ao trabalho de fingir que atendeu a ligação! Olha, Sam, não achei que você fosse tão experiente na arte do cinismo. Tô bem orgulhoso.

Puxei-o para um canto perto das janelas. Eu precisava entregar a sua mensagem logo. Já tinha enrolado bastante, com medo do quanto Leandro se decepcionaria ao descobrir que eu só tinha aceitado o convite para a festa para vigiá-lo. Mas isso era mesquinho demais da minha parte. Mesmo que ainda faltasse quase duas horas para o desastre, e o homem que o atacaria, segundo meu presságio, não estivesse em lugar nenhum do salão, o garoto merecia saber o que o esperava para ficar alerta.

Só que outro grupo de figurantes famosos já se aproximava para puxar assunto.

— Vamos para a varanda — decidi.

— Eu sei que é chato, mas acho que eu devia ficar aqui dentro, porque...

Repousei uma mão no seu braço.

— É importante.

Ele me encarou por um momento e assentiu.

— Vou pegar algo pra beber e te encontro lá.

Apesar de meus mistérios, Leandro sempre escolhia confiar em mim. Caramba, como eu adorava isso nele.

Não, Sam. Não.

A varanda aberta tinha vestígios da decoração do salão. Plantas e poltronas de couro branco estavam espalhadas em pequenos grupos que os frequentadores da festa usavam como espaços para uma conversa mais íntima. Mesinhas de canto serviam de apoio para seus copos e taças. Estávamos na fachada do hotel, a um andar de altura da margem da Avenida Atlântica, de frente para o mar. Apoiei-me na cerca de balaústres e observei a imensidão preta do outro lado da rua que era o mar. Era quase como se a faixa de areia da praia de Copacabana, de um cinza escuro com a iluminação fraca da noite, terminasse de repente em um precipício no vazio. Meu corpo tremeu com um calafrio.

Um copo de Fanta Laranja surgiu do meu lado. Aceitei e agradeci a Leandro. Ele me esticou uma mão cheia de salgadinhos em um guardanapo. Pesquei uma bolinha de queijo. Meu amigo escolheu algum dos de sabor surpresa, já que não tinham nenhum formato clássico, e apoiou os cotovelos nos balaústres para observar a vista comigo.

Era hora de entregar a mensagem.

Mas o mar murmurava tão quietinho, e a brisa suave da maresia era tão gostosa contra a minha pele...

— Você tá feliz com isso tudo? — eu perguntei, ao invés disso. O clima estava agradável demais. Não teria problema se eu, covarde, demorasse mais alguns minutos para estragar tudo. — Quer dizer, gostou de ficar famoso da noite pro dia?

Ele subiu um ombro só, desinteressado.

— Sim, eu acho. Ajudou o canal. É bom ele crescer. Vamos atingir mais gente.

— Só isso? As pessoas normalmente ficam mais empolgadas

nessas situações. Você vai ter um monte de oportunidades, agora. Talvez te chamem pra trabalhar na televisão. Ou pra fazer comerciais. Tipo aquela menina do YouTube que fez a propaganda das Havaianas.

Leandro enrugou o nariz.

— Não sei se eu ficaria bem de biquíni.

Empurrei-o de leve com o ombro, sorrindo.

— Você sabe que eu não quis dizer isso.

Esperei que ele desse uma resposta mais séria. Não deu. Leandro não parecia ter muitas expectativas quanto à sua fama. Então me dei conta de que eu não fazia ideia do que ele pensava para o futuro ou sua carreira também.

— O que você vai fazer na faculdade? — perguntei.

— Não decidi ainda.

— Mas você não tem, tipo, um sonho?

Ele terminou de mastigar outro salgadinho antes de responder:

— Um sonho? Sim. Eu queria que o uso de capas fosse socialmente aceitável. Seria irado.

— Você tá meio esquivo hoje, hein? — bufei, impaciente.

Ele riu da minha irritação.

— Sistema de autodefesa pra sobreviver às perguntas dessas pessoas.

Ele girou e se encostou no balaústre. Assunto encerrado.

Espiei-o de canto de olho. Seus olhos, de um cinza amarelado pela luz artificial, pulavam de um lado para o outro, estudando o local. Seu maxilar subia e descia conforme mastigava o último salgadinho. Seu cabelo... Ele o havia cortado recentemente? Meus olhos passearam pela sua nuca. Os fios ali estavam bem curtos. Não eram assim antes. Imaginei como seria se eu afundasse meus dedos neles, deixando-os correrem por entre minhas juntas.

Ele se virou para mim e meu rosto caiu com o peso da culpa. Mas Leandro não reparou e disse:

– Olha aí, a música que você compartilhou umas trinta vezes semana passada.

Parei para ouvir. Sim, o som que escapava do salão chegava abafado até nós, mas aquela melodia de *Thinking Out Loud* era inconfundível. Principalmente depois que você a ouve meio milhão de vezes. Virei, animada.

– Amo! – Cantei um pedacinho do refrão. – E o clipe é tão romântico e fofinho!

– É aquele que tem a moça seminua dançando com o Rony Weasley?

– *Shhh*, não estraga o clima, por favor! – Cantei mais um pouco, balançando com a melodia dessa vez. – Queria saber dançar feito eles.

Leandro riu atrás de mim. Virei para lançar um olhar desaprovador sobre meu ombro. Então ele fez um gesto estranho. Imitou, com uma mão, duas batidas de coração no peito. Reconheci o gesto na hora. Era um passo do clipe. Franzi as sobrancelhas. O sorriso dele aumentou. Como...?

Leandro puxou minha mão e me fez rodar até ele. Choquei-me contra seu corpo tão surpresa que não consegui me afastar. Ainda rindo, Leandro subiu minha palma direita na sua esquerda. Com a outra, envolveu minha cintura. Então removeu-a por um segundo para subir meu queixo para ele. Igual a moça fazia no início do clipe. Um sorriso incrédulo escapou dos meus lábios.

– Não sabia que você curtia Ed Sheeran – comentei, quase em um sussurro.

– Ivana deixou o clipe tocando em repetição automática na TV da sala por um fim de semana inteiro uma vez. Impossível não absorver algo por osmose.

Leandro me empurrou para trás e para o lado, em um ritmo de valsa.

– Decorar a letra tudo bem, mas os passos?

– Só os fáceis. Ela queria aprender a dançar também. – *Para o lado. Para frente.* – Me manipulou como um manequim articulado pra servir de dupla. Digamos que as minhas definições de "cárcere privado" foram atualizadas depois disso.

– E que fortuna incalculável ela te deu em troca, pra você concordar em dançar com ela?

– Ela aceitou aparecer nos vídeos do canal. Estava com vergonha, antes.

Ele me girou de novo. Bati contra o seu peito tão desengonçada que foi impossível não cair na gargalhada. O que ele acompanhou.

Então me puxou para outros dos passos, e entrei na brincadeira como se fosse um desafio. Ele tentava me ensinar. Eu errava e continuava mesmo assim.

Como eu amava aquela música.

Não respeitávamos mais os passos do clipe. Na verdade, nem o ritmo a gente seguia direito. Aquela era a nossa própria coreografia desajeitada de improvisos e risos.

Até que não era mais. Nossa concentração foi escorregando pelos nossos movimentos para focar um no outro. Nossos passos evoluíram de ousados para qualquer coisa que nos mantivesse próximos. Leandro me girou outra vez. Parei de costas para ele. Suas mãos repousaram entre meu quadril e minhas costelas. Seu rosto, sobre meu ombro. Senti a ponta do seu nariz no meu pescoço.

♪ *Take me into your loving arms.* ♪

Girei para longe. Minhas costas bateram contra os balaústres. Leandro caiu contra mim.

Não dançamos mais.

♪ *Kiss me under the light of a thousand stars.* ♪

Seu corpo era quente sob minhas palmas. Senti como se derretêssemos um contra o outro. Uma auréola delineava seu cabelo contra a luz do salão. Seu rosto, escuro, sombreava o meu. Tão perto. Tão...

Não!

Abaixei o rosto.

— Pensei que você fosse me levantar e me girar no alto também — brinquei, sem encontrar seus olhos. Minha voz saiu irregular com a falta de fôlego.

— Você tá me deixando maluco, Sam — Leandro respondeu. Respirou fundo e se afastou.

– Quê? O que eu fiz?

– Eu... – Leandro hesitou. Apertou os lábios até sumirem. Olhou para cima, como se pedisse perdão aos céus pelo "dane-se" que estava prestes a mandar agora. – Não sei o que você quer. Às vezes parece que está a fim, às vezes foge feito o diabo da cruz.

– Não sei do que você está falando. – É claro que eu sabia. – Fujo do quê?

– De mim! Eu gosto de você. Não é possível que você não saiba disso. Sutileza não é o meu forte.

Thinking Out Loud já tinha terminado de tocar no salão, mas uma sinfonia de Chopin continuava firme e forte no meu peito.

– E eu não faço ideia se você está a fim de mim também – Leandro continuou. – Não consigo te entender.

– Eu... Desculpa, eu não sabia que estava te deixando confuso.

Ele viu meus ombros caídos e algo no seu rosto murchou também. Olhou para o lado, passou uma mão no cabelo.

– Não precisa pedir desculpas – ele disse, um momento depois. – Eu que peço. Não devia ter jogado isso na sua cara assim. É que... Eu só peço que você seja honesta comigo. Não quero te encher o saco, insistindo pra sempre em algo que não vai acontecer. Não é bom pra você. E não é bom pra mim. O que você quer, Sam?

– Eu...

Leandro havia se aproximado de novo. Encarei seus

olhos, agora de um cinza tão escuro quanto fumaça de algo queimando dentro de si, e as palavras certas ficaram ainda mais pesadas de pescar do meu peito. Blocos de cimento presos na minha garganta.

— É complicado — foi tudo o que respondi.

Ele soltou o ar em um suspiro resignado. Deu um passo para trás, enfiou as mãos nos bolsos e desviou o rosto para a festa.

— Queria voltar para quando a vida era simples — ele falou baixo — e tudo se limitava entre "sim ou não".

— Eu também queria. Mas, se tem algo que eu aprendi nos últimos meses, é que nada é preto no branco. Tomar decisões vai muito além do que o que a gente quer. É... complicado.

O peito dele chacoalhou em um riso silencioso que não tinha graça.

— Que inocência a minha. Achei que você aceitar vir hoje comigo era um sinal de que... — Ele balançou a cabeça e não terminou. — Por que você veio?

Meus dedos amassaram a saia do vestido feito bolas de papel cujas palavras escritas não queríamos ler mais. Eu o machucaria quando contasse que o meu motivo para acompanhá-lo não era a sua companhia. Mas não contar o machucaria ainda mais.

— Eu tenho uma mensagem pra você — confessei.

O pescoço dele virou como um raio na minha direção, e suas sobrancelhas se ergueram.

– Ah, então era *isso*?! Por que não me falou em casa? Ou me mandou um bilhete, sei lá!

– Eu sabia que você não ia deixar de vir por causa disso. Como fez da outra vez. E convenhamos que não tomou as melhores providências quanto à minha mensagem. Quase perdeu um olho.

– Então você veio pra me supervisionar?! Tipo uma babá?

Eu não soube definir se seu tom era entretido ou indignado. Provavelmente os dois.

– Não. Eu vim para te impedir de receber o seu prêmio.

Ele cruzou os braços. Ok, agora era definitivamente indignado.

– Por quê? Ah, já entendi. Pode falar, Sam. De que jeito superinventivo eu vou ser atacado dessa vez?

– Com um tiro.

– Ah, mas isso não é original! O que aconteceu com a arte do crime dos *serial killers* de antigamente? Saudades daquele assassinato bacana, assassinato raiz. – Leandro reparou na minha expressão de irritação. – Espera, é sério?

– Mas não vai ser letal. Acho que só querem te ferir. Vão mirar no seu braço ou mão ou algo assim quando você subir ao palco para pegar o prêmio.

Tentei ser vaga para que não surgissem mais questionamentos quanto à procedência dos meus presságios. Mas mesmo que quisesse, eu não poderia lhe dar muitos detalhes além disso. Meu presságio daquela manhã não havia sido claro. Eu sabia o que aconteceria apenas por linhas gerais. Leandro subiria ao palco para receber sua menção honrosa. Alguma confusão irromperia entre as pessoas da plateia. Não ouvi o som para saber o quê – alguém no Destino havia se esquecido de anexar o áudio ao e-mail quando enviou a mensagem para o meu cérebro. Então, do canto tumultuado, um único tiro cortaria o salão até o garoto sob a luz dos holofotes. Atingiria seu pulso, cujo braço estava esticado para longe do corpo. O imenso telão atrás de si, mostrando a imagem que o deixou famoso, seria salpicado de sangue.

Leandro do tempo real observou a festa sem nenhum traço de sarcasmo restante. No seu perfil, seu pomo de Adão subiu e desceu conforme ele engolia em seco.

– Suponho que você ainda não pode me falar quem te dá essas informações? – o garoto disse, depois de um longo momento absorvendo a notícia. Não respondi. Ele soltou o ar pela boca, tentando se focar além do choque. – Tá. Tudo bem. Sem problemas. A gente vai dar um jeito nisso. Um passo de cada vez.

Mas ele continuou pálido e, pela primeira vez, tive certeza absoluta de que tinha feito a coisa certa ao vir à festa para apoiá-lo.

– Você sabe quem vai disparar? – Leandro perguntou.

– Sei, mas não vi o homem quando estávamos lá dentro. O ideal seria darmos o fora daqui agora. Mas não sou inocente o suficiente para acreditar nesse tipo de milagre vindo da sua parte.

– Você não bota fé nenhuma no meu senso de autopre-servação, hein?

– Claro que não – respondi, sincera, e coloquei uma mão no quadril. – Você por acaso pretende ir embora agora que sabe que vai tomar um tiro?

Eu não duvidava que ele acreditava em mim, já que minhas mensagens haviam sido verdadeiras no passado. Mas, na minha cabeça, Leandro era inconsequente e, mesmo sabendo que seria ferido, ele continuaria na festa para pegar o seu prêmio e divulgar seu canal. Como proteção do tiro, ele tomaria alguma providência arriscada e paliativa, como só falar com os seguranças para retirarem o cara com a pistola do recinto. Ou subir ao palco e tentar se esquivar das balas à la Matrix.

Mas ao invés de dar de ombros e admitir que faria isso mesmo com uma piadinha, o garoto escaneou as portas para o salão da festa com um peso concentrado incomum na sua testa.

– Tem muita coisa sobre mim que você não conhece ainda – ele disse, uma sombra passando pela sua expressão. – Ocasionalmente, eu levo as coisas à sério. Vem. Vamos embora agora.

– Vamos?! – repeti, chocada. Aquela não era a reação inconsequente que eu esperava. Será que meu amigo havia sido substituído por um clone alienígena?

Então ele me fitou com o fantasma de um sorriso malvado no canto dos lábios.

– A menos que você queira ficar aqui e dançar mais.

Tá, aquele era o Leandro real mesmo.

Mas ainda havia algo de errado com ele. Segui-o pela varanda já perguntando:

— Por que você tá fazendo a coisa lógica e, digamos, sensata? O que aconteceu? Você realmente vai largar o prêmio assim? Vai dar bolo na TV Vida sem peso na consciência?

— Tô querendo fazer isso desde que vi o logo da AlCorp como patrocinadora na entrada. Só não dei meia-volta na hora porque achei chato você ter se arrumado toda para me impressionar à toa.

Ele deu um sorriso convencido, que eu destruí ao puxá-lo irritada para confrontá-lo antes que entrasse no salão:

— A gente ficou por minha causa?! — grunhi. — Caramba, eu fiz o maior esforço pra vir, quando era melhor ter ficado em casa!

— Sim, era. E eu não devia ter te chamado.

Meu queixo caiu. Eu teria que limpá-lo da sujeira do chão, depois dessa. Assim que limpasse meus olhos. Eles marejaram. Devia ter caído um cisco de poeira neles também. Leandro percebeu e se corrigiu:

— Não é porque eu não te quero aqui. Claro que quero. Mas é que… — Ele se curvou discretamente pela porta e fiscalizou o que se passava lá dentro. — É perigoso.

— Como assim?

— Você não entendeu, Sam? Primeiro eu faria *cosplay* de Nick Fury. Agora, é *cosplay* de Luke Skywalker. E esses foram só os "acidentes" mais graves. Ainda tiveram inúmeras porradas não letais que tomei nos protestos. Eu tentei, juro, mas não consigo mais acreditar que foram só fatalidades. – O maxilar de Leandro era um conjunto de linhas trincadas quando ele voltou os olhos para mim. – Não acho que seja coincidência quando um raio cai tantas vezes no mesmo lugar.

As engrenagens do meu cérebro giraram até pararem com um *pluc!* brusco quando a ficha caiu.

– Você acha que isso tudo que aconteceu foi de propósito? – perguntei. – Mas por quê? Quem iria querer te machucar?

E a noite quente de verão ficou fria quando eu mesma encontrei a resposta.

A AlCorp, é claro.

Nossa foto havia feito de Leandro um ícone para os protestos. Por sua causa, as discussões sobre a importância das manifestações contra a multinacional haviam se reacendido. "A corajosa luta por direitos básicos do povo brasileiro contra o corporativismo selvagem", eu havia lido em um dos maiores blogs de atualidades. Depois disso, muitos cidadãos que antes estavam alheios aos protestos, ou que já haviam sido anestesiados pela impotência, começaram a se indignar. Sem falar em todos os jovens que admiravam Leandro pelos seus vídeos e eram fortemente influenciados pela sua postura de luta. Somando tudo na balança de quem decidia participar ou não, eu suspeitava que o próximo grande protesto organizado para o dia seguinte, sábado, teria muito mais revoltados saindo para as ruas. E não só na cidade do Rio, mas em outras também, já que a febre de revolução não respeitava limites geográficos, e todas as populações queriam lutar pelos seus direitos.

O que significava que a AlCorp devia estar bem irritadinha com o *Moleque Sensato*.

Meu estômago deu um salto mortal de medo quando considerei o perigo disso. Eu já tinha ouvido histórias sobre o que acontecia com quem entrava na mira de gente tão poderosa. Alguns líderes dos movimentos dos protestos levavam surras quando voltavam para casa à noite. Um havia morrido sem que qualquer culpado fosse preso.

– Mas não pode ser só por você ter ficado famoso pela foto – pensei em voz alta. – Isso só aconteceu essa semana. Mas você já foi atacado antes, não?

– Eu devia ter previsto isso – Leandro resmungou, voltando a vigiar a porta. – Não importa o quanto me afaste, sempre vai ter gente me apontando a arma. Essa é a sina da minha família.

A pergunta já estava na ponta da minha língua quando ele me puxou para dentro do salão e engasguei.

– Precisamos sair daqui – ele disse. – *Agora*.

Quase todas as mesas já estavam ocupadas, e havia menos gente em pé para interromper nosso caminho. Nos esgueiramos direto para o portal da entrada.

Ao passarmos, um homem veio no sentido contrário. Leandro esquivou-se para dar a volta. O coitado foi para o mesmo lado. Batemos de frente. Fomos para o outro. Batemos de frente de novo. Que desconfortável. Subi os olhos para rir, encabulada. O sorriso morreu nos meus lábios.

O homem estava nos impedindo de propósito.

– Já vão embora? – perguntou, avançando sobre Leandro. Seu rosto de pele áspera e marcada contava crônicas do seu passado turbulento. Hostilidades as quais ele havia sobrevivido. Tentativas de confronto que ele havia esmigalhado com os nós dos seus dedos descascados.

– Aconteceu um imprevisto – Leandro respondeu, sem estremecer sob o seu olhar.

– Mas o prêmio ainda nem começou – disse outra voz por trás de nós, vinda do salão. Antes mesmo de virar, eu já sabia que era *ele*.

O homem da pistola.

Sua calça preta e camisa social cinza eram iguais às de pelo menos metade dos homens no recinto – e até algumas mulheres –, mas algo dentro de mim apitava e piscava uma grande placa de *neon* imaginária sobre ele. Não tive dúvida. Quase arranquei os botões da camisa de Leandro ao puxá-lo para perto de mim.

– Ele – murmurei.

O garoto não tirou os olhos dos homens, mas seus músculos enrijecendo sob a palma da minha mão indicaram que tinha entendido.

– Bateu aquele medo de subir no palco, né? – continuou o assassino, com um sorriso de canino quebrado cheio de escárnio. Seu tom não era tão intrusivo quanto o do primeiro homem que impediu nosso caminho, mas não era corriqueiro também. Ele estava desconfortável. Gotículas de suor chamuscavam sua testa como uma lata de cerveja gelada em um comercial de verão.

– Tenho terror de falar em público – disse Leandro. – Com licença.

O truculento fechou nosso caminho outra vez. Quem olhasse do resto do salão veria em volta de nós só mais uma reunião de curiosos.

– Calma, campeão – o assassino disse. – A gente nem conversou direito ainda.

Leandro curvou os lábios em um sorriso que ressaltava os seus caninos. Eu o salvaria na minha galeria mental com a etiqueta de "mortalmente perigoso".

– Pra falar comigo – ele respondeu –, tem que pagar o *meet and greet* e esperar na fila.

O homem empurrou Leandro pelo ombro. Isso chamou a atenção das pessoas ao redor, que pararam para ouvir.

– Facilita o trabalho de todo mundo e vai pegar o seu prêmio conforme o combinado, garoto – o atirador ordenou, sua voz aumentando conforme perdia a paciência. – Não vamos criar uma cena aqui.

– Mas vamos criar depois? – Leandro rebateu. – Acham que eu não sei o que vocês querem fazer quando eu subir no palco?

Os homens se entreolharam, confusos. A testa do atirador começava a respingar, e o seu rosto parecia descascar ao vivo.

Ótimo. Era a deixa para fugirmos, antes que se reorganizassem. Os seguranças da festa já estavam até prestando atenção em nós. Duvido que os assassinos nos seguiriam assim. Puxei o braço de Leandro para andarmos.

Só que o garoto se plantou no chão. Entendi por que quando vi o seu rosto.

Leandro estava *puto*.

– Cansei dessa brincadeira toda – vociferou. Droga, droga, droga, droga! Onde ele estava com a cabeça, comprando briga com pessoas armadas?! – Quem tá pagando vocês? Não, deixa eu adivinhar. Aposto que são as mesmas pessoas que financiam a P3. Que financiam essa festa toda! Doidos pra apagar qualquer infeliz que ouse ficar contra eles. Como eu. Como a minha...

O garoto balançou a cabeça, desdenhoso, e completou:

– A única coisa que eu tô estranhando é a falta do logo da AlCorp na camisa de vocês.

O homem truculento avançou sobre ele. Leandro se esquivou e recuou, mas outro homem aparou-o por trás. Cobri a boca, o horror do que a proximidade com aquele assassino armado poderia significar para meu amigo.

– Moleque hipócrita! – rugiu o atirador. – Sai por aí, se fingindo de grande herói do povão, quando é o seu pai que segura o chicote de todos eles? Isso você não conta nos seus videozinhos, não é?

O homem abriu os braços e falou alto, para a multidão que já assistia ao embate ouvir também.

Por que os seguranças não vinham separá-los?!

– Conta pra eles que o papaizinho é aquele diretor que os seus fãs tanto odeiam – o homem gritou. – Vai. Quero ver! Conta para as pessoas que estão acampadas na frente da sede da AlCorp, com aquelas placas enormes de "fora corrupto", quando você estiver indo visitar a família.

Por que ninguém entrava no meio para parar essa briga?! Por que ninguém afastava esses...

Espera.

...o que ele disse?

13

– **Família a gente não escolhe** – Leandro se defendeu entredentes. – Não podem me culpar pelos erros dele.

– É como dizem por aí, moleque, quem pode, mas não faz nada, também é cúmplice.

Espera aí, gente! Voltem a conversa. Eu ainda estou na parte do *filho do diretor*. Diretor de quê, de filme, de novela? Mas o que isso tinha a ver com as pessoas acampadas na Cinelândia?

O pai dele... trabalhava na AlCorp?

Não. Não podia ser. O único diretor que todo mundo conhecia de lá era o mandachuva, Armando Novo! Eles não tinham o mesmo sobrenome.

Ou tinham? Entre Armando Novo e Leandro Novaes, era bem capaz de Novo ser só uma liberdade poética que a equipe de marketing da empresa inventou para melhorar a divulgação da sua imagem. A marca registrada daquela corporação era, afinal, mentir e manipular informações.

Ainda assim... Leandro, filho do diretor executivo da

AlCorp? Filho do ícone da repressão dos protestos? Os mesmos protestos que levaram o meu pai?

— Eu estou sim fazendo algo — Leandro grunhiu. — Tô lutando contra ele. Mas isso não é assunto de vocês. Saiam da frente.

— Foi mal — o atirador balançou a cabeça —, mas não vai...

— Vocês ouviram o garoto — disse alguém por trás do truculento. Um homem de terno havia entrado pela porta do salão. Reconheci-o do nosso encontro no corredor do meu prédio. Era Elias, o assessor do pai de Leandro. Do diretor executivo da AlCorp? Ainda era difícil de acreditar.

O jeito que havia falado foi de forma simpática, até bem humorada. Mas a mensagem passada pelos dois seguranças pessoais que trazia na sua cola era bem diferente disso.

— Deixem ele ir. O menino tem escola amanhã. Precisa acordar cedo.

Nossos atacantes relutaram diante da nova companhia. Até pareceram que iam se afastar. O embate havia terminado. A festa já voltava a respirar em um suspiro aliviado coletivo.

Menos eu. Porque eu sabia o que a mão do assassino entrando no seu paletó significava.

— A arma! — gritei, puxando Leandro para trás. Desabamos para o chão em um emaranhado de pernas e braços.

O tiro zuniu pelo lugar onde estávamos meio segundo atrás. Lascou um pedaço do mármore da pilastra e ricocheteou para um vaso de planta, que explodiu em estilhaços de porcelana.

E o salão explodiu em estilhaços de gritos e caos.

Meu mundo virou uma coletânea de *flashs* e borrões. Os seguranças de Elias pularam em cima do atirador. Foi a vez de Leandro me puxar para longe. Envolveu minha cintura e me pôs de pé a seu lado. A tatuagem floral no pescoço do outro bandido cobriu minha visão. Leandro me girou para longe dele e o acertou com uma cotovelada no queixo. Não consegui ver os danos. A multidão se apertava a minha volta. Os convidados da festa tentavam fugir desesperadamente, e a única saída era por cima de nós e dos assassinos. Nem os seguranças do evento estavam conseguindo se aproximar. Fiquei sozinha. O conhecido ataque de pânico começando.

Alguém abraçou meus ombros e me apertou contra si.

– Não saia de perto de mim – Leandro berrou sobre os gritos e pisadas violentas no chão de mármore que competiam com a sua voz.

Nos juntamos à corrente de pessoas em fuga. Saímos do salão. Descemos aos tropeços pelas escadas até o saguão do hotel. Reconheci Elias descendo conosco. Então seus seguranças particulares nos alcançaram e nos flanquearam.

Deixamos o Copacabana Palace. Leandro tentou parar na calçada. Elias disse algo no seu ouvido. Meu amigo xingou.

– Só pela proteção dela.

E não paramos mais. Corremos até a esquina onde duas minivans pretas que eu tinha bastante certeza de que eram *transformers* em segredo esperavam de motor ligado. Um segurança correu na frente e abriu a porta de uma delas. Fomos empurrados para dentro.

Não era um carro normal. A área de passageiros era tão grande que tinha seis lugares, divididos em dois bancos virados um para o outro. Leandro e eu sentamos no de costas para o motorista atrás do vidro divisor. Elias sentou no oposto. Ao lado do homem que já nos esperava lá.

Armando Novo, nosso querido CEO da AlCorp.

Ele era diferente ao vivo, no confim daquele veículo. Sua expressão, sempre tão aberta e decidida quando na frente das câmeras, agora tinha o cenho franzido em tensão permanente.

Ironicamente, seu nariz parecia mais calmo, assim.

Nem ele nem o filho disseram qualquer coisa. O carro se pôs em movimento sem que eu tivesse ideia de para onde estávamos indo. O silêncio ficou tão denso que se tornou pressão física, esmagando meu corpo, tornando-o desconfortável. Eu quis abrir uma fresta de janela, como se assim pelo menos uma parte da nossa falta de palavras pudesse escapar. Mas não ousei me mexer e correr o risco de atrair os olhos de falcão de Armando Novo.

Se bem que, pelo jeito fulminante com que pai e filho se encaravam, duvido que qualquer coisa desviaria a atenção um do outro.

Então Leandro era mesmo parente daquele homem. Daquele homem! Aquilo era tão impossivelmente inacreditável. O cara era uma personalidade pública e personificação da AlCorp, não um ser humano real. Não era para ele ter família e essas coisas de mortais! Eu nem conseguia me referir a ele só pelo primeiro nome, sem sobrenome!

— Quando foi a última vez que cortou o cabelo? — Armando Novo disse, enfim. Sua voz era pesada, um ou dois degraus mais grave que a que usava em seus pronunciamentos. — Uma aparência descuidada não impõe respeito.

— Uau, valeu por esclarecer isso — Leandro retrucou.

— Bem que eu estava me perguntando o que todas aquelas milhares de pessoas faziam se inscrevendo no meu canal. Devem estar rindo do meu cabelo. Mas pode deixar que, assim que ele crescer mais um pouco, eu faço coque samurai. Nada é mais respeitoso que um samurai.

— A vida não é uma brincadeira, Leandro.

— Ah, não é? Mas o meu pai aparecer e me enfiar em um carro quando acabaram de tentar me matar depois de meses de silêncio para reclamar do meu cabelo só pode ser uma piada de mau gosto.

O terno de Armando Novo inflou até os botões ameaçarem explodir, então desinchou devagar.

— Silêncio da *sua* parte — ele rebateu.

— Da sua também. O Elias não faz parte do seu corpo e não é equivalente a você, como você costuma esquecer.

O pai fitou a janela, exasperado. Imaginei que esse fosse o seu equivalente de revirar os olhos.

— Você teria dado um bom advogado com essas suas respostas na ponta da língua — Armando Novo observou. — Como a sua mãe. Ela ficaria orgulhosa.

Leandro não retrucou mais, porém percebi que cerrou os pulsos, se controlando. O garoto raramente falava sobre sua família, e eu não sabia nada sobre a mãe dele além de que tinha falecido em um assalto, mas era claro que o assunto era delicado.

— O que vocês foram fazer agora no Copacabana Palace? — o garoto perguntou, um momento depois. — Não adianta dizer que foi parabenizar o filhinho por receber um prêmio que essa desculpa não vai colar. Eu te conheço demais pra achar que faz algo sem segundas intenções.

— Fomos te salvar da sua própria imprudência, é claro — o pai respondeu, seu tom tão afiado quanto uma navalha. — Francamente, Leandro. O que você foi fazer lá? Não era nem para ter ido!

— Parece que o seu plano de me impedir não funcionou a tempo — o garoto retrucou, lançando uma espiada rápida na minha direção. — Falando nisso, você devia ter vergonha de manipular uma garota inocente pra tentar me controlar. Não sei que pauzinhos mexeu para fazê-la me avisar daquelas coisas, já que a Sam claramente não sabia sobre você ser meu pai, mas que fique o aviso aqui e agora. — Leandro se debruçou para a frente e continuou entre dentes trincados. — *Chega*. Deixe ela fora disso.

Meus olhos se arregalaram de surpresa. Espera, Leandro achava que era o pai dele que me entregava os presságios?! Abri a boca para explicar que ele estava errado. Nunca que eu teria algum envolvimento com pessoas cruéis como Armando Novo. Eu não tinha nada a ver com aquilo. Mas como eu poderia corrigi-lo, se não tinha como falar a verdade sobre o DCS e o Destino?

– É assim que me agradece por ter vindo até aqui te salvar? – O pai vociferou. – Com acusações sem sentido e grosseria?!

Leandro encheu os pulmões para gritar de volta, mas Elias cortou-o.

– O prêmio era uma mentira – ele disse, tomando as rédeas da conversa para voltá-la ao assunto mais importante.

– O seu, Leandro, pelo menos. Não encontrei ainda quem foi o responsável pela indicação à TV Vida, mas era tudo uma armadilha.

Armadilha? Por que convidariam alguém para receber um prêmio como armadilha?

A imagem de um filme de alguma tarde na TV aberta piscou pela minha memória. Era uma história de colegial americano, onde os idiotas do time de futebol fingiam que o aluno *nerd* seria o grande homenageado do festival de talentos. Quando ele subia ao palco para receber seus aplausos, porém, caía sobre ele um banho de gosma verde e penas de galinha.

Agora, o que acontece quando substituímos as penas de galinha por balas de revólver?

Minhas unhas se enfiaram entre o estofado do carro.

– Como assim? – Leandro perguntou, irritado.

– Eles queriam fazer de você um exemplo – Elias explicou.

– Você é a nova sensação dos protestos – eu interrompi, chocada. As três cabeças no carro chicotearam na minha direção. Nem deviam lembrar que eu estava ali. Não me importei. – O novo ídolo. E aquele era um evento grande da TV Vida, transmitido ao vivo. O que você acha que as pessoas iam pensar quando vissem o príncipe dos protestos populares levando um tiro ao vivo? A moral dos manifestantes ia murchar feito um balão da Peppa Pig preso há duas semanas no teto do shopping.

Não sei se era a luz fraca do carro, mas o semblante de Leandro tinha tons pastéis pouco saudáveis enquanto considerava essa explicação.

– Era uma mensagem – ele concluiu, seu rosto se comprimindo em desgosto. – *Isso é o que acontece quando alguém se alia aos protestos.*

– Exato – Elias concordou. – E não era só isso. Imagino que a intenção também era expor de quem você é filho. Virar o público contra você.

Então é por isso que os dois bandidos na festa estavam falando tão alto quando nos encurralaram. Era praticamente um texto combinado. Um teatrinho para o público.

Mas quem faria isso? Quem...

Quem era sempre a culpada por todos os males da humanidade? É, isso mesmo.

A AlCorp.

Leandro chegou à mesma conclusão que eu, já que afundou contra o banco, balançando a cabeça em desprezo.

– Eu sabia que você era inescrupuloso – ele acusou o pai –, mas atirar no filho pra usá-lo de exemplo? Isso é nível mestre de sociopatia.

– Olhe o tom que você usa comigo, garoto – Armando Novo gritou, perdendo a calma. O carro tremeu sob sua voz grossa. – E não faça pirraça. Por que eu teria corrido para te salvar se eu fosse o responsável pelo ataque?

– Então quem foi?! Porque eu tenho bastante certeza de que foi ideia da AlCorp, e, não sei se você lembra, mas você é a *porra do diretor dela*!

– Chega! – Armando Novo gritou, batendo com a mão no próprio joelho. Meu coração quase pulou para fora. Leandro virou um pimentão de raiva. Mas ninguém ousou cortar o clima gélido que se instaurou no carro.

Elias pigarreou depois de alguns segundos de eternidade.

– Imagino que saiba que existem muitas pessoas poderosas no Conselho da AlCorp por trás do seu pai. Essas pessoas querem ter certeza de que tudo vai correr como elas esperam. E, quando há a tentação do Doutor Armando, digamos, desviar do caminho que elas propõem, elas sentem a necessidade de relembrar o que acontece quando ele decide desobedecer.

– Elas te atacaram para me punir também – Armando Novo confessou, seco, os olhos perdidos através da janela. O que ele enxergava, com um insulfilme tão escuro, eu não fazia ideia.

– Como das outras vezes? – eu disse, juntando aquela informação à suspeita de Leandro de que os ataques a ele nos protestos estavam sendo orquestrados por alguém.

Os homens me fitaram com espanto outra vez. Como era fácil a garota-sombra desaparecer do campo de visão, hein? Mas isso não me incomodava. A privacidade me dava tempo para pensar em paz. Eu chegava a poucas conclusões concretas, naquele campo minado de novas informações bombásticas, mas elas eram avassaladoras da mesma forma.

— Aconteceram outros atentados a Leandro recentemente — continuei —, e agora temos certeza de que foram de propósito. Um dos homens de hoje tinha uma tatuagem de flores no pescoço igual ao cara com máscara de gás que tentou espirrar spray de pimenta nos seus olhos daquela vez, naquele protesto.

As sobrancelhas de Leandro se franziram um milímetro antes da lembrança da primeira mensagem que eu lhe entreguei pessoalmente voltar à sua mente.

— Já o outro homem era o maldito de um dos baderneiros dos protestos — continuei. Fora preciso um certo esforço mental, mas finalmente eu conseguira capturar a memória de onde havia visto um dente quebrado igual ao do atirador do Copacabana Palace antes. Era o cara vestido de Morte no Carnaval. O que tinha batido no vidro do meu carro. E o que havia sacado a pistola e atirado em Cecília. Pensando bem, ele havia atirado para trás, não para ela. Na direção de Ivana e do nosso prédio. Eu não conhecia Leandro nessa época, mas, de repente, cheguei à conclusão de que era bem possível que meu amigo estivesse lá por perto também, naquele dia. — Os dois que nos atacaram parecem infiltrados da AlCorp, com a missão de causarem caos e inseguranças nos manifestantes.

– Me atacando – Leandro adicionou –, eles assustam meus fãs, os protestantes e, supostamente, meu pai. Entendo a lógica, mas ainda não faz sentido. Por que tanto interesse em te punir? – Ele se virou para o pai. – Você é a própria marionete deles. Não sei o que fez para deixá-los tão irritados, mas se foi algo tão grave assim, não era mais fácil só pedir demissão?

– Me tirar da empresa não é garantia de me fazer ficar em silêncio – Armando Novo respondeu entredentes, claramente irritado. – Um cargo não significa nada. Eles querem controle. Sempre foi assim, Leandro. Você sabe muito bem disso. O que interessa pra eles é mostrar que nós temos que obedecer.

O carro fez uma curva. Parou em um sinal. Andou. Só então alguém voltou a falar.

– Você já devia ter denunciado essa gente há muito tempo – Leandro disse, alguma emoção pesada que eu não soube definir escapando pelo seu tom cru.

– Quem brinca com fogo se queima – seu pai respondeu, resignado. – Isso é um incêndio inteiro. Eu reconheço os meus limites. Sei quando o problema é muito maior do que eu. Sei quando eu tenho que parar e ficar no meu lugar.

– É sempre a mesma desculpa, não é? – o filho retrucou. Eu não entendia sobre o que falavam, mas tive a impressão de que era uma discussão antiga com feridas mal cicatrizadas sendo cutucadas. – "Eu tive que fazer. É maior que eu." Você não se cansa de ser só mais um peão no jogo dessas pessoas?

– Você não faz ideia do que está falando. Não seja ingênuo. Para sobreviver no meu meio, você precisa ter jogo de cintura. Só estou fazendo o possível para manter a minha família segura. Manter você seguro.

— Manter a sua família segura?! — Leandro soltou uma risada indignada. — Não funcionou muito bem com a minha mãe, não é?

A mãe dele? Não tinha sido um assalto? Ninguém poderia ter evitado isso, poderia?

— Se você pelo menos colaborasse — o pai reclamou. — Mas não, precisa sempre ir criar confusão com as suas peripécias...

— Que não existiriam se você não me obrigasse a limpar a sua sujeira.

O homem ignorou a interrupção e falou mais alto:

— ...e agora fica tentando de qualquer jeito fazer com que eles te visem também, com essa brincadeira toda de se fazer de soldadinho da revolução. Aquela foto! Sinceramente, Leandro. Eu tento te ajudar, mas não posso te proteger de tudo. Às vezes acho que você se põe em perigo só para me provocar.

Nem Leandro teve resposta para isso.

Não que Armando Novo estivesse certo. É que era tão absurdo que ainda não tinham inventado palavras de indignação com poder suficiente para romper aquela nova carapaça de babaquice que se erguia em volta do diretor da AlCorp depois dessa.

— E que criancice foi essa de criar um canal no YouTube só para falar besteira? — o pai adicionou, fazendo um *tsc* de desaprovação. A cereja no topo do *sundae* de desaforos.

Aquela que fazia todo o sorvete desabar.

– Pare o carro – Leandro pediu, firme. – Vamos descer.

– Vamos te deixar em casa – Elias respondeu.

– Em casa não. Eu vou sair *agora*.

Armando Novo perdia sua atenção na janela. Suas mãos brincavam distraidamente com uma aliança no dedo anelar esquerdo.

– Seja prático, garoto – Elias insistiu. – Já passa das dez da noite. Prefere pegar ônibus a essa hora?

Mas o pai apertou um botão na porta que abria o vidro que nos separava do motorista e pediu para que ele parasse o carro.

– Leandro já é um adulto – ele disse. – Se não ouve quem tem mais experiência que ele, que aprenda com as consequências dos seus próprios erros.

Estacionamos na praia de Ipanema. Aquilo não era caminho entre Copacabana e Lagoinha, e eu não fazia ideia de que casa era essa para a qual estavam nos levando. Suspeitei que só estivéssemos andando em círculos.

Leandro abriu a porta e desabou para fora do carro com ele ainda em movimento. Então segurou a porta aberta e estendeu uma mão para mim. Escorreguei pelo banco e a aceitei. Enquanto saía, ouvi Armando Novo perguntar atrás de mim, sua voz baixa:

– É ela que está cuidando dele? Cassandra?

– Sim – Elias respondeu, relutante.

– Apenas uma garota!

Virei, já fora do carro. Peguei Armando Novo assentindo para seu assessor, que, ainda inseguro, abriu seu paletó e retirou um porta-cartões de um bolso interno. Pegou o primeiro, o cartão azul de seu chefe, e ofereceu-o a mim.

— Se algo acontecer com meu filho — disse Armando Novo —, ligue nesse número.

Peguei o pedaço de papel com o logo da AlCorp um instante antes de Leandro bater a porta e o carro arrancar. Pai e filho estavam competindo pela saída mais dramática da discussão.

— Espero que você queime esse amuleto do capeta antes que ele atraia assombrações — Leandro reclamou, e voltou a escanear a rua. Xingou para si mesmo. — Onde eu vou achar um táxi a essa hora nessa droga de lugar?!

Ele virou e seguiu pelo calçadão, seu maxilar perpetuamente trincado pelo ódio.

— Espera, onde você tá indo?! — chamei, correndo atrás dele.

— Acho que tem um ponto de táxi naquele quarteirão.

— Não precisa ir tão rápido!

Ele girou sobre os calcanhares e quase dei de cara no seu peito.

— Preciso sim, Sam! Preciso sim, porque tenho que te levar pra casa, onde é seguro! — Ele voltou a marchar na minha frente. — Eu não acredito que deixei você passar por isso tudo. Sou um idiota! Eu sou o MESTRE dos idiotas!

— Calma! — Apertei o passo para acompanhá-lo, mas

andar de salto agulha sobre o calçadão de pedras portugue-
sas não te dá velocidade suficiente para acompanhar uma
Ferrari humana. – Para!

– É claro que teria riscos – ele continuou se repreen-
dendo. – É claro que alguma hora ficaria perigoso para você!
Perdi a paciência. Quer saber? Não era obrigada. Eu já
tinha sido arrastada daqui para lá a noite inteira. Não aguen-
tava mais ser a almofada extra que caiu de paraquedas na
sala e não combina de jeito nenhum com o sofá.

Parei de segui-lo e descalcei meus saltos malditos.

– Eu sou um trouxa! – o garoto vociferou consigo
mesmo.

Taquei o sapato nele. Caiu ao seu lado, batendo de leve
na coxa. Leandro virou com o susto.

– É mesmo! – gritei de volta. Marchei descalça até ele. –
É um trouxa se acha que é só me levar pra casa que vai ficar
tudo bem!

O garoto piscou, tentando enxergar a minha silhueta
através da raiva que inebriava a sua visão.

Mas eu também tinha direito de ficar irritada. E assustada. E nervosa. E machucada. Nem tudo era culpa especificamente do Leandro, mas ele era o único que sobrou no
meu caminho para extravasar. *Argh*, como ele havia tido coragem de esconder tudo aquilo de mim?!

Pobre garoto. Ele era mesmo azarado.

– Olha – vociferei. – Eu reconheço que você tem os seus
problemas, e super respeito que queira a sua privacidade. Não

é obrigado a me contar nada. Mas, cara, o seu pai é o diretor executivo da AlCorp! Desculpa, mas isso já é areia *demais* pro meu caminhãozinho!

Resgatei minha sandália e segurei o par pela alça com uma mão só. Eu precisava da outra livre para gesticular freneticamente, minha mão de maestra para a sinfonia do meu esporro.

– Eu não... – Leandro gaguejou. – Desculpa por não ter te...

– Não, não! – interrompi outra vez, meu peito subindo e descendo de indignação. Depois da avalanche de sentimentos daquela noite, ou gritava com alguém, ou desabava em prantos. E eu não estava a fim de chorar em público. – Não tem problema nenhum você não me contar *tudo* com todas as palavras, sabe? Tá tudo bem! Mas você podia pelo menos ter me dado um toque, me mandado um SMS, me marcado em um algum *meme*, sei lá! Qualquer coisa pra me avisar que o buraco é mais embaixo! MUITO MAIS EMBAIXO!

– Eu nunca quis que isso acontecesse, não achei que fosse chegar a esse ponto... – A raiva de Leandro murchou e seus ombros caíram, acanhados.

– Mas eu não sabia de nada, e sem querer fui parar no meio dessa guerra de dinheiro e poder de vocês! Agora o diretor executivo da AlCorp me chama pelo nome e eu sou a mais nova inimiga número um da Liga dos Assassinos, depois de me atracar com os capangas armados deles! Eu poderia ter levado um tiro sem nem saber por quê!

Ele segurou meus ombros de frente para ele.

– Sim, e é isso que está me matando por dentro agora!
– Leandro retrucou, deixando seu desespero escapar pelo olhar intenso com que me encarou. – E se tivesse acontecido algo com você?! Como eu pude deixar você correr um risco desses?! Eu sou um idiota. Eu nunca devia ter te chamado pra vir comigo.

– Não fala besteira. Se eu não tivesse vindo, era capaz de você ter uma mão a menos agora! Ou pior!

– Pelo menos você estaria segura, que é o que importa!

– Ele me largou. – É por isso que eu preciso te levar pra casa. Agora!

Tentou se afastar, mas agarrei sua mão e prendi-o comigo.

– Não, Leandro, não! – E meu controle emocional, gasto com tanta voracidade ao longo daquela noite, finalmente chegou ao fim. – Sei que tem coisas que você não quer me contar, mas agora que eu estou envolvida, é a minha segurança que está em jogo, e a gente não vai sair daqui antes de você me explicar a *merda* que aconteceu essa noite!

Nos encaramos arfando. Era tanta raiva e indignação e medo e nervoso dentro de mim que eu chegava a tremer um pouquinho.

Minha visão embaçou. Soltei-o e lhe dei as costas. Fechei os punhos e apertei os olhos. Eu não choraria ali. Ah, não mesmo.

– Você lembra – Leandro falou, sua voz atrás de mim bem mais branda, até falhada – quando teve uma moda de um aplicativo em que as pessoas contavam os segredos delas anonimamente? Acabou que eu nunca baixei e passou a moda. Mas queria experimentar. Será que... você se importa se eu te usar como o aplicativo?

— O quê?! — gritei frustrada, fazendo uma careta. Leandro devia ter entornado goela abaixo algumas tacinhas extras de espumante quando eu não estava olhando, ele só podia ter pirado de vez. — Não faço ideia do que você está falando.

Mas pensei melhor. Virei de lado e apertei meus olhos vermelhos para ele. O garoto tinha a postura curvada e as mãos nos bolsos da calça social. Relutante, subiu o rosto e encontrou meu olhar.

— Se eu te contar tudo — ele disse. — Você vai ouvir sem me julgar?

14

– Então você fugiu?

Outra onda estourou no mar e subiu na nossa direção. Mas havíamos tomado o cuidado de sentar na areia seca, onde sabíamos que a água não nos alcançaria. De fato, ela parou alguns metros abaixo de nós e escorreu de volta ao seu lar. Leandro acompanhou-a com os olhos.

– "Fugiu" não é o termo certo. Eu só queria nunca mais ter que ver a cara do meu pai. Não depois que ele deixou minha mãe morrer.

– Você o culpa pelo assalto? – perguntei, suave. Eu achava que esse tipo de crime era uma fatalidade, mas não queria dizer isso diretamente e correr o risco de parecer defensora do nada fraco e oprimido Armando Novo.

Outra onda subiu e desceu antes que Leandro respondesse:

– Também. Por isso, como disse, não é que eu tenha fugido. Prefiro dizer que foi uma forma de cortar o contato. Voltei do funeral, arrumei algumas coisas na mochila e dei no pé. No início, passei por alguns parentes. Mas meus avós e meus tios tentavam me convencer a voltar. Aí fiquei com alguns amigos, mas ainda não era longe o suficiente. Meu pai sempre descobria onde eu estava e tentava falar comigo. E eu não queria falar com *ninguém*.

Espiei-o sentado ao meu lado, uma súbita melancolia manchando minha visão do seu perfil. Eu quase conseguia enxergar em volta dele o fantasma daqueles alunos abelhas que sempre o acompanhavam no colégio. Daqueles seus fãs, que sempre o buscavam na internet para conversar. O *Moleque Sensato*, que agora acolhia a todos, outrora não falava com ninguém.

— Foram algumas semanas assim. Até que chegou a hora que eu já estava acostumando a ficar longe de casa. Não tinha mais casa. Nada me prendia ao Rio. Nem família, nem amigos, e nem dinheiro, que eu tinha uma quantidade boa guardada na poupança. O suficiente para me virar sozinho por um bom tempo. Então fui embora.

Não pude deixar de me identificar com sua dor. Quando eu estava de luto, também havia momentos em que tudo o que queria era deixar o meu mundo para trás.

— Passei uns meses pulando por algumas cidades do sudeste. Chegar a um lugar novo era legal. Me distraía. Mas aí eu começava a me acostumar, a rotina caía, a novidade acabava, e as tormentas iam me alcançando. Nessa hora eu tinha que trocar de lugar de novo. Então o sudeste não era mais suficiente, e eu fui subindo pelo litoral. Ilhéus.

Salvador. Aracaju. Maceió. Horas e horas de ônibus. Quanto mais tempo durava, melhor eu me sentia, porque significava que eu estava me afastando mais. A distância era uma droga, e eu estava viciado nela.

Leandro pausou. Olhou em volta. Não estávamos sozinhos na praia, a Zona Sul carioca nunca dorme de verdade, especialmente na sexta-feira. Pessoas passavam correndo pela noite ou sentavam-se em grupos distantes, com bebidas e violões. Mesmo assim, senti Leandro hesitar. Ele estava prestes a perguntar se eu não queria mesmo ir para casa, onde era mais seguro. Onde ele não precisaria terminar aquela história. Toquei sua mão na areia em encorajamento. Ele respirou fundo e continuou:

— Mas não pense que eu estava fazendo um mochilão super *good vibes* cheio de fotos sorrindo para o pôr do sol. Sam, eu... – ele balançou a cabeça em arrependimento. – Eu estava muito ferrado. Não ligava pra nada. Não tinha horário. Passava dias sem comer. Quando comia, era uma ou outra porcaria. E tudo que eu não gastava em comida, pegava em álcool para compensar. E outras coisas piores das baladas mundo afora, que eu sinceramente não quero lembrar. Mas o fundo do poço mesmo foi quando cheguei em Recife. A senhora da pensão que eu estava me expulsou no meio da madrugada. Sozinho, às duas da manhã, em uma cidade estranha, sem ter pra onde ir. Foi quando a ficha do que eu estava fazendo realmente caiu. Eu me lembro de sentar no meio-fio e pensar: o que eu vou fazer agora?

Ele riu, uma lufada curta de pena e desdém. Meu coração partiu de remorso por aquele Leandro perdido em angústia.

— Deve ter sido terrível — eu disse, desajeitada no meu consolo. — Onde estava a Ivana nessa época? Ela não te deu apoio?

Ele deu de ombros:

— Eu não respondia às mensagens dela. Não queria falar com ninguém. Mas nesse dia eu cheguei no meu limite e cedi. Puxei o celular e acabei mandando mensagem pra ela. "Tô na sua cidade" ou algo assim. A Ivana nasceu em Recife, você sabe, né? E ela estava lá, passando as férias de julho com os avós. Foi ela que me resgatou.

— Isso que é amiga de verdade. — De fato, aquilo a havia feito subir uns duzentos pontos no meu conceito. Será que o Departamento de Sorte do Destino havia tido algo a ver com esse encontro dos dois? Eu não ficaria surpresa se sim.

— Sim. Ela é. Nunca duvidei disso. Ficamos em Recife um tempo, com os avós dela. Depois, já que eu ainda não estava pronto para voltar ao Rio, fomos ficar com os pais dela em Brasília. A mãe dela é procuradora regional da República, já te falei?

— Não. Uau. — Isso explicava por que os dois falavam de trocar de estado como quem pega o ônibus para ir até a Uruguaiana no Centro do Rio. Pessoas ricas têm uma percepção de grandes distâncias geográficas diferente da de meros mortais.

— Aí acabaram as férias dela — Leandro continuou —, que já tinham demorado mais que o normal por causa de greve na faculdade. Querendo ou não, tivemos que voltar pro Rio. Ela me chamou para ficar com ela no apartamento. Aceitei. Se até hoje não sei se quero voltar pra minha própria casa, imagina seis meses atrás.

Juntei um montinho de areia com os pés, distraída. Eu entendia Leandro em seu medo. Também não estava pronta para voltar para Petrópolis, minha última casa. Talvez nunca estivesse.

Desfiz o montinho.

– Foi logo quando chegamos que aconteceu o aumento dos remédios da AlCorp – Leandro continuou. – A Ivana sempre foi politicamente engajada. Mais até do que eu. Ela tem a influência da mãe, é de família. Aí ela começou a ir aos primeiros protestos, os pequenos, sabe? Acabei entrando na onda. A empolgação dela me incentivava. No início, eu nem pensava muito sobre isso. Queria ir contra a AlCorp. Fazer o certo. Consciência. Blablá. Até que teve o Protesto do Não.

A explosão. A fumaça.

Encolhi as pernas, apertando meus joelhos contra o peito.

– Quase morri naquele dia. A repressão foi absurda, Sam. Pessoas foram pisoteadas. Perderam a visão, a audição. Foi uma carnificina.

– Eu sei – comentei, baixinho. – Eu estava lá. Foi onde meu pai morreu.

Leandro me fitou com uma tristeza tão profunda que tive que desviar os olhos. Era angustiante ver alguém tão sorridente com aquela expressão.

Foi a vez dele de pegar minha mão. Entrelaçou os dedos nos meus e apertou, um gesto longo e cheio de significado. Um consolo silencioso de alguém que entendia exatamente o que é perder alguém. Que, em alguns momentos, palavras não ajudam, e tudo o que resta é nos segurar com força no que ainda temos e esperar a dor passar.

— Esse tipo de coisa não deveria acontecer — Leandro disse, um longo tempo depois. — Pessoas boas morrendo em vão. É um absurdo. É contra tudo o que é certo e justo. Mas os protestos continuam. A P3 continua descendo o braço em inocentes todos os dias. E lá em cima na AlCorp, no meio de quem comanda tudo, que dá o ok pra isso acontecer, está o meu pai.

Um sopro mais forte de maresia noturna bagunçou o cabelo sobre meus olhos. Não ajeitei. Minha concentração estava no que eu enxergava com a minha mente.

— É por isso que você faz questão de ir a todos os protestos que puder, agora — eu disse. Era uma afirmação. — Porque é a sua forma de ir contra o seu pai. De não ceder a ele. De lutar.

— Já cometi muitos erros no passado. Agora é hora de consertá-los.

Estranhei seu tom tão resoluto. Não aguentei mais guardar o que me incomodava na sua história e me permiti, com cuidado, expô-lo:

— Eu entendo que você tenha as suas diferenças com o seu pai, e faz sentido que não goste dele pelo que faz na AlCorp, mas... Sei lá, será que não é meio injusto culpá-lo pela sua mãe? Não é que eu esteja defendendo, mas ninguém consegue prever um assalto.

Leandro recolheu a mão que segurava a minha e bateu uma palma na outra para limpar a areia. Curvou o corpo para a frente e apoiou os cotovelos nos joelhos. Postes no calçadão iluminavam a praia em intervalos regulares, fazendo da areia um enorme gradiente entre amarelo claro e escuro alternados ao longo de toda a sua extensão. Sentávamos no escuro. De costas para a luz, era difícil enxergar a expressão do garoto ao meu lado. Seus lábios se mexeram, e o que saiu deles foi com o tom mais suave que eu já o ouvira usar.

— Minha mãe não foi assaltada, Sam. Foi assassinada. Três tiros à queima-roupa por um motoqueiro quando ela saía do Fórum no Centro. Não levaram nada.

Puxei o ar em incredulidade. Fiquei vários segundos paralisada assim, enquanto absorvia aquela informação. Era chocante demais. Era simplesmente cruel. Não podia ser verdade! Mas era.

— Meu Deus — sussurrei, enfim deixando o ar escapar em minhas palavras fracas. — Eu não sabia. Que horror! Mas quem faria uma barbaridade dessas?!

— "Quem" é algo difícil de dizer, já que a cobra do covil tem muitas cabeças planejando coisas em uníssono. Mas a pergunta problemática mesmo é "por quê?". — Foi a sua vez de respirar fundo antes de continuar, preparando corpo e mente para aquela travessia dolorosa pelo passado. — Você ouviu o que meu pai disse no carro. Existem algumas pessoas bem poderosas que controlam as decisões dele. Que controlam a empresa, na verdade. Um Conselho com alguns acionistas e influentes da AlCorp. Eu e a Ivana chamamos eles de Cotiaras. As cobras, sabe? Porque são tão perigosos que nem o pessoal de qualquer governo se mete com eles. Eles roubam, matam, desviam dinheiro, sonegam impostos, destroem cidades inteiras, e o mundo faz vista grossa para não entrar na mira também. Mas, na minha ignorância, eu não tinha muita ideia disso. Descobri por acaso, logo que meu pai foi promovido a diretor executivo. Ouvi minha mãe e ele discutindo no escritório. Ela dizia que estava indo longe demais. Que não era certo o que eles faziam lá. Que ela ia deixá-lo e me levar embora. Era perigoso demais. Que se ele não parasse, ela mesma ia denunciá-los.

Senti um impulso para levar minha mão ao peito, mas nem isso protegeria o meu coração para o que estava por vir.

– Contei a Ivana sobre essas irregularidades da empresa no dia seguinte, e ela me confessou que a sua própria mãe já suspeitava da corrupção na AlCorp, mas não tinha provas para abrir um processo de apuração. Que era por isso que seus pais, que trabalham na política justamente combatendo ilegalidade, se distanciaram dos meus nos últimos anos, mesmo depois de tanto tempo de amizade. Desde que éramos crianças. Fiquei indignado. Meu próprio pai, afundado até o pescoço em corrupção, e todo mundo sabia! Era um absurdo. Aí, no calor da indignação, sugeri que a mãe dela falasse com a minha. Juntas, elas podiam tentar derrubar a AlCorp. A minha mãe já estava mesmo pensando em denunciar.

Sua risada dessa vez escapou por entredentes. Leandro tinha raiva da sua própria ingenuidade.

— Pois é, não sei o que deu em mim. Era mais uma piada, eu acho. Foi mais uma coisa de momento. O problema é que alguém ouviu e levou à sério. Um secretário-espião, um zelador pago, não sei. Você não tem ideia de como aquela empresa é, Sam. As paredes têm ouvidos. O teto tem ouvidos. Os ouvidos têm ouvidinhos saindo deles. Você diz uma coisa errada e em meio segundo as escamas já estão enroladas no seu pescoço.

Uma onda estourou com força e quase subiu até os pés de Leandro. Ele tinha tirado seu *All Star* preto para andar na areia e, assim como eu, estava descalço. Observou a água avançar sem mover um centímetro da sua postura, quase como se a desafiasse a perturbá-lo. Mais uma vez, Poseidon perdeu a batalha e mandou sua onda bater em retirada de volta ao oceano.

— Existe uma ironia na relação dos Cotiaras com meu pai. Eles o controlam, sim, mas meu pai também tem poder. Ele pode ser um safado, mas não é idiota. Tem os meios dele de conseguir chantageá-los. Sabe tudo o que fazem. Monitora todas as irregularidades da empresa. Desconfio que ele até coleciona documentos ilícitos pra usar quando precisar se proteger. Se Armando Novo cair, ele tem todas as ferramentas para deixar uma trilha de migalhas de corrupção e levar muitos com ele. Mas isso tudo é um cabo de guerra muito delicado. Se um lado ataca, o outro pode responder na mesma hora. Aquelas cobras malditas têm plena consciência do perigo, e cuidam para sempre manter o meu pai na linha. Não só com recompensas. Com ameaças também.

E por isso mandavam aqueles trogloditas atacarem Leandro nos protestos. Para relembrar seu pai de que eles estavam no controle da sua família, e que no primeiro sinal de insubordinação, um tiro na mão viraria um tiro no peito.

– Eles sabiam que meu pai estava insatisfeito. Que já pensava em deixar a empresa, por pressão da minha mãe. Agora, imagina o que eles pensaram quando souberam que ela estava querendo denunciar a galera toda e sabotar os esquemas? Foi a gota d'água para os Cotiaras. Hora de dar uma lição no Armando Novo para que voltasse a andar na linha. Então tiraram aquilo que ele tinha de mais importante. Minha mãe. – Suas mãos fecharam-se em punhos entre os seus joelhos. Percebi que eu fechava as minhas também. – Meu pai devia ter feito algo para impedir. *Eu* devia ter feito algo para impedir. Ou não devia ter falado nada desde o início. Devia...

Ele cortou sua frase abruptamente e não continuou. Meu peito doía por ele, e eu me esforçava para não deixar as lágrimas escaparem.

– Eu sinto muito – foi tudo o que eu disse. Não havia mais o que dizer. Eu, mais do que ninguém, entendia que palavras de consolo vazias não apaziguavam magicamente o coração.

Ficamos lá, em silêncio, banhados pelo passado, sentindo-o escorrer pela nossa pele, esperando que evaporasse outra vez.

– Eu não fazia ideia de que você tinha passado por isso tudo – eu disse, algum tempo depois, quando os punhos de Leandro já haviam se aberto outra vez. – É chocante. Assistindo aos seus vídeos temos a impressão de que você só é um garoto comum, fazendo conteúdo na internet e se divertindo.

– Se decepcionou? – Ele forçou um humor tímido no seu tom, mas o jeito como esperou uma resposta revelou sua insegurança. Ele realmente achava que, sabendo o que acontecera com seus pais e a sua participação naquilo tudo, eu iria repreendê-lo.

– Eu não me decepcionaria por isso, não seja bobo – assegurei. Era óbvio para mim. Mas continuei, tentando tranquilizá-lo: – Devo admitir que estou um pouco chocada, ainda. Como você pode ter uma obsessão tão grande por pastéis de feira, a ponto de pendurar um quadro no seu quarto, se tem os gostos refinados de alguém que cresceu podre de rico?

Seu rosto se soltou em um sorriso, e era quase visível a olho nu a tensão se desmanchando dele.

– Ah, leite com pera é superestimado. Sinto zero saudades da época em que as pizzarias onde eu ia não colocavam muçarela na calabresa porque assim ficava mais chique. Muçarela! – ele fingiu desgosto. – Comida de plebeu! Jamais!

Nossos risos curtos e abafados se perderam no sussurrar das ondas. Elas continuavam tentando subir até nós, cada vez mais próximas. O limite da areia úmida estava a poucos centímetros dos pés de Leandro agora. Talvez Poseidon estivesse pedindo ajuda a Iemanjá.

— O que você vai fazer agora? – perguntei, algumas ondas depois. – Com a sua vida?

— Aí que tá! – Ele esticou as pernas, cruzou os tornozelos e voltou a apoiar os braços atrás do corpo. – Não sei. Preciso terminar de estudar. Arrumar um emprego o quanto antes. O dinheiro que eu tenho guardado tá indo embora rapidinho pra pagar o colégio. Não vai durar até o final do ano. E não posso continuar morando com a Ivana para sempre. Acho que morar juntos, por mais que sejamos amigos, nos deixa com os nervos à flor da pele. Enchemos o saco um do outro. Não me entenda errado, sou eternamente grato pelo tanto que ela já me ajudou. Aliás, acho que é por isso mesmo que eu me sinto tão mal por obrigá-la a me aguentar. Às vezes fico pensando quando vai ser o dia em que ela vai ter coragem de me pedir para ir embora.

— Não acho que ela faria isso – eu disse, mais por pena do que por achar mesmo. Eu mal conhecia Ivana. – Ela te adora! Cadê o Leandro convencido que acha que todo mundo o venera como Deus na Terra?

Vi uma luz de relance refletir nos seus dentes quando ele sorriu.

— Também preciso ser realista de vez em quando. Não sou mais uma criança. Preciso organizar essa bagunça de vida sem perspectivas. O problema é que é muito mais fácil falar do que colocar o plano em prática. – Ele passou as duas mãos pelo cabelo e soltou o ar com a boca, cansado. – A parte mais difícil de virar adulto é reconhecer que virar adulto é uma merda.

– Quem inventou essa coisa de responsabilidade não devia ter conta suficiente para pagar, né? – brinquei. Talvez um pouco de humor abrandasse a seriedade da situação.

– Bom, pelo menos você sempre vai ter o seu canal. Pode investir nele. Seguir como profissão.

– É verdade. Não sei ainda se vou conseguir um retorno bom o suficiente para me sustentar com ele, mas não pretendo parar. Eu acho... – Ele parou, riu e pensou melhor.

– É brega. Você vai me zoar.

– Não vou – sorri de volta. – Fala.

– Tá, mas só porque eu já tomei três taças de champanhe, sobrevivi a um atentado e meu nível de coragem tá acima do normal. Eu acho... que cada pessoa tem uma espécie de pequeno superpoder. Um dom que poucos outros tiveram a dádiva de ganhar quando nasceram. Coisas mundanas, mas que fazem diferença. Tipo conseguir pegar no sono em qualquer lugar. Ou encontrar beleza nos detalhes do cotidiano. A Ivana tem o dom de enxergar além da aparência das pessoas. Já o meu, sou bom em conversar com as pessoas, eu acho. E conquistá-las.

Era verdade. Esse era um grande dom seu. Notei desde o primeiro dia em que o vi no colégio. A rainha das abelhas.

E o meu superpoder, qual seria? Melhorar a sorte das pessoas? Sim, esse seria um bom superpoder. Mas meu trabalho para o DCS era temporário. Dos meus vinte e dois dias de contrato, eu já estava no vinte e um. Ele acabaria amanhã. Meus ombros se encolheram um pouco. O que restaria em mim, então?

Pela primeira vez, desejei que aquele dia não chegasse.

– Por isso meu canal é importante para mim – Leandro continuou. – Quero continuar fazendo meus vídeos. Grande parte deles é sobre coisas que não são importantes, mas nem todos. E, sei lá, talvez eu possa mudar a opinião de alguém. Mudar... algo.

Ele bufou mais uma vez, e sua risada foi mais descontraída que as outras.

– Viu, eu falei que era brega. Estou te dando um monte de motivos pra se decepcionar comigo hoje, não é? É que com o Leandro não tem mixaria. Te dou uma fartura de decepção logo, pra escolher à vontade.

– Então eu devo ser bem exigente, porque nenhuma me satisfez.

Leandro me encarou por um momento com um dos cantos dos lábios curvado em um sorriso antes de voltar o olhar às ondas e continuar.

– Vou fazer um vídeo sobre os protestos. Botar a limpo o que eu penso e qual a minha real posição sobre a AlCorp. Dane-se quem é meu pai. E vou chamar as pessoas pra irem para a rua comigo.

Uma memória rápida da arma apontada na sua direção mais cedo foi o suficiente para me inundar de preocupação.

– Tem certeza de que isso é uma boa ideia? – perguntei, me debruçando na sua direção, como se a qualquer momento o garoto fosse sair correndo para cometer alguma loucura daquelas e eu precisaria agarrá-lo. – Essas pessoas são perigosas de verdade, Leandro. Não é melhor ficar quieto até a poeira abaixar?

– Dizer a verdade é um trabalho perigoso – ele rebateu, entortando a cabeça com um sorriso pretensioso. – Mas alguém tem que fazê-lo.

Então ele se levantou. Bateu a areia para fora da sua calça social e deu alguns passos à frente.

– A água chega até aí, às vezes – alertei. – Você vai se molhar.

– Gosto de viver perigosamente.

Mas ele não prosseguiu. Virou de lado e olhou para mim.

– Era isso o que eu queria te contar, Sam. Peço desculpas por não ter dito nada antes.

– Não precisa pedir desculpas. Você tem direito de evitar falar do que te faz mal.

– Não é por isso que eu não falo. Não tenho medo de encarar meus erros. Meu motivo para não contar para as pessoas a verdade é que... elas vão se decepcionar comigo. Tenho raiva do meu pai, e sei que ele foi o responsável por toda essa desgraça na minha família, mas reconheço que parte da culpa foi minha também. Foi por minha causa que minha mãe morreu. É difícil admitir para os outros que fiz uma burrada dessas. Acaba com a imagem de super-herói que eles têm de mim. – Ele forçou um riso singelo. Era a sua forma de fingir que o fardo não era tão pesado assim. Tanto para mim quanto para si mesmo. – Enfim. Deixa pra lá. Eu sei que é difícil de entender.

Ele me deu as costas e caminhou pela areia úmida até a água. Parou na beira e se rendeu. Finalmente, as ondas envolveram seus tornozelos.

"É difícil de entender", ele disse. Só que não, não era. Não para mim. Com seus erros e perdas expostos daquela forma, eu havia descoberto que Leandro e eu tínhamos muito em comum. Primeiro, um ente querido seu também havia sido arrancado brutalmente da sua vida no último ano. Lidamos com a perda de formas bem diferentes, eu sei. Leandro tinha acumulado milhares de quilômetros de distância do seu passado, enquanto eu, em minha depressão, mal consegui sair do quarto. Mas ambos, do nosso próprio jeito, havíamos batalhado contra nossos demônios e agora, machucados mas invictos, lutávamos para nos reerguer.

Ainda virado para o mar, Leandro inclinou a cabeça para trás e admirou o céu. Do meu ponto de vista, a escuridão estrelada envolvia o garoto. Seu cabelo curto e o tecido da sua camisa clara tremiam o contorno da sua silhueta contra ele, conforme flertavam com a brisa noturna. As barras molhadas da sua calça grudavam nos seus calcanhares.

Então, em segundo lugar, havia a culpa. Leandro também se sentia culpado pela morte daquele ente querido. Não importava que o envolvimento com a AlCorp fosse escolha do seu pai. Ou que o garoto não fazia ideia dos riscos quando sugeriu denunciá-lo. Da mesma forma como eu pouco me importava que não dava para prever que haveria coquetéis molotov no Protesto do Não. Nosso arrependimento não ligava se era fatalidade ou não. Dane-se sorte ou azar. Assim como eu, Leandro guardava um monstro numa caixinha dentro de si. Um monstro que não nasceu nem da dor, nem do arrependimento. Ele era a culpa. A culpa que, por mais que tentássemos racionalizar ou esconder, sempre dava um jeito de escapar por entre as frestinhas para sussurrar um "e se eu não...".

Levantei e abanei a areia no meu vestido. Os grãos foram levados pelo vento antes de caírem no chão. Desejei-lhes boa viagem. Mas a vida é assim mesmo, grãozinhos. Às vezes, temos que deixar o nosso mundo para trás e embarcar em uma nova jornada. É a única forma de encontrarmos o que o nosso coração mais anseia.

O que os nossos corações procuravam agora? Redenção. O Leandro ia aos protestos e lutava contra a corrupção na AlCorp de seu pai. Ninguém deveria ser vítima deles, como sua mãe e meu pai haviam sido. Já eu, bem, acho que a minha busca por redenção foi o que atraiu o Destino e me convenceu a assinar meu contrato com o DCS. Nada de "seguir o exemplo de Cecília" ou "vontade de ser uma Sam melhor". O que eu queria era pura e simplesmente a chance de poder compensar, de alguma forma, a dor que causei à minha família. Garantir que outras pessoas não sofreriam da mesma forma. Entregar sua sorte e ajudá-las.

Dei meu primeiro passo em direção à água. Então outro. A areia úmida era gelada sob meus pés descalços. A maresia cheirava a sal. Sensações estupidamente reais. No entanto, havia algo de fantástico naquele momento. Algo deslumbrante que só acontecia dentro de mim. Que eriçava os meus pelos a cada novo passo, que subia em arrepio pela minha pele.

Alívio. Redenção.

As ondas haviam tentado nos alcançar desde o início. Eu temi a temperatura fria. Seu desconforto. Mas não mais. Era hora de parar de fugir. Deixar que elas me alcançassem.

E eu não estava sozinha nessa jornada. Não mais.

A primeira onda me alcançou. Puxei o ar com a sensação da água na minha pele, mas logo deixei-o sair com calma. A água inundou meus tornozelos e me fez afundar na areia. Desencavei meus pés e segui adiante.

— Você tá errado — eu disse, quando cheguei logo atrás de Leandro. — Eu te entendo. De verdade.

Ele virou e me encarou. Buscou no meu rosto o sentido por trás das minhas palavras. E encontrou. Um sopro mais forte do vento virou uma das abas da sua camisa contra o seu pescoço. Relutante, subi uma mão e ajeitei-a. Passei as pontas dos meus dedos pelo tecido da gola. O movimento me fascinava.

Não havia medo nele.

Aproximar-me de Leandro não me assustava mais. O que fazia sentido. Eu o entendia. Ele me entenderia. Eu não tinha mais motivo para temer que me julgasse. Nem para me afastar.

Ergui meu rosto para ele, maravilhada. Seus olhos me encararam de volta com um cinza escuro tão líquido quanto a água entre nossos pés.

— Eu te entendo — eu repeti, quase em um sussurro.

Não havia mais barreiras entre nós. Nem quando ele tocou meu rosto. Nem quando ele me beijou.

Ok, admito que não resisti a empurrá-lo na água depois. O que resultou em eu ficar encharcada também. Principalmente quando Leandro me puxou com ele.

E agora eu subia os degraus do nosso prédio de dois em dois, toda molhada, descabelada e cheia de areia.

Minha mãe ia ter um troço.

– Minha mãe vai ter um troço! – repeti pela décima vez. – Tá muito, muito tarde, e eu pareço uma crente de Cthulhu que voltou da oferenda! Ela só vai deixar eu sair de casa de novo quando começar o fim dos tempos e a gente tiver que embarcar na nave pra Marte.

Eu tremia ao pensar na reação dela, mas não estava nem um pouco arrependida. Para ser sincera, eu me sentia, pela primeira vez em muito tempo, genuinamente feliz.

Depois de ouvir Leandro na praia, compartilhei com ele meu próprio desabafo. Contei do Protesto do Não, da morte de meu pai e da minha culpa pela tragédia. E ele não me rejeitou. Pelo contrário. Me abraçou mais forte contra si, sussurrando que me entendia também.

Agora, eu me sentia ridiculamente satisfeita puxando-o pela mão escada acima. Uma felicidade boba e delicada, daquela que transforma *hahaha* em *hihihi*.

— Isso se ela não me matar primeiro — continuei. — Quer dizer, *eu* acho difícil ela matar a própria filha. Já você, não posso garantir.

— Depois dos multimilionários e assassinos que já tentaram me pegar, quem diria que eu morreria nas mãos da sua mãe? — Ele parou e me puxou para si. Eu estava um degrau acima dele, seu rosto ficou na altura do meu. — Valeria a pena.

Ele me beijou de novo. Passei os braços em volta do seu pescoço. Seus dedos se fecharam possessivamente na minha cintura. Já havíamos passado da fase da delicadeza fazia um tempo. A essa hora, os beijos bonzinhos já tinham ido dormir. Sobravam de pé apenas os malvados. Os beijos cujo sangue fervia na noite, e cujo calor eles sabiam aproveitar.

Leandro subiu o degrau ao meu nível. Perdi o equilíbrio e fiquei pendurada no seu pescoço. Ele aproveitou para me ajeitar contra a grade ornamentada da escada. E o beijo seguiu. Seu corpo imprensado contra o meu. Minhas mãos presas no seu cabelo. Finalmente eu podia senti-lo. Era mais macio do que eu havia imaginado.

— Já passou da hora de dormir.

Empurrei-o com tanta força no susto que Leandro desgrudou totalmente de mim. Um andar acima de nós, minha mãe nos espiava sentada em uma cadeira na margem da grade. Me esperando.

Senti todo o sangue do meu corpo marchando pescoço acima. Minhas bochechas queimaram. Minha testa queimou.

Meu nariz queimou. Até as minhas sobrancelhas queimaram de vergonha. Fala sério, ser pega no maior amasso com o *boy* pela mãe? Urgh!

— B-boa noite — Leandro murmurou, se recuperando mais rápido do que eu. Sua voz fingia que não havia acontecido nada, mas seus lábios vermelhos e sua respiração arfando eram provas inegáveis dos nossos deslizes. Isso, e seu cabelo totalmente bagunçado. *Ops.* Ele passou uma mão para ajeitá-lo. — Ia deixá-la em casa agora mesmo.

Minha mãe não respondeu. Foi com esse silêncio que senti a aura do seu mau humor flutuando até mim em ondas quentes de irritação. E não era só por encontrar sua filha colada na boca do vizinho. Conhecendo minha progenitora, normalmente ela ficaria até feliz por eu ter faturado uns beijinhos naquela noite. Será que ela tinha ficado mesmo chateada por todas aquelas dezoito ligações não atendidas que vi no táxi a caminho de casa?

Deixei meus pés me levarem escada acima. Saí da escada no nosso andar sob o olhar desconfortável da gaviã, minha mãe. Ela tinha arrastado uma cadeira da sala e sentado para ler algum livro de crônicas da Martha Medeiros enquanto me esperava. De pijama. No corredor do prédio.

Mães.

Talvez, se eu passasse bem quietinha, ela não desse o bote. Era só seguir na ponta dos pés, com cuidado, e...

— Pra dentro — ela ordenou, apontando nossa porta. Olhou para Leandro. — Os dois.

Obedecemos. Não se contesta uma ordem da própria Vingadora da Perdição.

Minha mãe foi a última a entrar, trazendo a cadeira e fechando a porta atrás de si. Avaliou-nos de cima a baixo, parados no corredor na sala do nosso apartamento. Encolhi-me defensivamente para o ataque.

— Pra quê eu pago celular se você não atende? — ela disse, ríspida.

— Eu coloquei ele no silencioso por causa do prêmio e esqueci...

— Esqueceu?! — Ela avançou sobre mim. — Saiu de um tumulto com troca de tiros e esqueceu de ligar para avisar sua mãe que estava bem?!

— Tiros? Como você sabe que...

— É claro que eu fiquei acompanhando o evento ao vivo, pela TV! Agora, imagina a situação: estou lá no bem-bom assistindo aos repórteres passeando pela festa em que a minha filha está, quando de repente todo mundo se joga no chão?! A câmera filmou só o pé da mesa, mas no áudio dava para ouvir os gritos. Os tiros. E a minha filha, lá no meio!

Murchei de vergonha e remorso. Devia ter sido horrível. Com toda a confusão e as verdades bombásticas da noite, acabei me esquecendo de contatá-la. Caramba, eu era a pior filha do mundo.

— D-desculpa, mãe — gaguejei. — Foi muita correria. Acabei esquecendo. Desculpa...

— Esqueceu por três horas, Cassandra?! Isso aconteceu

há três horas, já! Você sabe o que é ter que ficar atualizando as páginas de notícias de todos os portais, esperando para ver se eles vão publicar alguma lista de vítimas que pode incluir a sua filha desaparecida?! Eu liguei pra umas vinte delegacias diferentes! E ninguém sabia de NADA!

Pisquei para enxergar além das lágrimas que se acumulavam nos meus olhos. Leandro deu um passo à frente.

— Eu peço desculpas também — ele se intrometeu, sério.

— Eu devia ter falado pra ela ligar. Mas garanto que eu não deixaria que nada acontecesse com a Sam.

— Os seguranças do seu pai não deixariam, você quis dizer? — minha mãe retrucou. Os olhos do garoto se arregalaram.

— Sim, eu sei quem ele é. Por mais que vocês dois tenham tentado esconder de mim. Tá estampado em todos os sites, já. "Herói dos protestos é filho do diretor da AlCorp." "Falso herói dos protestos provoca troca de tiros em Prêmio da TV Vida." Eu vi as fotos da discussão. Teve gente que filmou e tudo. E só o que eu conseguia pensar era que a minha filha estava ali no meio. Como eu deixei isso acontecer?! — Ela se virou para mim. — Eu te disse pra ter cuidado, Cassandra! Eu te disse!

Seus olhos estavam inchados e vermelhos. Ela havia chorado. Deixei uma lágrima minha escorrer.

— O único motivo de eu não ter pego o carro para ir até o hotel pessoalmente te arrastar de volta pra casa foi porque apareceu uma reportagem dizendo que o garoto tinha sido visto deixando o local com os seguranças do pai, e eu te reconheci na foto. Depois, nada. Ninguém sabia pra onde tinham ido. Se estavam bem. Nada. Minha filha sumiu num carro preto, sem deixar notícia.

Funguei. Foi a deixa para Leandro me defender:

— Foi tudo culpa minha. Não briga com ela, por fav...

— É claro que foi culpa sua! — minha mãe vociferou de volta. — Os homens queriam atirar em você, não nela! Agora eu entendo por que não quiseram me contar quem era o seu pai. Você sabia que eu ia ficar com medo e proibir minha filha de sair contigo, não é?

— Não é por isso — interrompi, fungando. — Ele não conta pra ninguém. Nem eu sabia. O pai dele é um babaca. Queríamos fingir que ele não existe.

— Mas existe sim, e eu sei muito bem a violência desse mundo sem escrúpulos em que ele vive. Eu li as notícias na época da morte da sua mãe. Os jornais publicaram que foi assalto, mas ninguém é bobo. Todo mundo sabe que o seu pai tem muitos inimigos. Que a *sua família* tem muitos inimigos. Até dentro da AlCorp. Gente ruim que não mede esforços pra maltratar ou manipular. Você quer que a Cassandra entre nesse meio? Ainda mais agora, que você se envolveu em toda essa confusão dos protestos? Pensei que a mídia fosse esquecer a foto de vocês logo, mas não depois desse escândalo! Agora vão investigar! Vão achar que a Cassandra é sua cúmplice! Não tem vergonha de colocar a minha filha no meio desse fogo cruzado?! Quer que aconteça o mesmo que aconteceu com a sua mãe?!

Leandro não respondeu. Toda a cor havia fugido do

seu rosto, com exceção das pontas das suas orelhas, ainda vermelhas.

— Não é culpa dele — eu repeti, mas as palavras se misturaram ao choro e saíram quase ininteligíveis. — Não é culpa...

Mas minha mãe me ignorou, seu queixo erguido, seus olhos úmidos presos nos de Leandro, exigindo que ele a ouvisse sem discussão.

— Se você tem algum carinho pela minha filha, vai deixá-la longe disso tudo.

— A senhora está certa — Leandro concordou, enfim. Sua voz vacilou uma vez só, então se manteve firme. Decidida.

E meu peito caiu com um mal pressentimento.

— Não ouve o que ela diz — implorei. — Ela só tá irritada. Tá tudo bem.

— Não tá, não. Ela tá certa. Eu já fiz você se arriscar demais. Fui egoísta.

— Não! Foi escolha minha! Eu...

Mas Leandro só balançou a cabeça.

É essa a sensação que uma pessoa tem quando está prestes a cair de um precipício?

— Desculpa, Sam. Obrigado por tudo.

Quando o chão não está mais tão distante assim?

— Boa noite — ele disse, olhando rápido para nós duas. Desviou de mim e saiu do apartamento. A porta fechou atrás de si.

Ploc!

Eu estava sozinha outra vez.

15

Quando o meu último presságio de mensageira do Destino chegou às seis horas do dia seguinte, virei para o lado e dormi de novo. Dane-se o trabalho. Dane-se o DCS. Dane-se o mundo.

Porque é isso que acontece quando a vida te dá uma porrada mais forte que o normal e você acaba recaindo na depressão. Qual é o sentido de levantar da cama se vai ser só para apanhar de novo?

Minha mãe não veio perguntar o que eu ainda estava fazendo na cama quando a hora do almoço passou. A briga de ontem tinha sido pesada demais para que quiséssemos confrontar uma a outra. Depois de uma tempestade tão turbulenta como aquela, o mar entre nós ainda demoraria um bom tempo para sair da ressaca.

Já era o meio da tarde quando acordei de novo. Um feixe de luz escapava de uma fresta na cortina e seguia em linha reta até minha cama. Contorci-me para longe dele e continuei deitada. Ficamos eu e o feixe, lado a lado, ouvindo os ruídos da vida lá fora. Carros passando na rua. Buzinas distantes. Vendedores ambulantes anunciando a chegada da pamonha e do cuscuz.

Em Petrópolis, morávamos em uma casa de rua quieta. Quando acordava, tudo o que eu ouvia do meu quarto era uma sinfonia de passarinhos cantando. Às vezes, bem raramente, passava alguém a pé. Seus passos ecoavam até mim, suaves, então aumentavam, conforme se aproximavam pela rua, atingiam seu ápice, e por fim iam abaixando de novo, até se perderem na distância da esquina.

Que droga, Rio de Janeiro. Você conseguiu a façanha de me fazer sentir saudades da minha antiga casa.

Mas já passava da hora de eu admitir que não podia guardar rancor de Petrópolis para sempre. Havia naquela cidade muito mais do que memórias tristes do meu pai. Um piquenique na frente do Quitandinha. Um dia fresco na rua do Museu Imperial. Uma Oktoberfest clandestina com meus amigos, quando cheguei à conclusão, pela primeira vez, de que detestava cerveja.

Meus amigos... Como pude me afastar de todos eles? Eu mandaria mensagem para as meninas mais tarde. Sim, eu faria isso. Faria?

Peguei meu celular da mesa de cabeceira e passei pelos contatos. Meu dedo deslizou com cuidado pela tela, com uma súbita saudade de apertar o peito.

Então passou o contato de Leandro e me detive. A sensação dos seus lábios ainda estava viva contra os meus.

Larguei o celular e virei para o outro lado.

Eu teria emendado até o dia seguinte na cama se meu último dia de trabalho no DCS não tivesse me arrancado do colchão no fim de tarde. No início, até tentei escapar:

Cassandra Lira: Ei, Cecília!
O que acontece se eu não puder entregar a mensagem de hj por motivos de força maior?
Você volta ao serviço mais cedo?
Cecília Maré: Pq, você tá doente? Posso te mandar o formulário.
Cassandra Lira: Deixa pra lá.

Escorreguei para fora da cama e fui entregar a mensagem.

Saí sem dar satisfações enquanto minha mãe tomava banho. Meu humor de "dane-se" não me permitia ser boa filha. Ela não havia me colocado explicitamente de castigo, já que não ousamos conversar depois que Leandro deixou nosso apartamento na noite anterior. Mas se soubesse que eu planejava sair naquele dia, independentemente de qualquer castigo, ela nunca permitiria. Não naquele sábado, quando a próxima grande manifestação estava marcada para abalar o Rio de Janeiro. Mesmo que eu só fosse andar alguns quarteirões até o shopping de Lagoinha, o clima era de apreensão até nas terras longínquas da Zona Oeste da cidade.

Na minha rua, o céu nublado parecia ter se fechado para o juízo final. O protesto daquele dia, impulsionado pela polêmica de minha foto com Leandro, superou as minhas expectativas e prometia grandiosidade. A marcha de inúmeras patrulhas da P3 já estalava em uníssono por todo o Rio de Janeiro.

Do jeito que a população se mostrava empolgada, a polícia particular da AlCorp ficaria bastante sobrecarregada mais tarde. Pessoas com placas e faixas passavam por mim até em Lagoinha, no caminho para a minha entrega. Na internet, meus colegas de turma marcavam de ir juntos para a concentração na Cinelândia, no Centro do Rio. Alguns publicavam fotos de cartazes que levariam. Duas meninas haviam até mandado fazer camisetas com o logo do canal do *Moleque Sensato*.

E tudo isso só fazia meu estômago se revirar feito uma secadora de roupas.

Entrei no táxi na frente do shopping. Entreguei minha mensagem ao motorista sobre a rua que deveria evitar para não ter seu carro destruído em um embate de protestantes com a P3. Era minha última entrega no meu curto período de estagiária do DCS. Mas saí sem cerimônia. As pessoas na fila do ponto estranharam. Não me importei.

Eu só queria voltar para debaixo dos meus cobertores antes que a guerra estourasse na cidade.

Passei no mercado da esquina de casa e comprei qualquer coisa com pressa. Uma justificativa para minha saída, mesmo falsa, era necessária para acalmar minha mãe. Pesquei meu celular na fila do caixa e tentei me distrair daquela ansiedade geral, o alimento preferido das minhas crises de pânico.

Foi a pior ideia que eu já tive.

Caí em uma notícia sobre o tiroteio na festa de ontem, cujos atiradores suspeitos haviam sido presos pela polícia para uma investigação que todos sabíamos que nunca chegaria até a AlCorp. Ao final, o link de uma matéria relacionada me chamou a atenção.

Leandro Novaes publica vídeo sobre tiros no Prêmio TV Vida e chama população para protesto contra AlCorp.

Aceitei minha sacola e meu troco sem conferir, me encolhi em um canto perto da porta do mercado e entrei no canal do *Moleque Sensato* já com algo entalado na garganta. O vídeo novo havia sido publicado naquela manhã. Leandro devia ter virado o resto da noite gravando com Ivana.

Coloquei meus fones com um mal pressentimento. Dei *play*.

Quase não consegui assistir até o final.

Não pelo que Leandro dizia. Como sempre, o *Moleque Sensato* expôs sua posição de forma clara e lógica. Fez um apanhado de como começaram as desavenças da população com a AlCorp, incluindo fotos e filmagens que ele e Ivana haviam feito durante os protestos, e por que o povo precisava lutar. Quanto a seu pai, Leandro nem o atacou diretamente, preferindo um tom diplomático ao declarar que não concordava com ele e que havia cortado relações com o diretor executivo fazia um tempo. Por trás das palavras limpas, reparei nos cortes secos entre uma sílaba e outra, e no desfoque de seus olhos onde o cinza parecia a cor das nuvens de uma tempestade se formando. O vídeo era uma declaração pública de posição. Além de Leandro chamar os expectadores para irem à rua com ele naquele dia. "Vamos quebrar todos os recordes do Protesto do Não. Só que, dessa vez, vamos vencer. Vai ser o Protesto do Sim", ele instigou.

Minhas mãos tremiam de nervoso segurando o celular com o vídeo pausado. Naquele momento, havia quase quinhentas mil visualizações. As ameaças e avisos de minha mãe ecoaram na minha cabeça. Lembrei-me dos homens da festa. Dos Cotiaras que queriam punir o garoto e seu pai.

Leandro estava nadando em águas perigosas. Quanto tempo ele ainda tinha antes que a correnteza o arrastasse para o fundo?

Imaginei-o no protesto da Cinelândia mais tarde. Sem proteção. Um grande alvo na sua testa. A AlCorp sorrindo malignamente.

Não, Sam. Não pense nisso.

Não aconteceria nada com ele. Se Leandro de fato estivesse correndo perigo, eu teria recebido um presságio de manhã, certo? Como das outras vezes. Ele era um insone justamente por receber a proteção do Departamento toda vez que ia se machucar. Não?

A menos que a sua sorte já tivesse sido nivelada o suficiente e o DCS não quisesse ajudá-lo mais.

Corri de volta para casa digitando uma mensagem apressada para Cecília. Seria possível o Destino abandonar seu insone favorito? Havia alguma forma de ela descobrir como estava a balança de sorte de uma única pessoa? Eu já subia as escadas do meu prédio quando ela respondeu que checaria Leandro. Abri a porta de casa, torcendo para que não demorasse muito. Se alguma coisa acontecesse com o garoto, eu...

Parei. Leandro estava na minha sala.

Sentado na mesa de jantar.

De frente para a minha mãe.

Minha cabeça caiu para o lado, confusa. Eu havia entrado no apartamento errado? No plano existencial errado? Abri a boca para perguntar, mas não consegui.

Dei as costas e tentei sair de casa de novo.

– Sam! – minha mãe me repreendeu.

Engoli em seco e voltei a encará-los. *Aja tranquilamente, Sam.*

– Onde você foi? – ela me perguntou.

– Comprar comida. – Caminhei até a cozinha e larguei minha sacola no balcão. – Tô com vontade de comer pavê.

Será que os hologramas já haviam sido inventados e Leandro era apenas uma ilusão de ótica?

– Oi, Sam – ele disse, contido. Não, não era ilusão. Aquele jeito preocupado com uma pontinha de arrependimento com que me fitava era cem por cento real.

Ele estava arrumado e bem cuidado – bem mais que o normal. Vestia uma calça jeans clara e uma camisa social cinza. Até seu cabelo estava penteado de um jeito diferente. Mas a sua expressão tensa e olheiras eram o perfeito exemplo de como as aparências podem enganar.

— Ehr... oi — respondi quase sem voz. O que ele fazia ali depois de ter saído daquela forma ontem à noite? — Não achei que você fosse aparecer, poderia ter me ligado...

— Ele veio falar comigo — minha mãe me interrompeu.

— Vim pedir desculpas — o garoto explicou. — Depois do que aconteceu ontem, sinto que a sua mãe merecia alguns esclarecimentos. Não quero que haja mais mal-entendidos entre a gente.

— Com certeza — ela concordou, fria.

— Ah. — Torci os lábios, um pouco rancorosa por estarem se encontrando sem mim. — Tá. Vou pro meu quarto, então. Não quero atrapalhar vocês.

Leandro levantou rápido. Minha mãe o acompanhou.

— Não precisa, já estávamos terminando — ele me disse, então se dirigiu à minha mãe: — Se ainda tiver algo que queira conversar ou perguntar, é só falar comigo.

— Vou pensar — ela respondeu com a voz seca.

Leandro olhou para a porta. Hesitou.

— Eu falei sério quanto a tudo. Mas o mais importante, o que eu quero deixar claro, é que nunca quis pôr a Sam em risco. E, da minha parte, sempre vou fazer de tudo pra protegê-la.

Por que de repente tinha ficado tão quente naquele apartamento?

Eles se encararam por um longo momento. Minha mãe de mãos nos quadris e olhar rígido, Leandro com um semblante tão sério que eu quase duvidava que era o mesmo garoto de piadas na ponta da língua que eu conhecia. Meu estômago se revirou, inquieto com aquela batalha de olhares. Por fim, minha mãe assentiu, um movimento milimétrico da sua cabeça, e o garoto se deu por entendido.

Leandro pegou sua mochila do chão e veio até mim.

— Eu… — Ele lançou uma espiada rápida para a mulher-coruja nos vigiando antes de continuar. — Eu queria conversar com você também.

O que quer que fosse, seu tom urgente indicava que não seria bom. Minha mãe apertou o bico em uma fina linha tensa, mas disse para mim:

— Vou fazer o pavê. — E andou até a cozinha. — Não demora que vou precisar de ajuda.

Prendeu meus olhos em um último aviso silencioso, então começou a revirar as sacolas.

Saímos para o corredor e fechei a porta do apartamento com cuidado atrás de mim. Leandro já estava quase na frente do seu. Paramos a uma distância tímida um do outro.

— Esse *look* todo era pra impressionar a minha mãe? — perguntei desconfortável, indicando como se vestia. — Ou você foi passar um Dia de Princesa com o Netinho?

— Quis dar uma variada. — Ele me mostrou os óculos escuros pendurados no bolso da calça e abriu a porta de casa.

— É difícil passar despercebido nos lugares quando a sua

cara tá estampada em oitenta e nove por cento de todos os veículos de comunicação do planeta. Vamos falar lá dentro? Acho que a gente precisa conversar.

Hesitei, covarde. Eu não estava preparada para ter uma discussão de relacionamento ainda.

– Olha, eu sei que está chateado comigo e com a situação toda – eu disse, dando um passo para trás e desviando o rosto. – Eu mesma estou confusa com tudo o que tem acontecido. Acho que o melhor agora é parar e pensar um pouco. Era o que eu teria feito hoje, eu juro, se não tivesse tido que sair rapidinho para resolver uma coisa e...

– E o Departamento não pode esperar.

– Sim, o Departamento não...

Girei o pescoço tão rápido para encará-lo que a menina do *Exorcista* teria me aplaudido.

16

– **Senta aí.** – **Leandro** atravessou a sala e foi fechar as persianas da janela.

– Como você sabe sobre o Departamento? – insisti.

Leandro largou a mochila na mesa de centro e voltou à cozinha americana.

– Quer uma água ou.... – ele abriu a geladeira vazia, exceto pelos famosos potinhos de iogurte caseiro com granola de Ivana que de fato pareciam vômito. – ...uma água mesmo?

– Quero só que você me explique o que tá acontecendo.

Ele pegou um dos copos sobre o filtro e o encheu de água gelada.

– Não sei. É você que vai me explicar.

Desligou o filtro, pegou o copo e bebeu voltando para a sala. Dessa vez, fui atrás dele. Leandro apoiou a bebida na mesa e abriu a mochila. Retirou uma pasta azul com um punhado de envelopes de cores e tamanhos distintos. Alguns mais amassados e amarelados que outros. Escolheu dois brancos e impecavelmente lisos e estendeu um para mim.

Examinei-o. Subi as sobrancelhas para Leandro. Ele subiu as suas também e entortou a cabeça. Abri.

As sobrancelhas desceram em queda livre na minha testa. E eu, no sofá.

Leandro tinha razão. Eu devia ter sentado desde o início. No topo da folha em minha mão, estava a árvore sem folhas que marcava todos os documentos do Destino. O documento era um contrato. Mas não igual ao que eu assinei como mensageira provisória. Era mais curto.

— Onde você conseguiu isso? — perguntei, meus olhos jogando pingue-pongue pelas linhas. — Esse... "contrato de ciência"?

O garoto encostou o quadril na janela e cruzou os braços, fingindo uma calma contrária à tensão na sua testa.

— Lê o nome no topo — ele disse, ao invés de me responder. Obedeci.

Armando Novaes de Sant'Ana.

— Você pegou isso do seu pai?!

Mas essa nem era a pergunta mais importante. A grande questão era: *por que* havia um contrato no nome do diretor executivo da AlCorp autorizando que soubesse da existência do DCS?

Porque era isso o que o documento dizia. Armando Novaes de Sant'Ana estava oficialmente autorizado a ser informado dos processos externos e internos do Departamento de Correção de Sorte do Rio de Janeiro conforme necessidade e critério dos mensageiros sem ônus ou punição para qualquer um deles.

Esse é só o meu resumo livre, é claro. O documento usava três páginas e onze cláusulas para definir isso. E um anexo. O DCS adorava anexos. Se fosse uma pessoa, burocracia seria o seu maior fetiche.

Meus olhos passaram por aquela última folha extra. Ela era um pequeno resumo explicando o DCS para um leigo. Por que Cecília nunca tinha me mostrado esse texto? Meu trabalho teria ficado tão mais fácil...

O Departamento de Correção de Sorte, filial do Rio de Janeiro, é uma organização extranatural do Destino responsável por corrigir os desníveis de sorte e azar dos seres humanos a fim de equilibrar a Balança da Justiça. Os cálculos de todos os humanos são feitos através de nossos processadores. Aqueles que sofreram alguma flutuação imprevista de azar e estiverem abaixo do nível mínimo aceitável de sorte são escolhidos aleatoriamente conforme a nossa capacidade de escoamento e repassados ao setor de premonição. Os premonitores analisam a linha do Destino de cada um e definem a correção pertinente. Ela é enviada em forma de presságio para nossos mensageiros humanos que, enfim, entregam a mensagem ao destinatário final. Se este escolher usar a informação em seu benefício, sua sorte é computada positivamente no sistema e seu nível é normalizado.

– Isso aí é... real? – Leandro perguntou, seu rosto uns dois tons mais pálido que o bronzeado usual. Quando hesitei em responder, ele me estendeu o outro envelope. – Pode dizer. Aparentemente, eu também tenho autorização para saber.

Abri o segundo envelope com os dedos um pouco trêmulos. O documento que continha era idêntico ao primeiro, com a exceção do nome da autorização.

Era o de Leandro.

O garoto não era um insone, como Cecília havia suspeitado. Ele era imune ao transe porque tinha um contrato de ciência com o Departamento. Aqueles que sabiam da existência do DCS não precisavam de nenhum estímulo extra para acreditar nos presságios.

– Você sabia desde o início?! – acusei, indignada. – Todas as vezes que entreguei as suas mensagens, você me olhava como se eu fosse louca só pra me sacanear?

– Quê?! Não, claro que não! Era cem por cento genuíno! *Espera, isso foi um insulto?*

Não tive chance de reclamar. Ele continuou:

– Sam, eu não faço a menor ideia de que documento é esse ou o que tá acontecendo aqui.

– Mas você assinou!

– Não assinei, não!

Virei até a última página. De fato, não havia uma assinatura dele. Apenas a do seu pai, como representante legal.

Amando Novo havia assinado o documento sem que o filho soubesse?

– Isso não faz sentido nenhum!

– Nada faz sentido – Leandro concordou. – Por isso vim te mostrar isso. Algo me dizia que você ficaria menos confusa do que eu. Então... É real?

A ponta de aflição que ele deixou escapar com a pergunta apertou meu coração. Descobrir sobre o inimaginável sempre nos deixa com a sensação de que o chão foi tirado dos nossos pés.

– É sim – sussurrei, enfim. Não havia mais motivo para esconder. – É real. É tudo verdade.

Minha boca estava subitamente seca. Peguei o copo de água de Leandro na mesa de centro e entornei goela abaixo. O garoto xingou, não por causa da minha falta de cerimônia, mas pela bomba de impossíveis extranaturais que eu tinha acabado de jogar em cima dele.

– É isso o que você faz, não é? – ele afirmou. – Trabalha pra esse lugar. É uma vidente ou sei lá. Por isso sabe o que vai acontecer com as pessoas. Comigo.

– Sim, mas eu sou apenas uma mensageira – minha voz continuava rouca. Não era culpa da falta de água. Era bizarro falar sobre o DCS com ele. Era...

...Surpreendentemente libertador.

– Sim, é isso. Entrego sorte que recebo como presságios para as pessoas. Mas eu sou só uma substituta temporária. Aliás, era. Hoje foi o meu último dia.

Então contei. Desde o acidente de Cecília até como caí de paraquedas naquele mundo. Depois, expliquei como eu recebia as predições de manhã e dei alguns exemplos de como acontecia, com o pessoal entrando em transe e tudo o mais. Mas agora o meu estágio havia acabado. Eu encontraria com Cecília mais tarde para devolver-lhe seu cartão. Toma essa, DCS. Agora que eu estava oficialmente liberada para falar, ninguém calaria a minha boca. E quem reclamasse levaria uma boa esfregada de contrato na cara.

Leandro me ouviu em um silêncio incomum para ele, digerindo as informações.

— Mas era pra você já saber sobre o Departamento! — pensei em voz alta quando terminei. — Por que o seu pai ia arranjar um contrato de ciência do Destino pra você sem te contar?

— Na verdade, hoje é a segunda vez que eu vejo esse documento. — Ergui uma sobrancelha para o seu tom culpado. Ele se explicou: — Ano passado, logo que eu fugi de casa e fiquei com parentes, meu pai mandou o Elias me entregar isso. Abri, passei os olhos nos parágrafos, e fiz o que qualquer pessoa em sã consciência faria.

— Você selou o envelope e devolveu pra ele, não foi?

Leandro só assentiu, dando de ombros.

— Mas como eu ia saber que um troço doido desses falava sério? Considerei que era só mais uma tentativa criativa de me fazer voltar para casa e ignorei.

Passei os dedos pelo papel em minhas mãos. No início, eu também havia achado que o universo do DCS estava mais para o roteiro de um novo seriado de ficção científica cancelado antes mesmo de terminar a primeira temporada. Para ser sincera, acho que só comecei a acreditar de verdade em toda a estrutura do Departamento quando Cecília entregou meu contrato. As coisas sempre ficam mais reais quando estão escritas em um papel arrumadinho.

— E o que te fez mudar de ideia e levar a sério? — perguntei.

— Você.

Eu ri, cética:

— Mas a gente já se conhece há semanas. Aliás, você até pensou que eu trabalhava pro seu pai, não?

— Sim. Achei que você conseguia aquelas informações privilegiadas sobre quem planejava me atacar por meio dele, de algum jeito. Mas quando te conheci melhor, ficou óbvio que você não sabia quem eu era. Ou quem *ele* era. Então pensei que o maldito podia estar te manipulando por outras pessoas. Pedindo pra alguém te pagar pra me dizer aquelas coisas. Sei lá, era tudo estranho. — Ele tirou as mãos dos bolsos e passou pelo cabelo. Agora desarrumado, ele parecia mais com o garoto que eu conhecia. Era um alívio, tanto para mim quanto, desconfiei, para ele mesmo. — Acho que eu estava forçando qualquer explicação que fosse minimamente plausível.

— E agora, do nada, escolheu acreditar na mais impossível de todas?

Ele olhou para o chão por um momento tenso.

— Depois do que aconteceu ontem com a gente, e da conversa com o meu pai, digamos que... Eu tomei algumas decisões. E, por elas, tive que voltar pra casa.

– Você foi confrontá-lo?!

Leandro abanou com uma palma a ideia.

– Não, ele não estava lá. Quase nunca está. Não voltei por ele. Fui procurar algumas… *Coisas* que ele guardava lá. Mas enfim. No processo achei esses contratos. Li. Ri. Quis jogar fora. Quis tirar uma foto e mandar para um amigo que jogava RPG *cyperpunk*. Mas aí reparei que as descrições no documento me lembravam o que você fazia. E mencionava os mesmos termos que você me disse uma vez. "As suas mensagens não são as únicas que eu preciso entregar." Mensagens. Entregas. Acabei ligando os pontos. Eu podia até estar errado. Talvez você não tivesse nada a ver com isso. Mas achei que seria um chute válido.

– Então você veio falar comigo hoje por um… chute?!

– Eu não *sabia* se aplaudia ou se gritava com ele por pôr em risco com tanta imprudência a cláusula de confidencialidade do seu contrato. Voltei os olhos ao documento em minhas mãos. Ainda era difícil de acreditar que Leandro também estava envolvido nas traquinagens do Destino. Mas uma pecinha bem no centro daquele quebra-cabeças ainda não estava encaixada.

– Quando nos conhecemos, você disse que eu não tinha sido a primeira – lembrei.

– Sim, eu me referia a alguém aparecendo pra me dizer que eu não devia ir aos protestos porque algo ia acontecer. O Elias já tinha feito isso pelo menos uma meia dúzia de vezes desde que voltei ao Rio.

Elias? O assessor do Armando Novo? Não, seus avisos só podiam ser uma coincidência. Só...

Não, não eram. Lá estava o nome de Elias, assinado na última página do contrato do Leandro. Logo ao lado do título "mensageiro gerente requerente".

Eu sabia que havia algo estranho naquele homem. Algo de falso.

– Eu achava que as mensagens dele eram só avisos normais – Leandro explicou. – Era óbvio que eu corria riscos naqueles casos, e não via nada fora do normal em meu pai mandar o Elias tentar me fazer mudar de ideia. Eu ignorava e ia aos protestos mesmo assim.

– E como você tá vivo até hoje?!

– Eu ignorava, mas ainda me cuidava. E... digamos que não foram poucas as vezes em que um estranho me agarrou e me tirou da trajetória de um acidente. – Diante da minha expressão incrédula, ele explicou. – Meu pai manda seguranças à paisana pra me proteger. Descobri o esquema na segunda ou terceira vez e fiquei muito irritado. Dane-se se eles estão ali por mim. Eu não quero a ajuda do meu pai. Sempre que descubro, tento fugir deles.

O garoto fugia das pessoas que estavam ali especificamente para protegê-lo só para ir contra o pai. Se a curiosidade é o que mata os gatos, o orgulho é o que mata os homens.

– Mas tem algo que ainda não entendi como funciona – Leandro continuou, antes de eu repreendê-lo pela sua idiotice. – O anexo diz que as pessoas que receberão ajuda para a correção de... "flutuação imprevista de azar" são escolhidas aleatoriamente. Não acho que esse seja o meu caso. Não teve nada de aleatório em todas essas mensagens específicas que recebi. Por que eu sou uma exceção?

Boa pergunta. Por quê? Não fazia sentido. Balancei as folhas enquanto pensava. Minha mente rodou e rodou no mesmo lugar, atrás de uma solução. Até que ela clicou no caminho certo. As folhas pararam em minha mão. "Erros no sistema", Cecília havia dito. Erros humanos. Sorte desviada para as pessoas erradas.

E a voz do pai de Leandro, no carro, para Elias: "É ela que está cuidando dele?".

Cecília estava errada. Nem o tiro na sua perna, nem os outros infortúnios eram erros no sistema.

Não quando eram manobras propositais.

— Leandro... — comecei, juntando coragem para concretizar aquela verdade no mundo. — Lembra quando você me disse que seu pai estava afundado até o pescoço em corrupção? Então. Eu acho que ele tá envolvido em um esquema de corrupção extranatural também.

Nos encaramos em silêncio, esperando aquela informação decantar. Lá fora, o som de um caminhão de lixo amassando sua nova coleta. Um funcionário gritando para o outro que já podia partir.

— Como assim? — Leandro perguntou enfim, quando o caminhão já estava distante.

– Eu acho que seu pai rouba a sorte que o DCS enviaria pra outras pessoas e desvia presságios para você. Ou para o que ele quiser. Não faço a menor ideia de como ele consegue isso, mas, caramba, que conveniente! Imagina! Deve ser tão prático ter algumas doses de sorte extra quando você estiver precisando daquele empurrãozinho nos seus planos, não é?

Leandro franziu o cenho até o limite e, enfim, balançou a cabeça em reprovação.

– Quando achei que o conceito do meu pai não podia cair mais, ele vai e me decepciona de novo. – Sua risada soou como socos batendo em carne humana. – Mais um escândalo de corrupção dele pra lista das coisas que tenho que denunciar.

Devolvi os contratos para dentro dos respectivos envelopes e fechei-os com cuidado. Rasgá-los não aliviaria a indignação que eu sentia pelos homens sem escrúpulos que os criaram.

– Você sabe que não pode contar isso a ninguém, né? – alertei-o. – Nem para a Ivana. Tá no seu contrato. O DCS é uma organização confidencial. Tem uma lista de penalidades na página dois, caso você diga algo. Não pense que elas não são sérias só porque são ridículas. Minha supervisora diz que já viu gente ficar doente ou até morrer por causa disso. Se o Destino diz que *vai te dar* sete anos de azar, ele vai te dar sete anos de azar.

Leandro abriu a boca para fazer piada. Matei-a com minha seriedade. Ele fechou de novo. E não falou mais.

Corrupção no Departamento de Correção de Sorte.

Corrupção no Destino. *Humpf*. Eu devia ter suspeitado. É só os humanos meterem a mão em algo que a coisa toda desanda. Mas de onde Elias desviava a sorte para Leandro? De pessoas inocentes, presumi. E o que acontecia com elas? A resposta era tão óbvia que chegava a ser clichê. O sistema compensava.

Elas tinham azar.

Na forma de um tiro na coxa de uma mensageira que deveria estar protegida naquele dia, por exemplo. Mas cuja sorte que a faria evitar a bala fora transformada em uma mensagem sobre paçoca para o *vlogueiro* no prédio ao lado.

Era uma grande ironia do Destino – aquele maldito – descobrir todas as suas falhas justo no meu último dia como substituta.

– Eu preciso contar isso pra minha supervisora – decidi, repousando os envelopes sobre a mesa e levantando.

O garoto desencostou da parede em um susto:

– Não!

– Eu sei que é o seu pai, Leandro, mas pessoas inocentes estão sofrendo por causa dele. Isso é errado demais pra sair impune.

– Eu sei que é. É inaceitável. Não tô dizendo que ele não deve ser denunciado. Eu só... – Os cantos do seu maxilar tremeram quando ele trincou os dentes antes de continuar. – Eu não quero que você se envolva mais nisso.

Subi as sobrancelhas, sarcástica, como se elas dissessem "é sério isso?".

– Acho que fica difícil sair disso agora, hein? Você não pode chegar pra uma pessoa que já está até a cabeça na areia movediça e falar "vixe, é melhor você sair daí, amigo, porque em breve não vai dar mais".

– Eu virei a noite hoje, Sam. Você vai ter que usar metáforas mais simples comigo.

– A questão não é essa!

– Sam. – Seu tom era uma súplica. – É perigoso demais. Eu me culpo pelo que você passou ontem na festa. Não sabe o quanto eu me arrependo de ter te chamado.

Mas eu já estava cansada de ouvi-lo repetir aquilo e retruquei:

– Legal saber que sou um grande arrependimento pra você.

– Não foi isso que eu quis dizer. Não me entenda mal. Eu gosto de você. Muito.

Seu "muito" saiu mais baixo, uma confissão que escapou sem querer. Deixou minhas bochechas mornas e se aconchegou no meu peito. Tive vontade de cortar a distância entre nós. Tocá-lo. Partilhar aquele calorzinho.

– Mas... – ele continuou. – Talvez a sua mãe esteja certa. O que ela disse, que é perigoso ficar perto de mim. Isso é verdade. Olha o que acontece comigo nos protestos. Sempre tem alguém querendo me ferrar. Isso não pode desabar pra cima de você. Não quero te colocar em risco de novo. É pelo seu bem.

Impressionante como os protestos tinham sempre alguma relação com todos os problemas da minha vida.

Chegava a ser engraçado. Até deixei uma risada curta escapar. Era só o que me faltava.

— Olha, Leandro — eu disse, sem paciência. — Passei por muitas coisas nos últimos meses, e apanhei muito no processo. Mas isso me fez mais forte. Eu cresci. E te garanto que hoje sei cuidar de mim mesma. Não preciso que ninguém decida o que é melhor pra mim no meu lugar. Além do mais, você é meu amigo. Não vou amarelar e fugir de você feito uma covarde só porque as coisas ficaram mais complicadas do que eu esperava.

Mas Leandro só negou com a cabeça.

— Já basta um de nós na linha de fogo. Pelo menos por agora, enquanto esses protestos ainda estão no auge, é melhor você ficar longe de mim.

Cruzei a distância entre nós. Subi o rosto a centímetros do seu e ergui as sobrancelhas, desafiando-o. Era eu que decidia de quem ia me aproximar. E já estava cansada de me afastar das pessoas de quem eu gostava. Chega.

— Se eu quiser ficar ao seu lado, a escolha é minha, e ninguém pode me impedir — declarei. — Você vai me respeitar?

A tensão estalava o ar entre nós. Estávamos com os braços esticados ao lado dos nossos corpos, controlando-os para não ceder. Para não tocar. Mesmo tão próximos, o máximo de contato que tínhamos era pela respiração dele acariciando minha bochecha. E ela saía mais curta a cada segundo em que nos encarávamos.

— Vai? — insisti. — Sim ou não? Pode ser sincero. Porque

eu não conseguiria ficar com alguém que não me respeita, de qualquer jeito.

Meus lábios quase encostaram nos dele enquanto eu falava. Era o meu peito que acelerava agora. Naquela proximidade ficava difícil manter minha postura determinada.

– A decisão é sua – Leandro cedeu, enfim. Sua voz saiu rouca contra os meus lábios. – Não acho certo. Mas todo mundo lá fora tá fazendo as coisas erradas. A gente também pode errar um pouco, não?

As pontas dos dedos do garoto encostaram nos meus braços. Subiram pela minha pele como um arrepio na minha espinha. E seus lábios desceram aos meus.

Queria poder guardar momentos como esse em detalhes, mas é difícil ter consciência descritiva perfeita quando o seu corpo deixa de ser concreto para virar mais um conjunto de abstratos. Sensações de calores e calafrios, anseios que só querem avançar e tomar para si.

Mas, como um papel rasgado ao vento daquele turbilhão, consigo ainda recuperar uns pedacinhos que passam voando. Monto com eles uma folha de retalhos, usando as respostas involuntárias do meu peito como cola e durex para preencher os buracos que faltaram.

Queria guardar o momento inteiro em detalhes. Consegui só os detalhes.

Meus dedos no cabelo dele. Os dele, na minha pele. No meu quadril.

Pescoço. Boca. Mordida de leve. E não tão de leve.

A respiração pesada dele. As costas dos meus joelhos batendo no sofá. As almofadas amortecendo a minha queda. Botões de camisa abrindo com uma facilidade impressionante.

O som da maçaneta girando. Calma, o quê?

Empurrei-me para longe no sofá, assustada. Leandro ficou ali, ainda em cima de mim, os olhos fechados em uma expressão que xingava silenciosamente com todos os palavrões do léxico português.

– Opa... – Ivana disse, devagar. Não vi sua expressão. Eu estava de costas para a porta, ainda tentando fazer meus pensamentos voltarem a andar em fila indiana. – Acho que o seu Messias me deve cinco reais, agora.

Leandro se afastou e deixou-se cair sentado de lado no sofá. Abriu os olhos e encarou a amiga por baixo de cílios que prometiam uma morte lenta e dolorosa para ela no futuro.

– Que foi? – ela continuou. – Da próxima vez, coloca uma gravata na maçaneta da porta ou algo assim pra eu saber. Eu teria ido embora. Mas não hoje. Hoje é um dia importante demais pra passar na cama.

Ela lançou um olhar cheio de malícia para nós dois e seguiu pelo corredor para o seu quarto. Ajeitei minha blusa para cobrir minha barriga de novo e me endireitei no sofá.

– Desculpe – Leandro disse. – Ela tá certa. Agora não é hora. Eu tenho mil coisas pra pensar, mil problemas pra resolver. Mil coisas pra fazer ainda. Só que aí olho pra você, e...

Um sorriso contido escapou pelos lábios dele. Pareceria tímido se eu não soubesse das intenções por trás daquilo.

Leandro levantou e pegou os envelopes brancos do Destino. Guardou-os na mochila separados da pasta em que estavam todos os outros envelopes que trouxera da casa do seu pai.

– Vai sair agora? – perguntei, mas o que eu queria dizer mesmo era: "Precisa sair agora?".

– Sim – ele respondeu, querendo dizer "infelizmente".

– Mas a concentração do protesto é só às seis, no Centro. Ainda não são nem cinco horas.

Foi Ivana quem respondeu, voltando à sala com uma bolsa trespassada no ombro.

– Temos algumas coisas pra preparar. Estamos atrasados. – Ela jogou uma camiseta azul para Leandro e seguiu até a geladeira. Se dirigiu a ele enquanto pegava uma garrafa d'água e um de seus potes de iogurte e os guardava na bolsa para depois. – Ainda temos que escanear os documentos. Você conseguiu tudo, Leandro?

O garoto colocou sobre a bancada da cozinha a pasta que não continha os contratos do DCS. Ivana fechou a geladeira e foi examiná-la. Enquanto isso, Leandro desabotoou os botões que faltavam da camisa social e a despiu. Pela primeira vez, agradeci ao Destino por fazê-lo virar de costas especificamente nesse momento. Seria constrangedor se ele me pegasse secando o seu corpo seminu sem nenhum pudor como eu estava fazendo agora.

– Uau – Ivana disse. Eu já ia concordar quando percebi que ela não falava de Leandro, e sim da pasta de envelopes. Ela a balançava para cima e para baixo, pesando-a. – Você achou coisa pra caramba, hein? Seu pai não brinca em serviço.

– Ninguém trabalha com veneno de cobra todos os dias sem guardar alguns antídotos em casa. – Leandro vestiu a camiseta nova.

Do que eles falavam? Com a revelação dos contratos da DCS, eu nem havia parado para pensar no que os outros envelopes continham. Agora, a ficha começava a cair.

– Leandro – eu chamei, tentando conter o temor na minha voz –, quando você disse que tomou algumas "decisões" depois de ontem e voltou pra casa pra pegar "algumas coisas". Essas coisas são esses documentos?

Quis segurar a cabeça dele no lugar para impedi-lo de assentir, mas ele confirmou.

Minha boca ficou seca de novo. Não havia mais água no copo.

Depois de quase um ano distante, Leandro havia retornado a seu antigo lar. Somente algo de suma importância o faria enfrentar tamanha tormenta de más memórias outra vez.

– Eu quero perguntar o que esses documentos são – eu disse –, mas tenho medo de ouvir a resposta.

– Munição – Ivana respondeu, ao mesmo tempo em que Leandro confessou:

– Provas. Vasculhei a casa inteira por cada documento que meu pai guarda da empresa pra chantagear os Cotiaras.

Lembrei-me de ele mencionando algo sobre isso na praia. Que seu pai guardava documentos para quando precisasse se proteger.

— Eles são... — repeti — provas de corrupção?

Ele assentiu.

— Meu pai não virou diretor executivo da AlCorp sendo idiota. Se a vida dele é um jogo de poder, ele sabe que, quando a mesa virar, precisa ter umas cartas na manga. Tem coisas de anos nessa pilha. Fotos de encontros ilícitos, demonstrativos financeiros cheios de desvios. Plágios, roubos. Tem até CDs e *pendrives* com arquivos de áudio e vídeo. Todo tipo de ilegalidade metida na AlCorp que ele conseguiu comprovar, tanto da própria empresa quanto dos seus dirigentes.

— Seu pai sabe que você pegou isso? — Ivana perguntou. — Ele sabe que você conhece os esconderijos dele? Até aquele no fundo falso da gaveta do bar que a gente achou no dia da tequila no sétimo ano?

Leandro deu de ombros.

— Acho que não. Se não, ele teria escondido em outro lugar. E ele não estava em casa. Ninguém estava.

— Leandro — chamei-o, e fiz uma pausa para ter certeza de que detinha sua atenção. A pergunta que eu faria era importante, e exigia cem por cento dela. — Por que você trouxe esses documentos? Pense bem antes de responder, pelo amor de Deus.

— Já pensei, Sam. Pensei bastante. — Sua expressão escureceu conforme a sombra desses pensamentos passavam sobre ela. – Pensei no que sua mãe disse. No que aconteceu com a gente. No que *tem acontecido*, na verdade. Todas as vezes em que a gente quase se machucou. E cheguei à conclusão de que eu nunca vou conseguir fugir dos meus problemas. Estou há um ano tentando, mas é impossível. Essa é a minha vida. Chega de evitar o inevitável. Se eu quiser seguir em frente, preciso confrontar os meus erros do passado. E consertá-los. Essa é a única opção.

Minha respiração prendeu. Meus punhos se comprimiram. Até meu coração, eu juro que por um breve momento, cessou suas batidas. Mas era inútil. Por mais que eu tentasse, não podia parar o tempo. Não podia evitar que Leandro completasse dizendo o que eu mais temia.

E foi exatamente o que ele fez.

– Eu vou denunciar o meu pai. E os Cotiaras também.

17

— **Vamos mostrar todos esses** documentos da pasta no protesto de hoje — Leandro revelou.

— E eles vão sair no canal também, às nove horas da noite — Ivana completou, seus olhos brilhando. — Já até publiquei um *teaser*. Vai bombar!

Curiosamente, foi bem nessa hora que reparei na nova camiseta de Leandro. Era a mesma que ele usava na nossa foto famosa, com o logo do *Moleque Sensato*.

Mas tudo o que eu enxerguei foi um alvo de bala.

— Não acredito que você tá seriamente considerando fazer isso. — Balancei a cabeça, incrédula. — Eu já esperava que a fama fosse subir à sua cabeça em algum momento, mas não a ponto de você achar que pode fazer a sua própria CPI. Leandro, para o pessoal da AlCorp, intriga e morte são só mais uma partida de pôquer com os colegas no fim de semana. Que distorção na teia do espaço-tempo justificaria você querer comprar briga com eles?

— Não estou comprando briga. Ela já começou há muito

tempo. Isso aqui se chama revidar. Com um golpe final, de preferência.

— Mas não vai ser um golpe final, Leandro! — Aproximei-me, com uma súbita vontade de chacoalhá-lo até que voltasse a pensar direito. — Os Cotiaras não vão desaparecer magicamente quando vocês os denunciarem. Isso leva semanas de avaliação e negociação. Meses, se bobear. E ninguém garante que vão ser condenados no final. Esse tipo de gente corrupta e poderosa é mais escorregadia que bagre ensaboado.

— Mas serão levados em custódia com as denúncias, sim, senhora. Especialmente se denunciarmos ao vivo, na frente de milhares de pessoas. Quanto mais público, mais rápido o sistema age.

— Além disso, tenho certeza de que a minha mãe vai ajudar a gente a dar uma acelerada nos processos, lá na procuradoria — Ivana adicionou. — E uma legião de profissionais honestos do sistema público e privado também. Muitas pessoas boas estão só esperando a chance para fazer a coisa certa.

— Podemos até não ter todas as provas necessárias para pegar todos os corruptos da AlCorp — Leandro continuou —, mas assim que soltarmos essas, cada Cotiara que cair vai deixar uma setinha apontando pra outra pessoa que fez algo ilegal pra eles. Isso sem contar todas as delações premiadas que farão em julgamento. Vai chover acusações em troca de diminuição de pena. Aos poucos, as aranhas vão mostrando a teia.

— Mas ainda tem os aliados deles — insisti. — Gente que vai querer protegê-los.

– É preciso muita lealdade pra manter a amizade depois de um escândalo desse tamanho. Coisa que gente corrupta não costuma ter. Nossa aposta é que todos os que os apoiarem, mas que não conseguirmos pegar, vão sair de fininho e fingir que não sabiam de nada. Não vai sobrar um ombro amigo pra contar história.

Ivana sorriu como uma leoa pronta para atacar a presa e adicionou:

– Assim que a coisa começar a desmoronar, vai ter fila no aeroporto. Um monte de cobra querendo pegar o primeiro avião para fora do Brasil antes de as investigações encostarem nos seus rabinhos.

– E vocês acham que no saguão de embarque eles não vão ter tempo de mandar um ou outro assassino profissional atrás de vocês, como vingança? Não subestimem esses caras!

– Mas eles são calculistas também, Sam – Leandro disse.

– Pra se manter no poder, precisam ser pessoas frias. Não vão querer vingança só pelo prazer de me ver sofrer. Se me atacar é algo que vai incriminá-las, vão preferir me deixar quieto. De qualquer jeito... – Ele pegou a mochila e jogou sobre as costas. – Se eu sentir que ficou perigoso, vou sumir até a poeira abaixar. A família da Ivana tem outro apartamento, na Barra da Tijuca. Se ficar ruim mesmo lá, bom... Eu já tenho uma boa experiência em passear Brasil afora.

Então Leandro se destruiria ou, se não conseguisse, iria embora. O desespero já ancorava minha voz, trazendo tons mais pesados às minhas palavras, quando eu disse:

– Por favor, Leandro. Reconsidere. É perigoso demais. Você não precisa ir. Isso não é só mais uma piada. É coisa séria.

– Eu sei que é. Nunca encarei nada com tanta seriedade na minha vida. Às vezes, mesmo sabendo que é arriscado, você precisa seguir em frente pra fazer a coisa certa. E isso é algo que eu tenho que fazer. Não vou voltar atrás. – Havia um pedido de desculpas nas suas entrelinhas. – Já me decidi.

– Existem coisas mais importantes que uma pessoa só – Ivana disse. – Você diz que não precisamos ir. Mas aí que tá. Precisamos sim. E lutar em dobro. Por nós mesmos, e por todas aquelas pessoas que não podem. Ou que não têm coragem.

Uma discreta desviada de olhar sua no final da frase me acertou como um tapa na cara.

Ela se referia a mim. *Eu* não tinha coragem.

O sangue ferveu em mim. As palavras borbulharam para me defender. Mas que desculpa eu teria para bater boca com ela quando Ivana estava certa?

Acompanhei os dois para fora do apartamento calada. Então parei.

Quer saber?

Não. Ela estava errada.

Desde o dia do desastre com meu pai, eu havia desmoronado e batalhado com cada gotinha de força de vontade minha para me reerguer. Para deixar o trauma e a depressão para trás. Eu já havia crescido bastante desde a minha volta ao Rio. Depois de tanto tempo, eu estava enfim aprendendo a lidar com meu passado. A enfrentá-lo. E agora até carregava as responsabilidades do DCS comigo. Entregava suas sortes. Ajudava pessoas.

Então não. Meu problema não era covardia. Eu precisava de muita coragem para enfrentar aquilo tudo.

— Cada um tem a sua forma de lutar — eu rebati, enfim. Eu também estava fazendo a minha parte.

Ivana me lançou o seu aperto clássico de olhos. Como eles eram um pouco puxados e negros feito os meios-tons de um piano, você podia ver o seu próprio reflexo neles, o que só tornava a experiência da sua avaliação mais desconcertante. Mas naquele momento, pela primeira vez, não me senti desconfortável. Seu julgamento não me importava quando eu sabia que estava certa.

Enfim, ela desviou o rosto, arrependida, e soube que a convenci.

Eles começaram a descer a escada. Leandro parou e se virou para mim.

— Qualquer coisa, liga para o celular da Ivana — ele disse. — O meu ficou sem bateria.

— Eu devia cancelar a sua carteirinha de *youtuber* depois dessa.

Desci os degraus até ele. Eram nossos últimos segundos na calmaria antes da tempestade. Subi na ponta dos pés e beijei sua bochecha.

— Se cuida — pedi. Olhei Ivana por cima do seu ombro. — Você também.

Os dois assentiram. Leandro me deu um estalinho e partiu.

Meu celular tocou quando o som dos passos deles sumiu no primeiro andar. Olhei o visor.

É. Cada um tinha o seu tipo de luta, e estava na hora de eu seguir para a minha.

Cecília já me esperava na porta do prédio. Seu vestido florido mostrava uma coxa sem gesso, só com um curativo. Suas muletas também haviam sido aposentadas, dando lugar a uma bengala simples. Apesar de sua recuperação rápida, a fisioterapeuta ainda não a havia liberado para subir escadas, e por isso ela me esperava ali, na calçada em frente ao meu prédio. Observando a mancha amarronzada no asfalto que marcava onde tudo começou. Provavelmente pensava o mesmo que eu, toda vez que passava por ali.

Era de um vermelho tão vivo, no dia. Como pode virar essa cor insaturada agora, apenas algumas semanas depois?

É, Cecília. O tempo abranda tudo.

Quando me viu sair do prédio, ela levantou o rosto para mim e sorriu.

— E aí, como foi o seu último dia como mensageira do Destino?

— Poupei um taxista de perder seu ganha-pão com os protestos — respondi e bufei, resignada. — Você não vai acreditar na quantidade de gente que eu tive que salvar desse tipo de desastre nas últimas semanas.

– Pode ter certeza de que eu acredito. – Cecília fez uma careta. – Não é uma época feliz para trabalhar no DCS do Rio de Janeiro.

– Não é uma época feliz para *morar* no Rio de Janeiro.

– Você acha? Não concordo. Reconheço que a violência é ruim, mas porque é uma fase de mudanças. É uma revolução. Acredito que a vida vai melhorar, depois disso tudo.

Briguei contra um sorriso. Típico de Cecília, ser a heroína positiva.

– Vai ao protesto de hoje? – perguntei.

– Com certeza! Vou direto pra lá, daqui. Não faço mais que a minha obrigação indo tentar mudar alguma coisa. – Ela ajeitou seu cabelo crespo, distraída. – Além do mais, preciso ir ao Centro mesmo. Tenho que passar no Chafariz na Praça XV. Fui convocada para a triagem do DCS também, agora que voltei ao serviço. Trouxe meu cartão?

Afofei meus bolsos e pesquei-o do de trás da minha bermuda. Li meu nome nele já sentindo uma nostalgia estranha no peito. No início, eu havia pensado mil vezes antes de assinar meu contrato para aquele trabalho. Agora que eu teria que me afastar dele, porém, eu hesitava. Por que minha mão não estendia o cartão para Cecília?

Forcei-a. A mulher recuperou aquilo que era originalmente seu por direito. Seus dedos encostaram de leve sobre os meus no processo.

O clarão cegou minha vista de uma vez só. Dessa vez, porém, não teve o calor. Nada me invadiu, só me deixou.

Ficou para trás apenas uma sensação de frio incomparável a qualquer outra que eu já tinha sentido na vida. Peguei-me sentindo saudades de quando aconteceu o inverso, quando virei mensageira. A dor não era nada perto daquele gelo. Daquele vazio. Eu não soube aproveitar. Como tinha sido bom, daquela vez! Quando cada célula do meu corpo queimava com algo a mais. Queimava com...

Com propósito.

Pisquei os olhos, já abertos, acostumando minhas pupilas à ausência do clarão. A primeira coisa que eles enxergaram foi o cartão agora com Cecília. Ele não tinha mais meu nome.

Dizem que só valorizamos algo quando o perdemos. É verdade. Foi quando deixei de ser "a garota que ajuda pessoas" que percebi o quanto eu gostava dela.

Cecília desencostou do carro em que se apoiou com o choque do nosso toque e respirou fundo. Uma única lágrima escorria por baixo dos seus óculos. Ela xingou e disse:

— Eu já tinha me esquecido como isso era... intenso.

— Bem-vinda de volta ao DCS — eu falei, me forçando a ser natural. — Brinca no sistema do Chafariz hoje no meu lugar, ok? Atualiza meu status na rede social da intranet do Destino ou algo assim. Posta um *textão* sobre como a vida é feita de experiências. Ah, usa a palavra "jornada". Texto de fim de emprego sempre fala em "nova jornada".

— Ah, falando no sistema. — Cecília guardou o cartão na bolsa no ombro. — Aquele rapaz que você pediu pra eu checar mais cedo...

– Sim! Já consegui falar com ele, então tá tudo bem.

– Fora o esquema de corrupção extranatural do pai dele, é claro. Mas tudo a seu tempo. – Você viu algum desnível na balança de sorte dele? Dá pra saber isso?

– Então... – ela removeu seus óculos e limpou-os na barra do vestido. Sem eles, seus olhos negros pareciam duas vezes maiores. – Eu não sei. Tem algum problema com esse garoto. Ele por acaso é o mesmo a quem eu vim entregar a mensagem no seu prédio, no dia em que fui baleada? O garoto supostamente insone, que você ainda alertou sobre outros presságios?

Assenti, relutante. Mas não confessei ainda o que havia descoberto. Eu tinha um mal pressentimento sobre onde ela queria chegar com o seu papo.

Cecília recolocou seus óculos e esperou que um casal de dois homens passasse pela calçada. Só continuou quando estavam fora do nosso campo auditivo.

– Esse garoto tem muito, *muito* mais sorte que uma pessoa normal. A balança dele estava mais torta que banana d'água. E o sistema continuava mandando presságios sobre ele. Logo vi que tinha algo muito, muito errado ali.

Cecília balançou a cabeça, desgostosa.

– Como assim? – perguntei, com cuidado. Vendo minha expressão aflita, a mulher abrandou o tom ao responder didaticamente, como se quisesse proteger minha inocência ao máximo da dura verdade que estava prestes a revelar.

– Você sabe bem que o mundo não é justo. Ele é feito

de humanos, e nem todos eles têm os interesses do próximo como prioridade. Algumas pessoas são egoístas, ou, por qualquer motivo maior, não se importam em prejudicar os outros, se for para receberem algum benefício em troca. É triste, mas é a verdade. E esse tipo de gente existe em qualquer lugar que a raça humana alcança. Incluindo instituições extranaturais que empregam alguns como mensageiros.

Tive que me esforçar para não revirar os olhos. Ela parecia um pai explicando para o filho de sete anos como ele nasceu. "Quando um homem gosta muito de uma mulher..."

– Eu não sou criança. Pode ir direto ao ponto.

– As pessoas roubam sorte – ela disse de uma vez só, sílabas rápidas sendo vomitadas para fora. Cecília estava tão feliz por largar as sutilezas quanto eu. – Alguns mensageiros conseguem desviar sorte para conhecidos, e até... vendem esse *serviço* pra quem tiver uma tonelada de dinheiro sobrando pra pagar.

Ela puxou os cantos dos lábios para baixo, como se aquelas palavras tivessem deixado um gosto ruim na sua boca.

– Eu já tinha ouvido falar de mensageiros que vendem o seu próprio bônus de sorte bruta que o DCS dá como pagamento, e até aí tudo bem, a sorte é deles pra fazer o que quiserem com ela. Se o Destino não queria que eles a dessem para outras pessoas, não permitiria ser possível transferi-la. Mas o que os mensageiros desse esquema estão fazendo é algo mil vezes pior! Eles estão roubando de pessoas azaradas, literalmente! Usam a sorte que deveria ser delas para substituir o seu presságio por outro de uma pessoa escolhida por eles. Isso é... repugnante.

Lá se foi minha grande revelação. Cecília havia descoberto o esquema todo sem a minha ajuda. Mas era natural que fosse assim. Sua investigação já vinha desde muito antes da minha.

— Você suspeitava disso desde o início, não é? – perguntei.

— Sim. Eu já tinha ouvido boatos com alguns colegas de trabalho. E também... — Ela passou os olhos pela mancha de sangue no asfalto. — Esta era a única explicação em que consegui pensar pra eu ter levado um tiro em serviço. Agora que sei que a mensagem que eu estava indo entregar era justamente pra esse garoto com problema, nem tenho dúvidas. Algum *coleguinha* roubou minha sorte desse dia e deu para ele.

Cecília havia levado um tiro para que Leandro tivesse sucesso com seu canal do YouTube. Pensando desse jeito, aquilo era tão injusto que chegava a ser revoltante.

— Como é possível alguém corrupto assim trabalhar no DCS? – perguntei, enojada com a imagem de Elias na minha cabeça. — Eu pensei que o Destino avaliasse o caráter de todos os candidatos antes de contratá-los!

— Ele avalia. Mas alguns mensageiros trabalham há mais de dez anos lá. As pessoas mudam nesse meio-tempo. Principalmente quando a dificuldade bate à porta. É por isso que o sistema está fazendo a triagem geral agora. Ele quer descobrir, de forma bem detalhada, quem mudou pra pior.

— Espera, você ainda não sabe quem é o mensageiro corrupto que te roubou?

– Não, porque não tive acesso à informação. Mas vai ser fácil descobrir, agora que denunciei o erro na ficha do garoto. Ele não é insone, afinal. Vi que tem contrato. O sistema vai rastrear quem deu entrada no pedido pra chegar ao mensageiro responsável por ele. As chances são grandes de este funcionário estar envolvido no esquema. Aí vão avaliá-lo.

Algo no tom de Cecília me incomodou. Ela falava de Leandro com frieza. Devia supor que ele também era cúmplice no roubo, por ter um contrato e estar se beneficiando.

De repente, o chão sob meus pés não parecia mais tão firme assim.

Se Cecília supunha isso, o que impedia o Destino de supor também?

– O que vai acontecer agora? – perguntei, minha voz brigando para não tremer.

– Devem investigar o mensageiro e julgá-lo. Se for culpado, será punido de acordo com as regras do contrato e do manual de conduta. Normalmente, são administrados alguns anos de azar, mas considerando a gravidade das infrações desse meliante... – Ela abaixou o rosto. Seus óculos escorregaram e ela os empurrou de volta pela ponte do nariz. – Não acho que será uma punição branda, não. Talvez até... letal.

Letal. O Destino tinha meios para findar a vida terrena dos funcionários que não cumpriam com suas obrigações contratuais ou infringiam suas leis. O que ele poderia fazer com quem não batia ponto nos seus Departamentos?

– E o garoto? – perguntei.

– Quem?

– O garoto que recebeu a sorte. O que vão fazer com ele?

– Não sei, mas imagino que será julgado também, quando comprovarem tudo, já que tem contrato. O Destino só pode corrigir diretamente quem já tem contrato, para não infringir a lei do Livre-Arbítrio. Se ele aceitou de livre e espontânea vontade, sabendo das consequências, tomar parte em uma atividade ilegal, o Destino tem permissão pra administrar a punição cabível.

– E se ele não sabia? – insisti, um tanto aflita, e me recompus ao continuar. – Se ele não sabia que estava recebendo a sorte?

– Nesse caso, eu realmente não sei. Mas, independentemente de punição... – Ela franziu a testa de sobrancelhas perfeitamente delineadas para cima. Mordeu os lábios uma vez, pensativa. – Acho que agora que denunciei a ficha dele, o sistema vai detectar toda aquela sorte extra e vai tentar compensar.

O sangue fugiu do meu rosto, conforme um mal pressentimento se transmutava em uma terrível certeza.

– Vão enviar, tipo, um mensageiro de azar pra ele?

– Não – Cecília respondeu, sem sorrir. Como eu queria que ela tivesse rido, que tivesse achado minha dúvida tão impossível que era cômica. – Entregas de azar são feitas em um sistema totalmente diferente do nosso, e nem conheço muito sobre ele. Mas o caso desse garoto é diferente. Como foi um erro do próprio DCS enviar a sorte indevida pra ele, o sistema tem permissão pra corrigir diretamente. Pode ser ao longo do tempo, em pequenas doses de azar, se ele for uma pessoa com uma vida muito segura, ou de uma vez só, se a oportunidade de um acidente surgir ao Destino.

— Um acidente? — perguntei. Eu já sabia o que ela queria dizer. Mesmo assim, meu coração torcia com todas as forças para que não fosse verdade. Torcia até o último segundo para que ela não confirmasse meus temores em palavras.

O tempo acabou.

— Não sei que relação você tem com esse garoto, mas se você é próxima dele de alguma forma, aconselho avisá-lo pra ficar em casa debaixo dos cobertores e não se arriscar por um tempo. Algo me diz que ele pode sofrer algum desastre sério, se der chance ao azar. E vai ter *muito* azar atrás dele, a partir de agora.

18

Subi as escadas de dois em dois degraus com o celular no ouvido. Ivana não atendia. Passei as mãos sobre o rosto para não gritar de frustração. Nós não tínhamos muito tempo. No pânico, acabei não contando para Cecília sobre minhas suspeitas a respeito de Elias, com medo de que isso fosse acelerar algum processo de julgamento do Destino contra Leandro. Mas a compensação de azar pelo seu nível incomum de sorte aconteceria independentemente disso, se não conseguíssemos impedi-la. Enviei uma mensagem de texto para que Ivana me retornasse com urgência.

Mas e se, quando a lesse, já fosse tarde demais?

Eu já tinha um plano B.

Abri a porta de casa e trotei apressada pela sala.

– Demorou, hein – minha mãe reclamou do fogão. Ela mexia uma panela com um creme branco. Ao seu lado, a travessa do pavê e os biscoitos de maisena estavam preparados para serem transformados em magia culinária.

Hesitei, meu remorso prendendo meus pés ao chão.

Mas o que eu precisava fazer era mais importante que a minha culpa.

– Vou ter que dar mais uma saidinha – anunciei. Ela girou o rosto sobre o ombro para me interrogar. Fugi para o quarto. Eu pensaria em uma desculpa melhor enquanto me arrumava. Troquei minha bermuda por uma calça jeans mais resistente e estoquei apenas o essencial nos bolsos. Documentos, celular, dinheiro. Um certo cartão azul que cheirava a dinheiro. Li o número nele. Eu não sabia onde o homem marcaria o encontro – nem se me ouviria, na verdade –, mas em dia de caos, era melhor eu me preparar. Penteei meu cabelo todo para trás e o prendi em um rabo de cavalo. Não havia nenhuma cartilha de "o que levar para seu primeiro protesto", mas eu sabia que deveria me vestir para a guerra. Tanto para a do Rio de Janeiro, quanto para a da sala da minha casa.

Quando virei para sair do quarto, encontrei minha mãe já na porta, me observando enquanto me arrumava. Seus olhos cruzaram com os meus, indecifráveis. Então ela me deu as costas e sumiu pelo corredor.

Esperei um momento. Enrijeci meus ombros para a discussão. Fui atrás dela.

Ela não tinha voltado para a cozinha. O fogão jazia desligado, a panela com sua colher ainda tombada contra a borda, um pouco triste por ter sido deixada para trás tão subitamente.

Encontrei minha mãe de pé na frente da janela da sala. Era uma imagem familiar. Ela sempre ficava assim quando tentava enxergar na portaria quem tocou o interfone. Ou quando espionava um vizinho estacionando em local proibido na rua. Aproximei-me com cuidado.

— Vou saindo, mãe…

Então peguei um relance do seu rosto. Ela não estava irritada ou indignada por eu desafiá-la fugindo de casa de novo. Ela estava…

Chorando?

— Quando você era criança — ela murmurou, sua voz leve como as primeiras gotas de um céu nublado —, estava sempre sentada perto da janela, olhando pra fora. Como se mal pudesse esperar para sair e ver o mundo pessoalmente. Sair sozinha para se aventurar. Então você foi, e aconteceu o acidente com o seu pai. Você nunca mais sentou na janela. E eu não conseguia de jeito nenhum te fazer sair de casa. Mas agora…

Ela fungou, apertou os lábios com seu batom gasto.

— Agora, já não consigo te prender aqui. Você sai nos momentos mais estranhos. Dá explicações que nem sempre sei se são sinceras. Não sei mais o que fazer, Sam. Eu não sei… Não sei como lidar com você. Já fiz tudo o que podia pra te ajudar, já carreguei tudo nos ombros sozinha, mas… Não tenho como te controlar mais.

— E nem precisa — retruquei, mas não bruta. Gentil. Cheia de dó. — Já não sou mais criança, mãe. Posso ter errado no passado. Sim, já fui uma idiota inúmeras vezes. Mas foi justamente isso que me fez crescer. Hoje eu penso no que estou fazendo. E sei das consequências. Deixa comigo. Pode confiar em mim.

O queixo de minha mãe tremia, como se ela quisesse se forçar a dizer algo, mas nada conseguia sair. Depois de tantos meses de tormenta, minha mãe finalmente não sabia mais como lidar comigo.

– Eu já vou voltar – garanti baixinho. Eu até havia pensado em uma desculpa, mas quando abri a boca para dizê-la, as palavras simplesmente não saíram. Não consegui mentir. Não daquela vez.

Então ficou assim. Sem explicações.

– Pode ir – ela disse, amarga. – Vai fazer o que quer que seja e que é tão importante assim pra você. Se você cresceu mesmo, faça o que quiser. Só...

E a sua voz quebrou de vez, dissolvendo palavras em choro.

– ...só não me deixa sozinha, tá?

Mil respostas escapavam do meu coração partido. Pedidos de perdão. Garantias de sucesso. Cessões e desistências. Incertezas e pedidos gaguejados que eu não conseguiria completar. Uma única palavra se sobrepôs, no fim.

– Jamais.

Agora que minha mãe finalmente desmoronava, era a minha vez de ser forte por nós duas.

Trinquei os dentes contra o formigamento no meu nariz e parti.

Era um andar inteiro de um prédio na Cinelândia. Não o da sede da AlCorp, mas sim um mais discreto e afastado, nas ruas menores já na direção do Largo da Carioca. Onde escritórios particulares não despertariam suspeitas da multidão. No caminho até lá, me esquivei de protestantes e oficiais da P3 suficientes para suspeitar que o fim do mundo estava, de fato, a alguns minutos de distância. A semelhança com o dia do Protesto do Não fazia meus nervos ficarem à flor da pele, e a cada passo eu precisava batalhar contra a vontade monstruosa de largar tudo e sair correndo para me esconder sob a montanha de travesseiros da minha casa.

Eu não me sentia melhor no escritório daquele prédio do que no caos das ruas. Ele era decorado com carpete e móveis de madeira escura, torneados por detalhes em mármore ou prata que me contavam a sua história. Móveis antigos de um local forjado com dinheiro antigo. Dinheiro de gente importante. Gente que fazia eu me sentir pequena.

A secretária idosa voltou à recepção e me chamou.

– Pode vir.

Segui-a por um corredor de salas de portas ornamentadas até uma dupla no final, franqueada por dois seguranças. Eu provavelmente os teria reconhecido se tivesse prestado um pouco mais de atenção nos homens que nos escoltaram para fora do Copacabana Palace naquele dia.

As portas se abriram para o escritório principal do andar, mais um exagero de mognos e mármores, estátuas de cobre e coleções infinitas de livros com capas de couro.

Cortinas com texturas francesas, sofás aveludados. Mas nada era mais imponente na sala do que a mesa de madeira esculpida no seu centro. Ou melhor, nada era mais imponente do que a pessoa sentada por trás dela.

Armando Novo virava a sua cadeira de lado, com um único cotovelo apoiado na mesa. Ele admirava a janela distraidamente. De onde eu estava, era possível enxergar o topo do bulbo central do Teatro Municipal e uma parte do prédio da AlCorp. Será que dava para ver a concentração do protesto dali de cima?

As portas se fecharam atrás de mim. O diretor girou só um milímetro de sua cadeira na minha direção. Eu não era importante o suficiente para merecê-la cem por cento em perspectiva frontal.

– Se alguém me vir aqui – ele disse, calmo –, marcando uma reunião escondida no meu escritório particular com uma menor de idade, não preciso nem dizer qual seria o escândalo, preciso? É melhor que você tenha um bom motivo pra estar aqui.

Não retruquei dizendo que era ele quem tinha preferido não tratar daquele assunto ao telefone. Que ele que escolheu marcar ali, longe dos olhos oficiais. Aquele era um jogo de intimidação do qual eu não participaria.

– O seu filho não é um bom motivo?

– A contagem oficial já passa de vinte mil pessoas na Cinelândia – alguém disse do meu lado. Elias. Eu estava tão sobrecarregada com o diretor executivo da AlCorp à minha frente que não reparei no homem sentado em uma das poltronas aveludadas próxima à porta.

— "Oficial" é história pra boi dormir — Armando Novo chiou. — Não quero saber números de jornal. Quero saber os verdadeiros.

— Mais de setenta mil.

O homem grunhiu um barulho desdenhoso e voltou a atenção a mim.

— Que merda o Leandro vai fazer dessa vez?

Hesitei, escolhendo minhas palavras com cuidado. Por mais que eu já tivesse pensado sobre o que dizer, em quase uma hora de ônibus no horário do rush de Lagoinha para o Centro da cidade, cuidado ainda era essencial. Eu não podia incriminar Leandro, mas também não podia deixar seu pai achando que não era...

— Eu perguntei "vai fazer" porque a que ele fez eu já sei.

— Armando Novo continuou, cortando meus pensamentos.

— Os documentos. É muita ingenuidade achar que eu não sei exatamente o que acontece dentro da minha própria casa. Sei tudo o que ele levou. A pergunta é: por quê?

Ele já sabia?! Bom, isso pulava uma etapa do meu plano.

Meu peito bateu feito asinhas de beija-flor. Encolhi-me sob o seu olhar de falcão. Diante da minha relutância, Armando Novo perdeu a paciência.

— Meu tempo é contado em milhões de reais. Se você vai continuar gastando ele à toa, pode se retirar.

— Vai mostrar no protesto — admiti, palavras rápidas que saíram rasgando pela minha garganta e deixaram para trás o gosto amargo da traição. Mas tudo bem. Minha dor valeria a pena para que Leandro ficasse seguro.

Seu pai bateu na mesa e xingou uma procissão de palavrões que eu nunca imaginaria saindo da boca do engomadinho de cabelo de Ken humano dos pronunciamentos da televisão.

— Esse menino tá tentando se matar?! — ele gritou, no fim. Virou para o assessor: — Elias, cheque os seguranças à paisana. Não quero só acompanhamento, dessa vez. Dê a eles permissão pra interagir, se necessário. Quero que impeçam o garoto de mostrar qualquer documento pra qualquer pessoa, incluindo nota fiscal de camisinha na farmácia. E me mantenham informado da posição dele.

— Não vai funcionar — eu disse. — Leandro já sabe dos seguranças. Vai fazer de tudo pra despistá-los, assim como fez das últimas vezes.

As farpas nos olhos cinza do diretor, tão mais escuros que os de Leandro, afiaram suas pontas a agulhas.

— O que você quer de mim? — ele atacou. — Pensei que fosse uma das coleguinhas dele. Por que veio denunciá-lo? Dinheiro? Chantagem?

— Não! — retruquei, enojada. — Eu quero a sua ajuda pra protegê-lo. Alguém precisa levá-lo pra um lugar seguro, nem que seja à força. Mande mais seguranças, chame o BOPE, arranje um helicóptero, sei lá. Você é o diretor da corporação mais poderosa que já pôs os pés em solo brasileiro. Deve ter alguma coisa que possa fazer.

Juro para vocês que Armando Novo riu, depois dessa. Uma única baforada, mais de escárnio que de humor.

– Só isso? – ele disse. – Acho que todos perdemos o nosso tempo, então. Já mandei o dobro de seguranças hoje. É mais do que suficiente pra conter os caprichos de um menino.

– Não é. Hoje, não vai ser. É preciso mais.

– Você tá superestimando o Leandro. Ele é bom em fugir, mas ainda é só um garoto, não o 007.

– Não é isso. A capacidade dele ou dos seus homens é irrelevante. O perigo que o Leandro corre hoje é *muito* maior do que isso.

Seus olhos me estudaram com cuidado, daquele jeito que invade sua alma atrás de coisas que você não quer mostrar. Senti vontade de me encolher atrás do móvel mais próximo. Continuei de queixo erguido.

– Por que diz isso? – ele perguntou, enfim.

Chegou a hora. Aquele homem não me ouviria a menos que eu dissesse a verdade, e nada menos.

– Ele vai ter azar hoje. *Muito* azar.

Armando Novo trocou um olhar com Elias, que subiu sua atenção do *tablet* em seu colo, e balançava a cabeça negativamente para seu chefe.

– Se ele tivesse recebido algum presságio corretivo, eu saberia – o assessor disse.

— É diferente — retruquei. — Não é algo que o sistema quer evitar. Pelo contrário.

— Você deve ter se enganado — Armando Novo rebateu.

— Eu pago, e pago *muito bem*, pra que o Leandro não tenha nenhum tipo de azar.

— Pagava — corrigi. — Não vai pagar mais. O DCS descobriu que estão fazendo um esquema ilegal de desvio de sorte. Agora vai mandar uma carga brutal de azar para Leandro para compensar tudo o que ele já ganhou indevidamente.

— Impossível — Elias sussurrou, incrédulo. As rugas no seu rosto pareciam mais marcadas agora que sua pele empalidecera.

— Do que ela tá falando, Elias?

— De nada. A menina se confundiu.

Sua voz saiu calma, mas a rigidez na sua postura me mostrava toda a tensão que queria esconder do seu chefe.

— Não me confundi, não! — me defendi. — É isso mesmo o que aconte...

— Você recebeu um presságio disso? — Elias perguntou.

— Não, mas eu...

— Algum comunicado do Departamento?

— Ainda não, porque...

— Tem *alguma* prova concreta?

— Não, nós achamos que...

— Achar não é saber. — Elias esticou os lábios em uma careta de desdém. — Realmente, é brincadeira ter que lidar com gente inexperiente assim.

Meu queixo caiu, indignado. Mas eu já devia esperar por isso. Era natural que ele encrespasse e tentasse me humilhar. Eriçar os pelos e mostrar os dentes é o que faz todo animal encurralado.

— Não era pra ser uma mulher mais velha, a mensageira que combinamos? — Armando Novo perguntou.

— Era — Elias respondeu. — Ela sofreu um acidente de trabalho. Essa menina ficou como substituta. Mas a outra deve voltar logo, e é uma pessoa mais responsável. Essas confusõezinhas de iniciantes não vão se repetir.

A "mensageira que combinamos"? As pecinhas do meu quebra-cabeça se encaixaram tão perfeitamente que não pude deixar de me gabar do meu trabalho.

— Vocês deram um jeito de mandar os presságios por uma mensageira desconhecida para o Leandro, porque ele não ouvia o Elias quando era ele mesmo que entregava. — Suprimi um sorriso triunfante. — Não pensaram que ia ter esse probleminha quando assinaram um contrato de ciência por ele em segredo, não foi? Que ele ia parar de entrar em transe quando recebesse a mensagem? Que ele ia poder escolher ignorar vocês?

— A pior coisa que fizemos foi assinar aquele contrato — resmungou Elias. Ao que Armando Novo retrucou:

— Não foi, não. Eu não ia trabalhar sem contrato pro meu filho. Se ele tivesse descoberto sozinho, as consequências seriam muito piores. Foi uma precaução necessária. Além do mais, Leandro já é crescido. Já tá na idade de participar dos negócios da família.

A frieza de Armando Novo me dava asco. Para ele, um esquema de corrupção extranatural nada mais era que "negócios da família"!

— Vocês não têm vergonha?! — eu cuspi, ignorando hierarquia e classe na minha revolta. — Estão roubando sorte de pessoas inocentes, pessoas necessitadas! Como conseguem falar disso sem um pingo de remorso?

— Não sinto prazer com a desgraça de ninguém — o diretor retrucou, sua voz mais alta, empenhada em permanecer sempre acima da minha. — Mas depois do que aconteceu com a minha esposa, não tenho condições de deixar o resto da minha família desprotegida. Faço o que for necessário pra nos manter em segurança.

Ele falou com tanta veemência que entendi, sem sombra de dúvidas, que aquilo era realmente no que Armando Novo acreditava. Tudo pela família. Família acima de tudo. Por ela, fins justificavam os meios.

Eu disse a Leandro uma vez que o mundo não era preto no branco. De fato, as pessoas existem em uma escala infinita de cinza, em um catálogo que muda de tom conforme a iluminação que você usa para enxergá-lo. Eu enxergava Armando Novo, agora. Não podia categorizá-lo como uma pessoa boa para os meus parâmetros, mas também não era inteiramente mau. Eu não concordava com ele — ainda era errado que prejudicasse outras pessoas, mesmo que seu motivo nascesse de um sentimento nobre como o amor pelos seus entes queridos —, mas pelo menos agora eu entendia alguns dos seus tons.

– Se o que diz é verdade e é sincero – eu disse –, você precisa me ouvir. O Leandro nunca precisou tanto da sua proteção quanto agora.

– Em quem você acha que ele vai confiar, menina? – Elias me provocou. – Você, uma criança aleatória que mal sabe o que tá fazendo, ou no assessor dele, um gerente do Departamento de Correção de Sorte do Destino?

Ignorei-o, prendendo os olhos de Armando Novo nos meus.

– Por favor! – implorei.

Algo na minha súplica o tocou. Ele não cedeu, mas sua voz foi uma lasquinha mais simpática quando disse:

– O que você espera que eu faça? Já tentei de tudo pra salvar o meu filho. Tudo.

– Tem algo que não fez ainda. – Ele ergueu as sobrancelhas em uma expressão perturbadoramente parecida com a do filho. Só torci para que não jogasse uma bomba em mim quando completei: – Fale com ele. Calma! Não, não, não! Não desista da ideia tão rápido. Não é hora de deixar o orgulho ganhar. Tanto o seu quanto o dele. Eu realmente acho que se você aparecesse pessoalmente e pedisse que...

– Não – ele me cortou, já balançando a cabeça. – Se eu conseguisse impedir o Leandro com palavras, teria feito isso quando ele passou aqui, meia hora atrás.

Foi a minha vez de ficar chocada. Leandro não trocava nem solicitações de joguinhos de Facebook com o pai havia um ano!

– Sim, confesso que também fiquei espantado – Armando Novo disse. – Não tanto com o fato de ele ter entrado em contato, mas pelo pedido que veio fazer. Depois de uns bons minutos jogando todos os meus supostos erros de vida na cara, é claro. Disse que era a minha última chance de ceder e ir para o lado do povo. De fazer a coisa "certa". Ele não precisou fazer o sinal com os dedos para eu entender as aspas nessa última palavra. Seu tom e seu sorriso entretido diziam tudo.

– Não preciso nem dizer que a conversa terminou com ele me mandando tomar naquele lugar.

– Por que não o impediu de sair? – A pergunta escapou antes que eu me desse conta. – Você já sabia que ele tinha roubado os documentos, eu suponho. E é inteligente o suficiente pra suspeitar o que ele faria com eles. Por que não prendeu seu filho aqui à força?

Armando Novo observou a janela outra vez, se negando a responder. Fui obrigada a formular minha própria resposta.

Só podia agradecer por estarmos, nessa hora, separados por uma mesa de madeira de quase uma tonelada e vários metros de segurança. Menos que isso, e eu provavelmente teria pulado no pescoço de nosso querido diretor da AlCorp.

– Você *quer* que ele te denuncie – eu concluí, apenas um fiapo de voz escapando entre a minha indignação e incredulidade. – Você faz esse show todo de que vai impedi-lo e protegê-lo, quando no fundo só quer ver o circo pegar fogo!

Armando Novo bateu a palma das mãos na mesa e levantou, a raiva saltitando em veias no seu pescoço.

— Não te dei permissão pra entrar aqui e fazer acusações sem fundamento — ele gritou.

— Acertei certinho no nervo, não foi?!

— Você não sabe de nada, garota!

— Não sei mesmo! Não faço ideia por que você quer ver denunciados todos os escândalos de corrupção da sua empresa, mas o que me deixa mais perplexa mesmo é você deixar que o *Leandro* seja o responsável! Quer que ele fique na linha de fogo dos assassinos da AlCorp?!

— Já chega — ele se dirigiu a Elias. — Tire-a daqui.

Elias se levantou na mesma hora. Esquivei-me, mas ele não veio me agarrar, como eu esperava. Passou direto por mim e abriu a porta.

— Acompanhem a menina pra fora do prédio, por favor.

Os seguranças, sim, vieram para cima de mim. Dei um último bote, correndo para perto da mesa.

— Ele é o *seu filho*! — gritei para o diretor. As mãos de aço de seus funcionários me alcançaram. Se fecharam acima dos meus cotovelos. Não parei de falar enquanto me debatia. — A única família que te restou! Como tem coragem de fazer isso com ele?!

Armando Novo sentou-se de volta na sua cadeira, devagar.

— Não foi culpa dele — peguei-me gritando, porque, por algum motivo, parecia ser o que faltava ser dito. Os seguranças me arrastaram para fora. — Todo esse silêncio é você punindo o seu filho! Punindo a si mesmo! Até quando vocês vão se destruir?! Ele é o seu filho! E você só faz ele sofrer!

As portas duplas bateram atrás de mim. A última coisa que vi por cima do ombro foi um Armando Novo rubro de raiva descendo o olhar para a sua mesa.

Elias e os seguranças me carregaram pelo elevador até a portaria do edifício. Meus braços começavam a ficar dormentes quando me libertaram para o beco da saída de serviço do prédio.

– Garota convencida – Elias resmungou, com mais lamento que desgosto na voz, como se sentisse pena de mim.

– Maldita hora que decidiu vir aqui.

Dei-lhe as costas e corri para longe dali o mais rápido que minhas pernas bambas conseguiam.

Meu plano B havia sido ainda mais desastroso que o primeiro. Mas eu ainda tinha um plano C. Plano D, na verdade.

Já que homem nenhum queria me ouvir, eu apelaria para algo muito maior do que a vontade dos humanos.

Eu apelaria para o Destino.

19

A **Praça XV ficava a** alguns quarteirões do prédio, cada vez mais distante da Cinelândia. Apesar disso, a quantidade de protestantes não diminuía em nenhum momento. A maioria das ruas da região já estava fechada para eles. As poucas que não estavam, juntavam verdadeiras multidões abarrotadas nas suas calçadas.

Era o Protesto do Não dez vezes pior. Os oficiais da P3 marchando em dúzias, ainda mais hostis do que daquela vez. Os jovens com tinta no rosto e resistência no olhar. Estranhos oferecendo pinturas e enfeites verde-amarelos de graça. Grupos desenhando seus cartazes no chão. Faixas, camisetas, bandeiras. A esperança. A luta.

A fumaça. O fogo...

Não. Não dessa vez, Sam. Não quando você tem um dever a cumprir.

Meu peito batia até minhas costelas doerem, até eu achar que vomitaria meu coração para fora em breve. Mas eu seguia pela multidão. Passo após passo, um mais pesado que o outro. Mais difícil de erguer. Mais difícil de lembrar o seu propósito. O meu destino.

O Destino.

E eu seguia.

Um pequeno feixe de luz brotou onde minha confiança fora estilhaçada tantos meses atrás. Agora, eu estava enfrentando o protesto e sobreviveria. Podia não vencê-lo nunca, mas ele também não me derrotaria. Eu não era mais aquela garota que ele devastara havia sete meses.

Eu era mais forte.

Subi pela rua Sete de Setembro ligando para Cecília. Como tinha dito, ela estava no Centro também. Perguntei se poderia me encontrar na sede do DCS o mais rápido possível. Preocupada com meu tom crítico, a mulher avisou que já estava a caminho.

A Praça XV tinha o mesmo caos de P3 e manifestantes da Cinelândia, com a adição das pessoas cansadas do trabalho querendo fugir daquilo tudo o mais rápido possível. Hordas desapareciam pela estação das barcas. Mas ninguém daria muita falta delas. As que chegavam eram consideravelmente em maior número.

Avistei o telhado pontudo do Chafariz do Mestre Valentim acima das cabeças e abaixo das copas das árvores. Apertei o passo. Quando me aproximei dele, uma briga surgiu a poucos metros de mim. Tomei um susto, mas segui adiante. Um músico de rua sacou um saxofone e começou a tocar no meu caminho. Esquivei-me. Um vendedor de miçangas enfiou seu *display* verde-amarelo comemorativo na minha frente e insistiu veementemente para que eu comprasse algo. Repeti e repeti que eu não tinha dinheiro até que me deixasse em paz. Aquelas eram as coincidências planejadas pelo Destino que protegiam o Chafariz da atenção de não funcionários como eu. Mas eu já sabia do seu segredo. Eu podia lutar contra elas.

Pulei para a grama em volta da construção e não fui abordada por mais ninguém. Na verdade, aquela área estava incrivelmente vazia, se comparada ao resto da Praça XV. Parece que o Departamento das Coincidências não brincava em serviço.

Dei a volta pela construção até a porta de barras de ferro. Estava trancada, como suspeitei. Agora que eu não era mais funcionária, não faria sentido ela se abrir magicamente para mim. Pesquei meu celular. Já eram quase seis horas. Será que Cecília demoraria muito para chegar? Mesmo mancando, ela andava rápi...

— Você não vai querer entrar aí — alertou uma voz masculina ao meu lado. Aquela que escondia prepotência por baixo de falsa simpatia.

Elias.

Ele acendeu um cigarro e ficou de costas para a construção, observando os passantes. Nenhum deles retribuía o gesto, o sistema de proteção do Chafariz fazendo-os se esquecerem completamente da sua existência. Senti-me sozinha com aquele homem, e não foi um bom sentimento.

Pessoas sem escrúpulos têm uma tendência maior à crueldade quando não há testemunhas.

— Que surpresa, você por aqui — eu disse, forçando meu nervosismo estômago abaixo. Eu não daria o prazer àquele homem de saber que me intimidava. — Imagino que não veio fazer a triagem. O Departamento ia adorar ver você se entregando de bandeja, mas não te imagino como esse tipo de funcionário proativo. Por que veio?

— Te segui, evidentemente. Você tem se mostrado muito mais esperta do que a menininha assustada que vimos no início, quando começamos a te monitorar.

Um calafrio subiu a minha espinha. Ele e o diretor executivo da AlCorp andavam fazendo um *reality show* da minha vida e eu nem sabia. Que perturbador. Tive vontade de ir para casa tomar um banho de álcool e esfregar meu corpo inteiro com pedra pome.

— Vim pra ter certeza de que você não ia fazer alguma burrice pra se arrepender depois — Elias continuou.

Então ele sabia que eu tinha falado a verdade para o seu chefe, mais cedo. Que o esquema havia sido descoberto, e que ele caminhava na corda bamba sobre o fogo da fúria da que era provavelmente a organização extranatural mais poderosa do universo. E eu estava com uma faca, pronta para cortá-la.

Pessoa inescrupulosa. Em posição de risco. Sem testemunhas. Bem na minha frente.

Parabéns! Todos os requisitos de desastre foram atingidos com sucesso.

– Não vim te denunciar, se é isso que está pensando – eu disse, a adrenalina pulsando nas minhas veias.

– Ah, sim. Isso eu tenho certeza de que não veio fazer. – Elias soltou uma baforada de fumaça e virou o rosto para mim. – Até porque eu não vou deixar.

Maldito portão trancado! E se eu tentasse sair correndo? Não, seria muito fácil para que me agarrasse daquela distância. Elias estava perto demais!

Ele jogou a guimba no cigarro no chão, pisou em cima, virou de frente para mim.

– Mas se não é por isso, o que veio fazer aqui? – ele perguntou.

Catar migalhas desesperadas, eu quis responder. Eu não fazia ideia se conseguiria conversar com alguém do DCS. Apesar disso, precisava tentar. Era a minha última esperança.

– Vim denunciar um *bug* no sistema.

Algo clicou sob minhas mãos. Era o portão.

Estava destrancado.

Espiei Elias de canto de olho. Olhei para dentro do Chafariz de novo.

– Eu...

Empurrei a porta e me joguei para dentro. Elias tentou me segurar, mas seus dedos no meu braço deixaram apenas um rastro vermelho de dor e fracasso. Cambaleei até o centro do quarto escuro. A luz que vinha da sua única porta desenhava um retângulo distorcido na pedra sob meus pés. Recobrei o equilíbrio e virei. Meu algoz se detivera lá fora. Segurava-se com uma mão de cada lado da entrada e os lábios retorcidos em uma careta de discórdia. Fiz o contrário com os meus e sorri.

— Você não pode entrar — eu disse, triunfante. — Não se não quiser que o Destino faça a triagem em você e descubra todas as suas corrupções mais secretas em flagrante.

— Não vai acontecer nada se eu não passar o meu cartão na luz.

— Mas não vale a pena correr o risco, né?

Sua careta evoluiu a uma carranca, e tive que me conter para não pular com uma dancinha da vitória. Até porque eu ainda não estava a salvo. Não enquanto aquele homem com péssimas intenções ainda cobrisse a minha única saída.

Pense, Sam. Pense.

— Como *você* escapou da primeira triagem? — perguntei. Talvez, se eu conseguisse alguma confissão incriminadora em voz alta dele, o Destino o julgaria ali mesmo.

— Eu sou gerente. Para mim, a triagem não é mandatória. — Ele aliviou a carranca e soltou a parede. Desceu os braços até postá-los retos ao lado do corpo e prendeu-os ali.

— Se está achando que vai me fazer confessar, pode ir tirando o seu pôneizinho cor-de-rosa da chuva. O Destino não captura nenhuma palavra do que eu falo ou penso. Desabilitei todas as opções e tirei as permissões do sistema. Não me subestime, menina. Eu sou uma pessoa com contatos muito importantes. Gente que sempre me deve um favor ou outro. Não me custa nada cobrá-los pra mexer alguns pauzinhos. Tirar algumas pedras do meu caminho. Posso te mostrar.

— Você está me ameaçando? – Levantei o queixo para esconder o pavor que tentava tirar lascas da minha voz.

— Estou apresentando fatos. A intimidação é uma consequência oportuna. Mas não vem ao caso. Quero propor que nós cheguemos a um acordo.

— Um acordo?! – repeti, incrédula com a cara de pau alheia. Ele queria me oferecer propina para fazer vista grossa! – Não quero fazer acordo nenhum com quem rouba dos necessitados.

Ele me estudou, sério, e cada segundo do seu silêncio fazia minha audácia se encolher um pouquinho.

— E você pensa que o que eu faço é em benefício próprio? – ele disse, enfim. – Que não é pra pagar o tratamento do meu sobrinho tetraplégico? Da minha irmã com Alzheimer precoce? Você é ingênua demais se acha que pode julgar os motivos das outras pessoas assim, sem saber de nada. É igual a essas massas ignorantes que tacham vilões e heróis por causa de uma notícia falsa na televisão. Toda história tem vários lados. Às vezes, as pessoas seguem por um caminho diferente do que você considera nobre porque a dureza da vida as obrigou.

— Não muda o fato de ser errado.

— Muda, se a pessoa não teve escolha.

— *Sempre* existe escolha.

— É fácil dizer quando não é você que tá no fundo do poço.

Quis rebater, mas os argumentos fugiram de mim como coelhos assustados. Era um assunto delicado, e Elias estava me deixando confusa. Eu sabia que algumas pessoas menos favorecidas às vezes tomavam decisões ruins na vida e mergulhavam no mundo do crime por causa da falta de oportunidades e da ignorância. Mas isso não justificava prejudicarem as outras. Além disso, Elias não me parecia ser desfavorecido. Ele tinha um emprego bom. Era esclarecido. Pelas suas roupas e como se portava, com certeza não faltavam números seguidos de zeros nas suas contas bancárias.

– A vida é feita de decisões difíceis – Elias continuou. – E em grande parte das vezes elas já vêm feitas por nós, inclusive. Nem sempre temos escolhas. Fazemos o que é preciso fazer por quem é importante para nós no momento, só isso. Não importam as consequências. Tá difícil de entender? Então deixa eu ilustrar com um exemplo. O Leandro. Uma mulher perdeu o emprego e deixou de alimentar a família para que ele não ficasse cego dias atrás. Se o poder de escolher o Destino estivesse nas suas mãos, quem você favoreceria?

A sorte era de direito da mulher. Mas Leandro perderia a visão. Mas a família da mulher sofreria também. Mas Leandro era meu amigo. Mas isso não vinha ao caso. Mas eu não conseguiria viver sabendo que poderia ter evitado o sofrimento do meu amigo. Tampouco me aguentaria com a consciência de que roubei de uma família necessitada e a fiz passar fome.

Trinquei dentes e punhos, todavia não consegui impedir meu coração de trincar também. Querendo ou não, eu tendia para o lado do meu amigo. Entretanto, o inferno congelaria e eu abriria uma barraquinha para vender meus sorvetes de morango com *bacon* antes de admitir meu próprio egoísmo para aquele homem.

— Nem todos os presságios que entreguei do Leandro foram letais ou perigosos como esse para cair na sua lógica do que é "justificável" — eu disse, ao invés de respondê-lo. — E aquele sobre paçoca ser um bom tema? Só fez o canal dele crescer. Não foi pra evitar nenhum desastre.

— Esse foi um caso especial. Tinha acabado de ser aniversário de dezoito anos do garoto, mas Armando sabia que ele não ia aceitar nenhum presente dele. Pode não parecer, mas o homem é bem sentimental quando o assunto é o filho. Pediu que eu desse alguma sorte pra ele sem que suspeitasse. Foi de onde surgiu a ideia de usar outros mensageiros, inclusive. Acabou que o presságio veio com aquela mensagem ridícula, mas fazer o quê. Foi o que o Destino achou que Leandro gostaria de ganhar, naquele dia.

— Então você roubou a sorte da Cecília, não foi? Não acredito que deixou ela tomar um tiro por causa *disso*!

— Pra transferir a sorte, eu preciso puxar a de alguém que estará geograficamente próximo ao alvo no dia. Pegar a de Cecília foi o que deu pra fazer, naquelas circunstâncias. Ei, foi só um machucado superficial. — Ele me mostrou as palmas abertas em descaso. — Nunca pôs a vida dela em risco.

Ok, tudo bem. Pessoas são complicadas, o mundo é feito de tons de cinza, não se deve julgar antes de saber o que está por trás das ações de cada indivíduo e blablablá. Eu sei.

Mas dane-se. Elias era um idiota.

– Você tá certo – eu disse. A raiva irradiava de mim tão quente que os cantos da minha visão começavam a ficar vermelhos. – Eu não tenho direito de te julgar. Nem conheço o suficiente sobre você pra isso. E é por isso que não vou. Quem vai te julgar é a Justiça do Destino.

Foi nessa hora que Elias tirou a pistola do paletó e apontou para mim.

– Ninguém pode dizer que eu não tentei. Ofereci acordo. Expliquei tudo direitinho. Nada. Se vai continuar intransigente, você não me deixa escolha.

A raiva evaporou com todo o sangue do meu corpo. Gotículas de suor brotaram pela minha pele. Um homem em plena Praça XV lotada apontava uma arma para uma garota, e nenhuma alma repararia.

– Você não vai me matar aqui – eu disse, quase sem conter o tremor na minha voz. – O Destino vai saber.

– Isso, sim, vai valer a pena correr o risco.

A silhueta da sua sombra cortava o retângulo de luz sob meus pés e se esticava ameaçadora até mim. Dei um passo para trás.

– Não adianta – insisti. – Mesmo se me impedir, eles vão te achar. Vão ver o contrato do Leandro no seu nome.

– Eu sei esconder meus rastros muito bem. Sem denúncia, posso dar um jeito em tudo. A única coisa no meu caminho é você.

De repente, a sua sombra não era a única no retângulo de luz.

Cecília levantou três dedos atrás do ombro de Elias. Depois, em um ritmo contínuo, abaixou um. Dois. O homem estranhou minha expressão de surpresa e começou a se virar. Três.

Esquivei-me para longe da linha de fogo e Cecília tacou Elias para dentro do Chafariz com seu poderosíssimo Super Empurrão Derruba-Homi™.

— Não fui a única a vir fazer a triagem — ela vibrou. — Que bacana!

Mas o sistema ainda estava desligado. Nada aconteceu com Elias ao adentrar a sede do Destino. Quer dizer, nada além de o homem atingir o nível 10 da escala Richter de fúria humana.

Ele recobrou o equilíbrio e foi para cima de Cecília. Foi a minha vez de usar meu golpe especial, o super Pulada Em Cima da Arma das Pessoas™. Joguei meu peso sobre seu pulso e apontei a pistola para o chão. Mas ele era um homem de quase o dobro do meu tamanho. Empurrou meu corpo inteiro para longe com o cotovelo. Não o soltei, mantendo a mira da arma fora do meu alcance. Recuamos até eu ser imprensada contra a parede. Minha cabeça bateu e gemi de dor. Afrouxei a mão.

Bam!

Elias caiu e me puxou junto. Meu joelho gritou de dor contra a pedra. Acima de nós, Cecília empunhava sua bengala como um bastão de monge Shaolin. Ela a usara para dar uma rasteira no meu agressor. Este se contorcia no chão em um combo infinito de palavrões. Tentei soltar minhas pernas para fugir. Mas ele já havia se esquecido de mim, virando para Cecília para se vingar. Levantou a arma ainda em sua mão.

A mulher golpeou-a com a bengala. A pistola voou para longe, rodopiando feito um peão até o fundo do Chafariz. Elias espumou e gritou de raiva. Quando Cecília tentou atacá-lo outra vez, ele aparou a trajetória do golpe com o antebraço, girou e capturou seu bastão. Puxou a mulher para o chão. Com a perna ferida ainda bamba, a mensageira caiu. Mas, Cecília sendo Cecília, já desceu socando.

Engatinhei para longe dos dois que se atracavam. Nenhum desistiria até que o oponente estivesse desacordado. Eu apostaria em Cecília em dias normais – a mulher era uma verdadeira amazona –, mas ela ainda estava ferida. Não duraria muito tempo contra um homem fortificado pelo desespero de sua vida em risco.

Espiei a pistola no chão. Eu não sabia atirar. Elias não se sentiria ameaçado por mim. A menos que eu...

Então meus olhos se detiveram em um pequeno detalhe na escuridão do Chafariz.

Um discreto feixe de luz.

Mergulhei de volta à briga.

– Segura ele! – ordenei para Cecília, já de pé outra vez. Ela ouviu. Fingiu fugir para um lado. Enganou seu atacante e deu a volta por ele, passando a bengala sobre sua cabeça e prendeu-o de costas contra si. Elias se retorceu na sua prisão entre os braços da mulher e a madeira. Aquilo era improvisado demais para durar muito tempo.

Eu não precisava de muito tempo. Só de um pouco de *sorte*.

Avancei sem qualquer contato visual com o homem e apalpei seu paletó. Eu lembrava dele tirando seu porta-cartões dali naquela noite do atentado do Copacabana Palace. Sim, estava ali. Finalmente uma ajudinha cósmica, hein, Destino? Enfiei minha mão no bolso interno e removi o porta-cartões de couro. Dei um passo atrás e comecei a folheá-los, com pressa. Meus dedões faziam voar todos os que não me interessavam para o chão. Tinha que estar ali, tinha que...

– LARGA ISSO, SUA... – Elias seguiu com um trem de xingamentos que só foi interrompido quando Cecília gritou de dor. Subi meu rosto em susto. Sua perna. O homem beliscava com todos os dedos a área do seu machucado. Sangue escorria pela coxa da mensageira. A dor fez Cecília afrouxar a pegada, e Elias explodiu para fora do bastão da bengala. Deu um tapa nela com as costas da palma da mão ensanguentada e a heroína voou longe.

Então o pescoço do homem torceu e seus olhos se focaram em mim.

A porta. Desatei na sua direção. Eu não havia dado nem meio passo quando Elias se tacou sobre mim. Fechou os braços na minha cintura e me arrastou para longe da saída. Esperneei, e ele me levantou do chão. Tentei socá-lo atrás de mim. Ele me atirou contra a parede. Bati o ombro e a cabeça.

Por um segundo, minha visão virou escuridão e estrelas em uma mistura epiléptica que quase me fez vomitar. Larguei o que segurava e caí de joelhos. Minha consciência voltava a passos de formiga. A primeira coisa que percebi com seu retorno foi a carranca do homem de pé sobre mim.

Cecília pulou nas suas costas. Prendeu-o em um mata leão e o impediu de se aproximar mais. De recuperar seu porta-cartões.

O porta-cartões!

Procurei-o em volta, o pânico me cortando como uma espada. Minha mão esbarrou em algo atrás de mim. Lá estava ele. Seus cartões que restavam haviam se espalhado pelo chão. Baguncei-os atrás do que eu queria.

Cartões de executivos. Cartões de empresários.

Pof! Bam! Cecília grunhiu. Não pude virar para checar se estava bem.

Cartões de políticos. Cartões de prestadores de serviço. Cartões de fidelidade de casquinha do McDonald's.

— Desista — Elias rugiu —, que eu ainda tenho muita sorte pra usar nessa luta!

Então meus dedos deslizaram sobre a imagem de uma icônica árvore sem folhas, e não precisei procurar mais nada.

O cartão de mensageiro gerente do DCS de Elias.

— Sam, cuidado! — Cecília gritou.

O homem já estava em cima de mim. Esquivei-me do golpe com a bengala que agora ele brandia por um milésimo de centímetro. A madeira partiu contra a parede em uma explosão de farpas. Elias largou-a. Ela fez um *tuc* agudo ao cair no chão. Girei sobre meus joelhos. Não dava tempo de levantar. Rastejei. Eu não precisava ir muito longe. O feixe de luz estava logo ali na frente.

Algo se fechou em volta do meu calcanhar. Elias me puxava para si. Com minha perna livre, chutei-o no rosto. Ele rugiu, mas não me soltou. Estiquei-me ao máximo. O cartão em meus dedos estava a pouco centímetros do fio de luz. Só mais um pouquinho...

Afastei-me. Elias estava me arrastando para longe.

Até que Cecília sentou em cima dele. Sim. Ela literalmente sentou em cima do homem. Como ele estava agachado, cedeu sob o seu peso e ficou de quatro. Foi como se a mulher tivesse montado em um porquinho capitalista. Foi LINDO. Se pudesse, eu teria tirado uma foto daquela cena. Teria feito uma filmagem 360 graus dela. Criaria um molde digital. Mandaria fazer uma estátua em impressão 3D. A ergueria no centro da sala da minha casa para entretenimento e adoração eternos.

Mas não deu, infelizmente. Eu estava meio ocupada tentando salvar a minha vida e a de outras pessoas e tudo o mais.

Elias e Cecília escorregaram para a frente. Aproveitei a folga sem pensar duas vezes.

Passei o cartão no feixe de luz.

Foi imediato. O chão brilhou embaixo de nós com o logo do Destino. O sistema iniciou. As palavras luminosas brotaram do nada e falaram conosco na parede de pedra. Mesmo com as portas do Chafariz abertas e a luz amarelada lá de fora manchando o branco puro do Destino, as letras continuavam nítidas.

Bem-vindo, Elias Oliveira. Iniciar triagem?

O dito-cujo levantou em uma erupção de fúria, com Cecília e tudo nas costas. Lançou-a ao chão sem desviar os raios fulminantes dos seus olhos de mim.

— Acabou a brincadeira — ele grunhiu. — Eu vou fazer você pagar...

Não desviei o olhar. Ergui-me apoiando-me contra a parede. Uma série de partes do meu corpo latejavam de dor, e eu tinha bastante certeza de que no dia seguinte pareceria um dálmata de tantos roxos. Mas encarei-o de ombros firmes mesmo assim. Ainda faltava uma última etapa do meu plano.

— Vai fazer eu me arrepender? — perguntei.

— Sim. — A palavra escorreu por entre os seus dentes como o sibilo de uma cobra.

E eu sorri.

Vi sua confiança fraquejar ao perceber seu erro um segundo antes do clarão tomar conta de todos nós.

A triagem havia começado.

Dessa vez, a luz levou alguns segundos para sumir. Quando o fez, minha visão demorou para se acostumar outra vez ao escuro. A primeira coisa que enxerguei, devagarzinho, foram os olhos arregalados de Elias. Atrás dele, a mensagem na parede de pedra:

Irregularidades encontradas.
Corrigindo o sistema...

A respiração do homem acelerou. Ele olhou em volta, atônito. Cecília, de pé sobre uma perna só do outro lado, seu cabelo crespo escapando do rabo de cavalo em todas as direções, observava-o espantada também. Nem ela sabia o que aconteceria. Elias levou uma mão ao seu próprio peito. Apertou-o. Seus barulhos engasgados fizeram eu mesma perder o ar. Então ele cambaleou para longe. Esbarrou o ombro na porta e saiu do Chafariz do Mestre Valentim.

Mas já era tarde demais. Tropeçou e caiu de joelhos lá fora.

Cecília correu para ampará-lo. Para ela, não importava se Elias era inimigo ou não. Corrupto ou honesto, um irmão humano precisa ser socorrido.

Dei meu primeiro passo para ir atrás dela.

Só que assim que a mulher mancou para fora do Chafariz, as portas se fecharam atrás de si e todas as luzes se apagaram.

Fiquei trancada no escuro total.

20

Eu não era claustrofóbica, mas é impossível não se sentir sufocada quando nos vemos subitamente encarcerados no breu de uma construção centenária depois de quase ter sido espancada e morta mais vezes do que podemos contar em uma mão.

Esmurrei a porta de madeira em pânico, gritando e implorando para que alguém me tirasse dali.

Ela não abriu.

O chão tremeu, de súbito. Não um terremoto ou qualquer balanço que pudesse me roubar o equilíbrio, mas uma vibração constante sob os meus pés. Uma vibração de... movimento. O cômodo de pedras imóveis do Chafariz estava descendo?! Ou será que subindo? No escuro, o sentido se perdia em uma bagunça de ilusões sensoriais. Qualquer que fosse a direção vetorial, no entanto, uma coisa era certa: eu não queria seguir por ela.

Enchi os pulmões para gritar mais uma vez quando tudo parou. Então mudei de ideia e desejei que continuasse. Em movimento, pelo menos *alguma coisa* estava acontecendo.

Parada, caía sobre mim aquele sentimento de que eu estava oficialmente aprisionada para sempre. Que eu havia sido esquecida.

Algo brilhou. Uma linha de luz vertical surgia na parede do fundo do Chafariz. Outra linha brotou paralela a ela. As duas cresceram para cima, dobraram em um ângulo de noventa graus e seguiram de encontro uma a outra. O resultado foi um retângulo como que desenhado de caneta branca no caderno de folhas escuras da sua coleguinha mais *hipster* no quinto ano.

Era uma porta.

Plantei meus calcanhares e empurrei-a com força, preparando meus músculos para a grossura de uma parede de pedra. Mas ela era leve. A maçaneta girou de uma vez só e eu quase caí, me desequilibrando por causa do peso do meu corpo. Fui banhada por uma luz branca tão abundante que me cegou por um momento. Levantei uma palma para proteger meus olhos enquanto se acostumavam à iluminação.

Entendi de onde vinha tanta claridade. A sala nova tinha tudo – paredes, pisos, poltronas, mesas, *tudo* – pintado de branco. Mas era um branco diferente. Puro, sem sujeiras ou imperfeições. Um branco que era menos "ausência de pigmento" e mais "ausência, ponto".

E de frente para a única janela naquele quase escritório estava uma mulher. Ela vestia um terno feminino branco impecável contra a sua forma. Eu a imaginaria como modelo em um catálogo de alta grife se não fosse a espada de metal liso que carregava na cintura, como a protagonista de um *videogame indie* sobre altos executivos gladiadores que eu com certeza baixaria no meu celular. Por algum motivo, me senti insignificante demais para interromper seu devaneio. Aproximei-me um passo inseguro em silêncio. Que lugar era esse? O que ela estava olhando? Do lado de fora do vidro havia apenas uma imensidão preto-acinzentada, um vazio que cintilava com algo sempre no canto da minha visão, mas que desaparecia quando eu focava os olhos.

A mulher virou-se para mim.

Uma venda cobria seus olhos e sumia por baixo dos seus cabelos. Era de um tecido preto, mas, assim como tudo naquele quarto, sua cor não se restringia aos pigmentos do mundo real. Ela brilhava e ondulava por tons de cores diferentes, como o arco-íris em uma mancha de óleo escorrendo no asfalto.

Eu sabia quem era aquela mulher. Aquela *entidade*, melhor dizendo. Eu já a havia visto em inúmeros lugares diferentes. Uma vez, meu pai havia me mostrado um livro só com fotos dela representada por culturas e épocas distintas ao longo da história humana. Era um choque encontrá-la ao vivo assim, era verdade. Mas, por algum motivo, o que meu cérebro achou mais impressionante naquele momento foi vê-la especificamente daquela forma. Com aquele terninho. Naquele escritório.

Quem diria que a Justiça seria funcionária corporativista?

— Hum, senhora? Que lugar é este? — perguntei meio hesitante com a forma como eu deveria me portar diante uma entidade suprema do Destino.

— Meu escritório — ela respondeu, sem mexer os lábios. Sua voz, de uma calma desprendida, não vinha da mulher. Ecoava de todos os lugares. Sua voz *era* aquele lugar. Aquela ilusão.

— Eu tô sonhando, não tô? Bati a cabeça forte demais e desmaiei. — Eu ri, impressionada com o absurdo. — Uau, meu inconsciente tem uma imaginação muito criativa.

Os olhos da mulher estavam vendados, mas eu tinha bastante certeza de que ela me avaliava como se enxergasse cada célula do meu corpo.

— Essa é uma das habilidades mais eficientes dos humanos. Mostre algo além do restrito entendimento de realidade e eles logo darão um jeito de transformá-lo em imaginação. Não, Cassandra Lira. Você não está acordada, mas isso também não é um sonho.

Andei até ela, perdendo a cerimônia. Sonho ou não, eu já havia me ferrado demais nas últimas horas para me preocupar com etiqueta.

— Mas a senhora precisa concordar que a Justiça usar terninho e ter um escritório no Centro da cidade é algo bem difícil de acreditar — eu rebati.

— Essa é apenas uma representação. Todo o sistema dos departamentos do Destino foi desenvolvido para melhor auxiliar o entendimento humano. Incluindo o jeito como me vê e como me ouve agora. Fazemos pesquisas no imaginário coletivo a fim de otimizar a produtividade de nossos funcionários mortais.

Não bastava ser funcionária corporativista, a Justiça ainda era profissional de Marketing. Só faltava eu fazer uma pergunta errada e ela abrir uma apresentação de *slides* de PowerPoint para me responder.

— Cassandra Lira — ela disse, me acordando do meu pesadelo vivo de gráficos de desempenho. — Trouxe você aqui porque me interessei pelo seu *feedback*. Disse que encontrou um *bug* no sistema?

Franzi as sobrancelhas, confusa. A situação era tão surreal que eu já havia até me esquecido dos meus problemas reais.

— Sim — confirmei. — Eu tive um destinatário, o Leandro Novaes. Ele foi denunciado como envolvido em um esquema de desvio de sorte e parece que o sistema vai puni-lo automaticamente. O que é um erro, já que o Leandro não sabia de nada.

A Justiça voltou a virar para a janela. Meu coração acelerou quando reparei que havia alguém do outro lado dela. Lá, de pé no meio do nada estava...

Leandro?

O garoto tinha os pés paralelos, braços relaxados ao lado do corpo e o rosto voltado para frente. Ele vestia os mesmos jeans e camiseta do *Moleque Sensato* de quando eu o encontrei mais cedo.

Não, não era Leandro. Era só uma imagem dele.

O vidro da janela se acendeu com infinitos caracteres e retas em movimento, completando-se e desfazendo-se, metamorfoses eternas da língua da vida que só uma entidade superior poderia decifrar.

— A Balança dele está desequilibrada — a Justiça confirmou,

após alguns segundos de análise. – O sistema consertará. Não há erro.

– Há erro, sim! Ele não pode ser punido por algo que não foi culpa dele.

– Ele não está sendo punido. Está sendo corrigido. O sistema lhe enviou sorte que não merecia antes. O Departamento tem não só o direito, mas o dever de compensá-la. A punição de fato será aplicada só após o julgamento como cúmplice.

– Julgamento?! – Droga, eu não estava gostando nem um pouco do rumo daquela conversa. – Como ele seria cúmplice de um crime que nem sabia que estava cometendo?

– Não é o que dizem as evidências. Meus dados apontam que Leandro Novaes de Sant'Ana tem um contrato de ciência do Departamento de Correção de Sorte requisitada pelo mensageiro infrator.

– E assinada pelo pai dele, sem que ele soubesse.

– Que ainda era o seu representante legal na época.

– Representante irresponsável! Não tem nenhum Estatuto da Criança e do Adolescente no Destino, não? – Quando ela ignorou minha pergunta, fechei as mãos em punhos e esbafori: – Caramba, você é a Justiça! Como pode não ser justa?!

Pois é. O desespero nos faz perder qualquer senso de autopreservação. Aí, quando você menos espera, se pega peitando a personificação de uma das forças mais poderosas e vingativas do universo. Eu não sei direito o que vem depois da morte, mas se eu reencarnar algum dia, tenho certeza de que vou voltar como uma dessas moscas que vivem de esterco de ruminantes.

A Justiça não desembainhou a espada e partiu para cima de mim para me condenar por desacato à autoridade, como eu esperava. Ao invés disso, analisou os dados dançantes na janela por mais alguns segundos e se dirigiu à minha humilde pessoa.

— Deseja testemunhar pela inocência dele?

— Se é o que precisa, com certeza!

— Então, estenda a mão. É necessário que prove sua honestidade.

Obedeci. Ela ia colocar uma Bíblia debaixo da minha palma e fazer eu jurar que falava sério ou algo assim, como nos filmes? Que engraçado. Eu teria que colocar a outra mão no coração também? Eu teria...

Um piscar de olhos. Meia puxada de ar.

A ponta da sua espada pairou sobre o meu pulso.

Meu corpo quis se afastar por reflexo, mas me contive. Os pelos dos meus braços se eriçaram de medo até quase tocarem a lâmina.

— Cassandra Lira — a voz da Justiça retumbou pela sala —, como funcionária provisória do Destino, e tendo ciência das implicações e responsabilidades legais para tal, você testemunha pela inocência do destinatário Leandro Novaes de Sant'Ana?

Meus olhos desceram para a espada. Minha mente não conseguia avançar até o setor de formação de palavras enquanto o problema da arma me ameaçando não estivesse resolvido. Eu podia quase sentir o metal frio encostando em mim. Então a sensação ardente de ser cortada.

— A espada da Justiça só pune os culpados — a entidade declarou. — Se estiver falando a verdade, não lhe cortará.

— Mas é a verdade mesm... — Fechei a boca, perplexa. A confissão fora arrancada de mim. Puxada como um ímã pela força da Justiça.

Mas e se eu estivesse enganada? E se a verdade fosse algo subjetivo demais, uma múltipla escolha que eu erraria na prova de interpretação?

Fechei os olhos. Me preparei.

Não aconteceu nada.

Contei até cinco. Abri-os de novo.

A espada tinha voltado para o quadril da Justiça como se nunca tivesse saído de lá. Recolhi meu pulso, massageando-o. Meu corpo ainda tremia de leve. Aquela Justiça era um pouco violenta demais para o meu gosto.

— Testemunha aceita — ela disse. Algo queimou de leve na minha testa, e um bloco inteiro de novos símbolos em movimento brotou no vidro. — Diante do seu testemunho e das provas, darei entrada em um pedido de inocência quanto à cumplicidade no esquema para ser analisado *a posteriori*.

— Só um pedido? Mas você é a Justiça! Não tem como resolver isso de uma vez por todas?! Como eu posso saber que vai ficar tudo bem com ele?!

— Não se deve apressar a análise jurídica para que ela seja verdadeira — a entidade respondeu, calma.

Levei uma mão à boca e bati o pé afoitamente. E agora? Como eu salvaria Leandro, se nada do que eu tentava dava certo?! Eu estava a ponto de desistir ou implorar, eu não sabia ao certo, quando a mulher continuou:

— Sou a Justiça, Cassandra. Logo, sou justa. Se há alguma suspeita de que o réu não é culpado, ele não poderá ser condenado. Todos são inocentes até que se prove o contrário.

Arregalei os olhos para ela. Aquela entidade superior estava me tranquilizando ou só expondo fatos?

Ah, tanto faz.

Porque era uma indireta de que Leandro ficaria bem.

Tive que me controlar para não pular em cima da própria personificação da Justiça para lhe amassar em um abraço.

— Já quanto à compensação automática do sistema, nada pode ser feito — ela continuou. — Não é um *bug*. É o procedimento correto.

Paralisei minha fantasia do abraço.

— Espera, como assim?! O Leandro nunca pediu pra ninguém enviar sorte pra ele antes. Não foi escolha dele!

— Mas ele usufruiu da mesma forma. Vejo aqui que já teria encerrado o seu ciclo de vida material se não tivesse recebido as nossas doses de sorte. Consentimento não interessa no seu caso. O importante é a soma final. Sua Balança está desequilibrada por causa de uma falha do nosso sistema. Ela será corrigida. Seu azar será inevitável.

— Mas...

Ela deu um passo na minha direção. Um único passo.

Foi o suficiente para eu me calar e desejar nunca ter dito nada. Na vida.

— Meu Departamento de Correção de Sorte já enfrentou obstáculos suficientes e batalha todos os dias para se manter ativo — ela completou. Por mais que sua expressão continuasse impassível e sua voz nunca oscilasse um decibel, pude jurar que senti uma ameaça nas entrelinhas. — O funcionamento deve ser no limite da perfeição. Não admitirei que nenhum tipo de falha saia impune e ofereça motivos para o Conselho tentar fechá-lo. Não haverá exceções.

Recuei sob sua imponência. Pela primeira vez, eu reparava na altura dela. Maior que a de qualquer homem que eu já havia visto. Ou será que eu tinha encolhido?

— Então não tem nada que você possa fazer por ele? — insisti mais uma vez, minha voz tão pequena quanto eu mesma. — Nem só dessa vez?

— Quer que a Justiça quebre as leis? Seria impossível explicar tamanha excentricidade ao meu Superior.

Sua expressão permaneceu a mesma de sempre, esculpida em mármore, mas senti a aura de um sorriso emanando dela. Ótimo, justo o que eu precisava. Uma personificação da entidade superior da Justiça com senso de humor para me zoar.

— Não faz sentido direcionar sua injúria a mim, humana. Minha essência vai além dos seus conceitos de bondade ou maldade. Estou apenas cumprindo meu papel. Ser neutra. Ser justa.

Eu não concordava. Mas não discuti. É difícil vencer uma discussão quando o juiz é o seu oponente.

Segui para a porta, cabisbaixa. Antes de voltar para o chafariz, hesitei.

— Posso fazer uma pergunta?

— Você está sob a jurisdição da Lei Máxima do Livre-Arbítrio. Pode fazer o que quiser. Só lhe cabe lidar com as consequências depois. Nesse caso, a verdade. Faça a sua pergunta, se souber enfrentar a resposta.

Esfreguei meus dedos uns nos outros nervosamente. Não, eu não tinha certeza se conseguiria ouvir. Mas perguntaria mesmo assim.

— Por que meu pai não foi salvo? — perguntei, enfim. — Ele só não foi sorteado, ou... foi também algum *erro* no sistema?

Meus dedos pararam e se apertaram até minhas juntas queimarem. Eu não devia ter feito aquela pergunta. Era só uma tentativa tola de tentar pôr a culpa da morte do meu pai em outra pessoa. Um ladrão que lhe tirou a sorte, como Elias havia feito tantas vezes. Mas era tolice. Eu sempre seria a causa de tudo, independentemente de mais uma ou outra fatalidade.

Então meu pai apareceu no lugar de Leandro na escuridão através da janela. Cobri a boca com minhas mãos. As lágrimas subiram aos meus olhos automaticamente. Eu já havia me esquecido de como o cabelo dele estava grisalho quando se foi. É isso que a nossa memória faz quando as pessoas que amamos nos deixam. Começa a recortar pedacinhos das lembranças, de fotos, luzes e anos diferentes, para criar uma colcha de retalhos atemporal com tudo o que representava para nós. Muito além de um momento só, de uma imagem ou de um corpo único de quando vimos a pessoa pela última vez.

Mas havia algo tão concreto na sua representação ali, tão inteiro, tão real, tão cheio de imperfeições, porém tão perfeito ao mesmo tempo...

As lágrimas escorreram sem qualquer esforço da minha parte para represá-las.

— Não houve erro no sistema — a Justiça respondeu, enfim. — Não havia nenhuma sorte para o seu pai no dia do acidente. O caso dele foi, de fato, uma fatalidade. É uma consequência comum da vida mortal. Entretanto...

A imagem do meu pai foi trocada por outra pessoa. Quase pedi para que voltasse, como quem pede para trocar de canal da TV, quando o choque da imagem no infinito roubou qualquer palavra de mim.

Era eu. Com a mesma aparência que estava naquele momento.

— Vejo aqui que a sua Balança está desequilibrada — a Justiça continuou. — A morte inesperada de seu ente querido te deu uma dose de azar imprevista que até agora não foi compensada. Sua ficha cadastral está na amostra para ser sorteada para correção há sete meses.

— Estou? — repeti, boba.

— Sim. Mas farei com que seja corrigido agora. É a forma justa.

Algo quente formigou em mim. Mas não era no meu corpo, desta vez. O que eu sentia estava em uma parte menos material de mim. Na minha... consciência?

– Você recebeu agora uma dose de sorte bruta. Poderá requisitar um presságio de si mesma quando melhor lhe convier. Como ex-funcionária, confiarei em você para corrigir seu próprio Destino, enquanto não causar danos ou infringir as Leis Naturais.

Foi só nessa hora que reparei em um ícone estranhamente parecido com uma gangorra pendendo para um lado na interface de símbolos da janela. Conforme o formigamento crescia em mim, ela se ajeitava até se equilibrar na horizontal.

– Parabéns, Cassandra Lira – sentenciou a Justiça. – Sua Balança foi nivelada. Faça bom uso do que lhe dei. Você traçará a sua própria sorte.

O frio do chão do Chafariz foi a primeira coisa em que reparei quando acordei. Isso, e na mulher debruçada sobre mim com dois olhos curiosos por trás dos óculos quebrados.

– Você ficou bastante tempo lá, hein – Cecília disse.

– Lá onde? – perguntei, sentando e gemendo com cada nova parte do meu corpo que eu descobria que podia, sim, doer mais que a anterior. – O que houve com o Elias?

– Não se preocupe, ele não tá morto. Mas não sei a gravidade do seu estado. Chamei uma ambulância pra ele.

Vieram rápido. Já estavam a postos aqui perto, por causa do protesto. Mas joguei a arma no mar antes que eles vissem, obviamente.

Cecília disse a palavra-chave para me acordar de vez e ligar cada Volt do meu foco na minha nova missão.

O protesto.

Até agora, todos os meus planos A, B e C para salvar Leandro haviam falhado. Mas o alfabeto tem muitas letras. E eu ainda tinha uma carta na manga. Uma energia chamuscando feito purpurina em alguma parte imaterial de mim. Aquela que era a minha única prova de que a conversa com a Justiça havia sido, sim, muito mais do que um sonho.

— Cecília — eu chamei, me levantando. — Eu soube que é possível transferir sorte. Pode me explicar como fazer isso?

21

O **Rio de Janeiro** estava em guerra e a Cinelândia era o campo de batalha.

Vou atualizar meu perfil na internet com o cargo de kamikaze quando chegar em casa, eu pensei, correndo até o próximo banco de pedra e me agachando atrás dele para me proteger de mais uma horda de protestantes fugindo da P3. Fechei os olhos, rezei pela minha vida para meia dúzia de entidades superiores diferentes – a Justiça não foi uma delas –, contei até cinco, levantei para continuar para o próximo banco. Todas as pessoas que haviam corrido por mim voltaram para onde vieram. Com bastões de madeira, vassouras e outras armas improvisadas. Quem fugia, agora, eram os oficiais da P3.

Encolhi-me de volta atrás do banco e, além de rezar, evoluí para fazer algumas promessas também.

Eu havia demorado demais conversando com Cecília na Praça XV. Se eu tivesse voltado à Cinelândia alguns minutos antes, não teria pego esse caos. Enquanto descia a Avenida

Rio Branco, a P3 ainda se contentava em flanquear os manifestantes em silêncio na sua marcha cheia de faixas e cartazes e megafones esperançosos. Assim que avistei a praça da Cinelândia, porém, algum tijolo foi lançado contra o vidro da sede da AlCorp. Uma bomba de efeito moral explodiu, um grito de comando ecoou, e teve início a nossa batalha do Dia D, versão Rio de Janeiro.

Agora, lá estava eu, agachada atrás de um banco de pedra na frente da Biblioteca Nacional quando algo estourou não muito longe dali, no outro lado da praça da Cinelândia perto da saída do metrô. A calçada tremeu debaixo dos meus pés. *Aquela* bomba não era de efeito moral. Não, senhora.

Por mais que eu temesse aquele clima, não podia deixar de admirá-lo. Aquela manifestação era diferente do Protesto do Não. Mesmo com a P3 sentando o cassetete nas pessoas, elas não estavam desistindo. Todas as centenas de milhares de manifestantes que saíram para as ruas naquele dia o haviam feito conscientes de que aquilo poderia acontecer. Estavam preparados. O povo estava se erguendo e lutando pelos seus direitos. Literalmente. Era uma revolução. Por mais que eu morresse de medo de estar ali no meio, tinha que reconhecer que aquilo era *envolvente*.

– Te achei! – gritou alguém acima de mim. Ivana. Ela agachou ao meu lado, atrás da proteção do banco. Mesmo com toda a confusão, seus olhos mantinham a concentração característica da garota. Na sua cabeça, um par de óculos de piscina perdido pelos cabelos bagunçados e sujos de fuligem.

No seu pescoço, uma faixa de tecido amarrada, pronta para erguer na frente do nariz caso alguém soltasse uma bomba de gás. Ela tirou outra da sua bolsa e a ofereceu para mim.

– Foi mal não te responder antes. O sinal dos celulares está falhando por aqui.

– Nunca imaginei que eu ia chegar a esse ponto – murmurei para mim mesma, aceitando o pano e o amarrando em mim. – Conseguiu achar o Leandro?

– Nunca o perdi. Eu sei onde ele tá. O problema é chegar lá.

Ela indicou com a cabeça algo na direção da praça. Mesmo antes de subir meus olhos além da margem do banco, eu tinha certeza de que não gostaria do que eles encontrariam.

A sede da AlCorp. Ela ficava entre a Câmara dos Vereadores do Rio de Janeiro e o Teatro Municipal. Era um prédio novo e gigantesco, de dezenas de andares, construído nos últimos anos de monopólio da corporação, e tinha na sua arquitetura detalhes marcantes de influência contemporânea, como traços fluidos, muito branco e janelas gigantescas com vidro demais. Só o seu saguão de entrada, no topo de um lance de escadas desde a calçada, se erguia por três andares de altura, margeados por vidros semirreflexivos e muita tecnologia. Uma entrada suntuosa para uma companhia gigantesca, perfeita para demonstrar o quão insignificante era cada pessoa que passasse ali.

Mas os protestantes não se importavam com isso, e a tomaram para si.

Isso mesmo. Alguns grupos haviam se organizado e ocupado o saguão de entrada da AlCorp assim que a confusão estourou. Dezenas de cartazes haviam sido pendurados em volta dos seus vidros. O topo das escadas de entrada estava sendo usado como palanque pela liderança dos movimentos mais engajados com a luta e a organização dos protestos. Eles haviam armado até alto-falantes com microfones ali. Uma mulher de top vermelho e um homem de camiseta azul gritavam incentivos aos manifestantes que lutavam contra a P3 na Cinelândia.

Especialmente aqueles que batalhavam contra o cerco cada vez mais pujante de policiais se preparando para retomar a sede de seus patrocinadores.

Era óbvio que Leandro estaria ali no meio. Eu devia ter imaginado. Por que nada pode ser fácil para mim, Destino?!

– A gente se separou quando ele foi correr dos seguranças do pai dele – Ivana contou. – Mas tenho certeza de que foi pra lá. Ele queria ficar no centro das atenções na hora de mostrar os documentos.

– Me leva até lá? – pedi. Eu precisava encontrá-lo pessoalmente. Essa era a única forma de transferir sorte, como Cecília havia me instruído. Nem todos eram tão habilidosos naquela arte quanto Elias, para fazer à distância. Eu precisava ver meu alvo para pegar o seu presságio.

Ivana me estudou por um momento com o olhar apertado de sempre. Então sorriu consigo mesma e esticou a cabeça para além do banco para fiscalizar a área. Prendi a respiração como quem se prepara para mergulhar em um rio congelado. A barra estava limpa.

A garota me puxou de pé consigo e corremos.

Atravessamos a Avenida Rio Branco afogada em uma multidão de pedestres. Uma briga surgia aqui, uma equipe de P3 corria ali. Para evitá-los, ziguezagueamos feito uma bolinha de *pinball*. Eu devia estar cheia de sorte mesmo, para conseguir desviar de tantos perigos iminentes. Toma essa, Destino!

De relance, reparei que os P3 não eram os únicos oficiais no protesto. Havia também alguns grupos de policiais da força pública, militares e até municipais. Nenhum deles, porém, participava da batalha, preferindo manter-se na defensiva pelos cantos, observando quietos seus primos distantes de farda roxa. Pareciam esperar alguma ordem para agir.

Rezei para que não fosse a de se juntarem à briga contra nós.

Então me esqueci deles completamente quando um protestante cruzou o nosso caminho erguendo um sabre de luz sobre a cabeça.

Juro. Para. Vocês.

Seu plástico brilhante quicou contra o escudo de um P3. O policial sacou seu cassetete e deu-se início a uma épica batalha digna da *Guerra dos Clones*.

— O que o Leandro diz é verdade — Ivana comentou. — A zoeira do brasileiro realmente não tem limites.

Um batalhão de fardas roxas se aproximava de nós. Nos esquivamos até os degraus do Teatro Municipal, onde tapumes de proteção contra o vandalismo dos protestos haviam sido erguidos. Equipes de reportagem, tanto tradicionais como de coletivos da internet, se espremiam contra eles, tentando cobrir a guerra dali de cima. Fizemos o mesmo. Colamos nossas costas na madeira lado a lado e observamos o caos. Precisaríamos de um plano.

— Posso fazer uma pergunta? — Ivana disse de súbito, e não esperou minha permissão para continuar: — Você só tá aqui por causa dele, não é?

Não confirmei, surpresa. Ela continuou:

— Não digo isso pra criticar. Eu só queria dizer que estou feliz por vocês, sabe? Por terem parado de enrolar. Vocês combinam. São farinha do mesmo saco. Vejo nos dois o mesmo complexo de autodesprezo. Eu estava com medo de que não rolasse nada por causa disso. Sei o que aconteceu no passado dele, e tenho uma ideia do seu, mas, cara, não adianta os dois ficarem se punindo para sempre. Vocês também merecem ser felizes.

Minha vista marejou com sua declaração sincera. Ter os nervos à flor da pele por tanto tempo naquele dia estava me deixando sentimental.

— Vamos tentar — foi tudo o que eu disse, antes de outra explosão roubar nossa atenção de volta ao inferno na Terra.

Do alto dos nossos degraus, tínhamos uma visão mais ampla do que acontecia na praça. A multidão nela parecia um oceano de água em ebulição. Grupos se espremiam, lutavam e explodiam entre si aqui e ali. Trocavam de lugar, corriam, gritavam. E ainda havia os elementos extras para quebrar ainda mais a constância. Focos de fogo em alguns prédios e destroços. Viaturas da P3 estraçalhadas. Fumaça. Gás. Só havia um lugar que estava relativamente livre do caos. Em volta da sede da AlCorp. *Não, isso não era bom.* Porque o motivo era que uma corrente de oficiais da P3 estava se organizando especificamente para fechar um cerco e retomá-la. Em breve, ninguém se uniria aos protestantes lá dentro. E ninguém fugiria de lá.

– Vamos pela lateral – eu sugeri, torcendo para que minha voz não tremesse tanto quanto os meus joelhos. – Ali tem um furo nos P3.

– Ótimo. Pronta?

Não, pensei. Mas assenti. Lá fomos nós.

A densidade das pessoas aumentava conforme nos aproximávamos da AlCorp. Senti-me entrando no vagão do metrô em hora do *rush*. Esbarrões violentos tornaram-se inevitáveis.

Até que atingimos a clareira de segurança que os P3 começavam a montar em volta da entrada da sede. Em algumas partes, eles já cruzavam seus cotovelos lado a lado para formar uma barreira.

Boom!

Explodiu o coquetel molotov. Em um espaço vazio, felizmente. A garrafa caseira rodou no chão, suas chamas lambendo o asfalto em um redemoinho. Como se fossem um corpo só, todos em volta se contraíram. Tanto a P3 quanto os manifestantes dispersaram por um momento para longe da onda de choque. Então a correria retornou com o dobro de violência.

Eu queria fugir. Precisava muito sair dali. Inclusive, nunca quis algo com tanta voracidade na minha vida. Aquilo era tão igual ao momento em que eu perdi meu pai. Àquele dia traumático que arruinou a minha vida. Só de pensar em me jogar lá no meio, meus nervos se contraíam e meu estômago se retorcia.

Então meus olhos passaram do fogo para a entrada de vidros parcialmente quebrados da sede da AlCorp. Em algum lugar lá dentro, havia um garoto cujo bem-estar dependia de mim. Cuja vida dependia da minha coragem.

É impressionante como achamos força para seguir em frente quando precisamos lutar por quem é importante para nós.

— Vou ser sincera — Ivana confessou. — Chegar até as escadas sem ninguém ver e nos atacar vai ser humanamente impossível.

Trinquei os dentes.

— Ainda bem que eu sou humanamente impossível — rebati, logo antes de me atirar no vazio.

Os oficiais da P3 automaticamente nos viram e avançaram na nossa direção, de cassetetes erguidos e *sprays* de pimenta apontados. Ivana deu uma ombrada no escudo de um deles. Outro grupo de manifestantes se desgarrou para a clareira. Nossos atacantes direcionaram sua atenção a eles. Sorte, eu te amo tanto! Uma nova dupla de P3 fincou sua atenção em nós. Sorte, sua maldita! *Boom!* Outro coquetel molotov. Ivana e eu nos agachamos. Os policiais nos trocaram pela distração e foram atrás de sua origem.

A bomba que tanto me arruinara no passado agora parecia me ajudar. Quem diria. O Destino era um idiota comigo, mas sua colega Ironia até que era gente fina de vez em quando.

Subimos a escadaria até o aglomerado de manifestantes nas portas da AlCorp. Eles nos acolheram e nos deixaram passar para dentro do saguão. Se a P3 estava contra nós, éramos bem-vindos para eles, já que sabiam que precisariam de toda a ajuda que dispusessem quando as forças policiais finalmente fechassem o cerco em volta e começassem a atacá-los.

O interior da AlCorp estava abarrotado de pessoas. Eram manifestantes se organizando, funcionários rebeldes, ou até P3 capturados presos pelos cantos. A escadaria de metal no centro do recinto, que se partia e se curvava até o mezanino, era a única parte do saguão que mantinha a imagem que a empresa tentava passar de imponência e ordem. No resto dele, havia apenas lama, fuligem, cacos de vidro e destroços. Garrafas de vinagre, máscaras de gás e cartazes rasgados estavam espalhados pelo chão. No fundo, o logo gigantesco da corporação na parede havia sido cortado ao meio com tinta roxa.

Naquele dia, o saguão da AlCorp estava manchado pela sujeira que ela mesma criou.

— Me sinto no final de um filme dos Vingadores — Ivana comentou, rodando um dos ombros.

– Tá mais pra um filme do Esquadrão Suicida! – repreendeu Leandro, surgindo do fundo do saguão para nos encontrar. Ele carregava a pasta dos documentos incriminadores junto ao quadril com uma das mãos. Havia resquícios de tinta e – aquilo era carvão ou fuligem? – na sua testa.

Senti uma estranha vontade desconexa de... bom, mordê-lo e checar se era real. Acho que, depois de tudo o que eu havia passado no dia, uma parte de mim nem acreditava mais que eu o encontraria a tempo.

Seu rosto virou na minha direção e vi meu reflexo misturado ao medo nos seus olhos.

– Sam, o que você veio fazer a...

Os tiros começaram nessa hora.

A P3 estava atacando.

O salão inteiro entrou em movimento.

– Pegue os bastões! – gritavam ordens anônimas. – Levantem os panos no nariz!

As fardas roxas começaram a invadir o saguão. Eram muitos, e vinham na nossa direção. Corremos para as escadas de metal.

Tiros. De balas de borracha ou não, não ficamos para descobrir.

Pow, pow, pow, pow!

Ivana se jogou contra o chão e se arrastou para trás de uma pilastra. Leandro derrubou a nós dois sobre os degraus da escada de metal e colocou um braço sobre a minha cabeça. Senti a pasta ser esmagada em uma quina embaixo da minha barriga.

Os tiros pausaram. Um segundo. Dois.

— Vem, vem, vem!

O garoto me puxou de pé de novo. Mas um P3 já havia subido até nós. Levantou o cassetete. Leandro esquivou a cabeça, mas ainda tomou o golpe nas costelas. Depois, no braço. Meu amigo se encolheu contra os ataques.

Então partiu para cima.

Finalmente toda aquela sua obsessão por malhar estava se mostrando útil. Leandro empurrou o P3 contra o corrimão com facilidade. O vidro se partiu com o choque das costas dele. Atordoado, o homem não reagiu quando o garoto arrancou a sua máscara de gás. E socou-o no queixo.

Não vi se o homem revidou. Outro P3 avançou sobre mim. Encolhi-me contra os degraus. Então braços surgiram no seu pescoço e ele tombou para atrás. Ivana. Ela tinha se pendurado no homem e o arrastava para longe de mim de volta à loucura de gritos e corpos em frenesi sendo afogados por um rio de fardas roxas no resto do saguão.

Um frio de quebrar os ossos me paralisou quando olhei. A maior parte dos manifestantes já tinha sido neutralizada pelos P3. Filas deles deitavam-se de barriga no chão e mãos na cabeça, conforme ordenavam as hordas dos policiais particulares.

Os manifestantes estavam perdendo.

22

Os únicos não fardados ainda de pé no saguão de entrada da AlCorp éramos nós três.

Cercados por uma dúzia de P3 concentrados exclusivamente nas nossas pessoas.

Leandro puxou Ivana para o meu lado e se colocou na frente de nós duas. A garota não admitiu ficar na retaguarda e avançou até ficar do seu lado. Observei as costas daqueles dois amigos — pouco mais altos que eu, mas gigantes da mesma forma.

Pena que de nada adianta ser corajoso quando você já perdeu a batalha.

Era a hora. Eu precisava transferir minha sorte para Leandro, antes que fosse…

– PAROU! – alguém gritou. Uma voz grossa e imponente. Que se fazia ser obedecida.

Armando Novo. Ele surgiu dos fundos do saguão do prédio com uma horda de seguranças particulares armados até os dentes. Os P3 paralisaram diante deles. E das metralhadoras, é claro. Por mais violentos que fossem, os demônios roxos só carregavam para os protestos armas majoritariamente não letais. Um dos seguranças gritou ordens e sua equipe se misturou aos P3 no saguão. Sob supervisão, os farda roxa escoltaram os manifestantes imobilizados pela saída dos fundos do prédio. Quando todos haviam saído, os seguranças se postaram nas portas e em volta de Armando Novo, que agora caminhava na nossa direção.

Ele parou na frente de seu filho. Os dois se encararam por um momento, seus perfis perfeitamente emoldurados pelas escadas suntuosas de metal e o logo pichado da AlCorp.

Era uma grande ironia que o ápice do maior protesto civil já visto na história do Rio de Janeiro culminasse naquela batalha silenciosa entre os dois. De um lado, o símbolo dos opressores. Do outro, o herói dos revoltados. No meio, um laço entre pai e filho rasgado e emendado pelo passado turbulento de ambos. A tensão era palpável, feita de indignação e desentendimentos. Palavras raivosas que queriam sair, mas não conseguiam, e emanavam de seus donos em uma camada rígida e desconfortável que prendia cada um em seu lugar. Quem seria o mais forte para botá-las para fora primeiro, e começar aquela discussão que há muito já deveria ter sido feita?

Nenhum dos dois.

– Prendam eles – Armando Novo ordenou.

Os seguranças partiram para cima de nós. Leandro rugiu e Ivana esperneou. Não ofereci resistência. Eu estava anestesiada demais pelo desastre iminente. Dois homens seguraram meus braços acima dos cotovelos com punhos de ferro. Fizeram o mesmo com meus amigos. Leandro, porém, não parou a luta mesmo imobilizado, e foi preciso que torcessem seu pulso atrás de si para que parasse, com um grito de dor.

– Eu disse que não é pra machucar! – vociferou o diretor da AlCorp. A pegada dos seguranças enfraqueceu outra vez, mas só o suficiente para calar os grunhidos do garoto.

Fora do prédio, o protesto ainda corria, e gritos de guerra escapavam até nós. Dentro do saguão, porém, éramos um museu de estátuas cujo único visitante em movimento era Armando Novo. Ele subiu dois degraus da escada até a pasta esquecida no chão. Eram os documentos de Leandro.

– Você não vai mostrar esses documentos ao público – o homem disse, recuperando-a.

– Não adianta esconder as provas agora. – Leandro abriu um sorriso manchado de sangue. – Essas são só cópias. Além do mais, já escaneamos os originais e programamos pra liberar na internet às nove horas. Não tem como voltar atrás. Sinto muito, mas seu papel de supervilão não colou hoje. Não vai dar pra me impedir de fazer a coisa certa dessa vez.

O pai abriu a pasta e folheou os papéis com calma, enquanto dizia:

– A coisa ingênua, nesse caso. De nada adianta ter boas intenções se os seus planos forem mal executados.

– Bom, eu não tenho um exército de lacaios armados

pra fazer as minhas vontades, como *certas pessoas*. Aliás, considerando contra quem eu estava indo sozinho, até que eu fui longe, não acha?

— Só chegou até aqui porque eu deixei. Falha minha.

— Ah, é. Me desmerecer é outro dos seus *hobbies* favoritos. Como eu estava com saudades, *pai*.

Armando Novo estava de costas, e não pude enxergar sua expressão, mas tive uma ideia ao reparar em como seus dedos se detiveram sobre os papéis com a acusação do filho. Então ele girou e desceu as escadas em direção a Leandro.

— Eu disse que você não vai mostrar esses documentos ao público porque sou eu quem vai.

Leandro franziu o cenho, já se preparando para acusá-lo de arrogância, quando processou o que ele havia dito e se desmanchou em deboche.

— E eu achando que era o único com bom humor na família — ele disse. — Ótima piada, parabéns.

— Não é uma piada.

— Não? — O garoto sorriu torto. — Você quer realmente cometer suicídio profissional?

O homem se aproximou e continuou mais baixo, para que só nós, no grupo próximo, pudéssemos ouvir.

— Olhe em volta, Leandro. Destruição. Revolta pública. Teve um homem que jogou a droga de uma bomba caseira na empresa! Isso é um desastre. Continuar aqui que é suicídio. A AlCorp é um navio afundando. E nós vamos pular fora antes que seja tarde demais.

O desafio na postura de Leandro hesitou. O pai falava sério. Não havia mais graça na voz do garoto quando ele respondeu:

— Pensei que o capitão fosse o último a sair.

— Pare de viver na fantasia. No mundo real, é cada um por si. — Armando Novo fez uma pausa para estudar o logo pichado da AlCorp. — Admito que eu tinha planos menos radicais para sair da firma. Mas seu showzinho sensacionalista me obriga a tomar medidas drásticas.

— Não. — O filho balançou a cabeça, incrédulo, e continuou por entre dentes. — Não! Você não vai sair impune dessa vez. Nós temos as provas!

Pela primeira vez, a sombra de um sorriso distorceu as feições de Armando Novo. Pareceu uma careta.

— Já se esqueceu de quem você roubou esses documentos, Leandro? Pois bem. Por que eu iria guardar alguma evidência contra mim mesmo?

— Ainda vão te investigar como cúmplice! — o garoto rosnou. — Não adianta fazer mais nada. Já é tarde demais pra sair ileso!

O homem fechou a pasta com um *clec*.

— Mas não tarde demais pra fugir — ele retrucou, guardando a pasta debaixo do braço e se concentrando no filho. — E é isso o que vamos fazer. Eu vou apresentar os documentos ao povo lá fora. Girar a opinião pública a nosso favor. E, enquanto eles nos veneram como heróis, nós vamos pegar o jatinho que está nos esperando no sítio do seu tio em Barra do Piraí. Saímos do Rio, saímos do Brasil, e esperamos até a poeira abaixar e os nossos nomes ficarem limpos pra voltar. Não minto, ainda vamos sair machucados dessa crise. Mas vamos sair, e isso é o que importa agora.

— Pode ir até pra Abu Dhabi se você quiser — Ivana gritou —, minha mãe vai te investigar até não sobrar nenhuma cueca revirada no seu covil! Você nunca vai voltar ao Brasil em paz, NUNCA!

Os seguranças a prenderam com mais força. Ivana gemeu com a dor. Leandro tentou alcançá-la, mas as botas de combate dos homens que o seguravam escorregaram no chão para detê-lo.

— Não machuque ela! — o garoto gritou. Virou para o pai. — Solte as duas! Elas não têm nada a ver com isso!

Curioso com a palavra "duas", pela primeira vez Armando Novo reparou que eu estava ali também. O olhar penetrante dele teria feito eu me encolher no chão se meus seguranças não me prendessem de pé.

— Cadê o Elias? — Armando Novo se aproximou de mim, ignorando os rugidos de protesto do filho.

Nem o terror que eu sentia na hora impediu minha voz de escorrer asco na resposta.

— Eu não estava mentindo quando disse que o Departamento tinha descoberto o esquema dele. O Elias não vai mais trabalhar como mensageiro em nenhum futuro próximo.

Armando Novo trincou os dentes, e um músculo pulou nas laterais marcadas do seu maxilar quadrado. Foi tão parecido com Leandro que eu fiquei perturbada ao ver uma parte sua ali, naquele homem.

– Você ainda trabalha com o pessoal da Sorte? – perguntou, sua voz caindo a um sussurro que até eu tive dificuldade de ouvir, com a gritaria ainda rolando lá fora, na Cinelândia. – Tem contato?

– Tenho, mas...

– Certo. – Seus olhos me encararam com um azul estático, não o cinza pronto para se adaptar ao ambiente de Leandro. – Se algo der errado, cuide do garoto por enquanto. Do *Destino* dele. Você receberá o pagamento por alguém do meu pessoal.

– Quê?! – Fiz uma careta. – Eu nunca receberia dinheiro por isso, o que...

Mas ele já havia dado as costas à minha indignação e voltado ao filho.

– A hora é agora – ele disse. – De começar o show. Vou sair com os documentos. Pra que a nossa história fique plausível, direi que você estava trabalhando em acordo comigo desde o início. Era a nossa estratégia pra derrubar a AlCorp. Juntar provas e instigar a população. Como meu filho, você tem o direito de estar ao meu lado lá fora. Vai me acompanhar?

– *Jamais* – Leandro respondeu, alongando a palavra, como se encaixasse entre cada letra um dos motivos pelos quais aquela resposta nunca seria diferente.

O pai balançou a cabeça de forma condescendente.

– O orgulho é o inimigo da lógica, Leandro. Estou te

dando a oportunidade de fazer o que você queria desde o início. Denunciar a AlCorp. Seja razoável.

– Não vou mentir praquelas pessoas lá fora. Não vou enganar quem está dando o próprio sangue em luta porque eu disse que era a coisa certa. E nunca, jamais, vou mentir pra salvar você.

– E pra salvar as suas meninas?

O sangue fugiu do rosto de Leandro. Então voltou todo de uma vez.

– Você vai ameaçar garotas inocentes pra me usar, agora?! – ele rugiu. – É a esse nível que você desceu?!

– Não estou ameaçando ninguém! – o pai vociferou de volta. Estava perdendo a paciência. – Estou apenas expondo os fatos. Se for falar com o público comigo, estará salvando as duas e a cidade inteira desse caos em que vivemos agora. E, quem sabe, se você se comportar com maturidade, meus homens não precisam mais te vigiar e posso liberar alguns pra escoltar suas colegas pela porta dos fundos até um lugar longe desse inferno. Que tal?

Pow! Uma explosão estalou lá fora. O clarão invadiu a fachada envidraçada e fez o salão piscar. Armando Novo vacilou só meio segundo antes de voltar ao filho.

– Não dá pra ficar no meio da guerra pra sempre, Leandro! – ele bradou acima da gritaria que aumentava lá fora. – E aí, o que vai ser? Vai continuar de pirraça aqui, ou vai ser homem e salvar a sua família, salvar todo o Rio de Janeiro comigo?! Por favor, Leandro! Pelo menos dessa vez, seja *sensato*!

O garoto pulou para cima dele. O pai teve que recuar dois passos antes que os seguranças o controlassem de novo. Uma roleta russa de expressões terríveis passou pelo rosto de Armando Novo com o ataque. Raiva. Indignação. A que escolheu para atirar no filho foi, enfim, a decepção. Ostentou-a para ele por um longo momento. Deixou que a sentisse na pele.

Pela primeira vez, quis socar Armando Novo para ver se o seu nariz continuaria tão zangado assim quando estivesse quebrado.

Sem mais palavras, ele nos deu as costas e partiu em direção à porta principal do prédio.

No fim, a AlCorp seria denunciada. Mas por motivos e distorções tão sujas quanto as que os protestantes lutavam contra. A vitória seria uma mentira.

Mas Leandro não desistiu nem assim. Chutou e se retorceu nos braços dos seguranças. Mesmo quando o apertaram com força. Mesmo quando o puxaram para trás.

Então seus olhos cruzaram com os meus. Em seguida, do lado oposto, com os de Ivana. E o ódio que movia seus músculos foi dissolvido em desespero. Ele parou de se debater. Olhou as costas do pai se afastando. Seu peito subiu e desceu no ritmo frenético da adrenalina.

— Condições — o garoto gritou.

— Não faça isso, Leandro! — Ivana pediu. — Não se preocupe com a gente!

Ele a ignorou. Seu pai voltou para ouvi-lo e o garoto

continuou, mais baixo, sua voz borbulhando como a fúria dentro de si:

— Eu tenho condições. Primeiro, leve as garotas para casa em segurança.

— Não! — fui eu quem gritei. Eu não o deixaria ali sozinho sabendo que corria perigo.

— Feito — Armando Novo garantiu.

Xinguei-o mentalmente. Foi prazeroso de um jeito perturbador.

— Segundo. — Leandro olhou na direção da saída. O barulho de tiros e estouros aumentava na Cinelândia. Ele franziu o nariz. Voltou ao pai. — Quero que acabe com a P3. *Agora.*

Os lábios do homem se apertaram em uma linha contrariada.

— Não posso fazer isso. Não seja ingênuo, Leandro. Quem manda na AlCorp nunca fui eu. Vão cancelar a minha ordem na primeira oportunidade.

— Não importa. Para os homens lá fora, você é o diretor. Vão te obedecer, por enquanto. Quando descobrirem que você não fala mais pela AlCorp, já vai ser tarde demais. O protesto já vai ter acabado.

— Não é tão simples assim.

O garoto deu de ombros, fato digno de respeito, considerando que seus dois braços estavam presos pelos seguranças.

— Estes são os meus termos — ele rebateu. — A escolha é sua. Ou aceita, ou não vou. E você nunca vai ter o apoio de todos se eu não estiver ao seu lado. O povo nunca vai acreditar no que diz. Você sabe disso.

Armando Novo ponderou por um momento. Enfim, sua carranca se contorceu em admiração.

– Você ainda é ingênuo, mas negociando desse jeito vai dar um bom empresário algum dia.

Tive que me conter para não cuspir na cara hipócrita do homem.

Armando Novo assinalou para que os guardas nos soltassem. Meus joelhos viraram gelatina por um segundo, sem apoio, mas Leandro veio até mim e me segurou. Ivana chegou em seguida e fez o mesmo. Assenti para os dois que já estava bem. O garoto trincou os dentes até eu perceber, na proximidade, que ele tremia um pouco. Então voltou a seu pai, encarando-o de queixo erguido. Os lugares nos seus braços onde os seguranças o haviam segurado estavam tão vermelhos quanto carne viva.

– Não faça essa cara – o pai o repreendeu. – Não estou fazendo isso porque eu quero, Leandro. Não me dá nenhum prazer brigar com você. Pelo contrário. Mas agora não temos mais espaço pras suas malcriações. Temos que salvar o nosso patrimônio, quer você se comporte ou não.

Ele assentiu para os seguranças e um deles se destacou dos outros para nos escoltar para os fundos. O resto acompanhou Armando Novo em seu caminho para a porta da frente do saguão. Leandro relutou por um segundo e o seguiu, olhando para o chão.

— Você não vai sair impune — o garoto murmurou, como trovões em uma nuvem da tempestade que está prestes a começar. — Não vai dar certo.

— Ah, eu acho que vai sim. Mas mesmo que fazer essa denúncia pública não seja a solução perfeita, é uma saída interessante. — E os olhos do homem incorporaram um reflexo selvagem que eu nunca imaginaria que ele tinha. — Já estava mais do que na hora de fazer a AlCorp pagar pelo que fez com a sua mãe.

Pelo que fez com a sua mãe.

A frase chegou como uma chuva de socos no meu estômago.

A AlCorp havia mandado assassinar a mãe de Leandro pela simples suspeita de que ela denunciaria a empresa. O que eles fariam se, agora, pai e filho não só cumprissem com a promessa, como também o fizessem em público? Na frente do Rio de Janeiro inteiro?

"Algo me diz que ele pode sofrer algum desastre sério, se der chance ao azar." Essas haviam sido as palavras de Cecília sobre Leandro mais cedo.

E na lista infinita de formas com que alguém pode dar chance ao azar, tenho bastante certeza de que acusar uma das corporações mais poderosas do planeta no meio do maior protesto da história brasileira deve estar lá bem perto do topo como uma das mais perigosas.

Armando Novo e Leandro saíram da sede da AlCorp e observaram a Cinelândia de cima da escadaria na sua entrada.

Diante da silhueta dos dois lado a lado contra o pano de fundo da guerra que ainda acontecia entre os manifestantes e os P3, não tive mais nenhuma dúvida. Eles haviam chegado ali porque era exatamente o que o Destino queria. Ele havia puxado suas cordas de azares e coincidências extranaturais para guiá-los até aquele momento. No centro das atenções. No centro do caos. O lugar perfeito para o sistema do DCS corrigir a sua Balança de uma vez por todas.

Se algum desastre aconteceria com Leandro, seria ali. Naquele momento.

Quando Cecília me explicou o que fazer, eu duvidei se conseguiria mesmo. Parecia impossível controlar aquela parte imaterial de mim, anexa à minha consciência, onde sentia o calor chamuscante da minha sorte bruta, para transferi-la.

Não foi. Quando eu soube que aquela era a hora, só deixei que ela fluísse para Leandro e pedi um presságio seu. O que aconteceria com ele agora? De que forma o azar o acometeria? Como eu poderia salvá-lo? E minha sorte partiu, como areia que escorre da parte de cima de uma ampulheta.

Pisquei os olhos.

Tudo em volta havia escurecido. Tudo, exceto o local da porta e o topo das escadas lá fora. O centro daquele espetáculo iluminado pelo holofote da minha visão.

Leandro e o pai ainda estavam lá. Armando Novo falava no microfone, segurando a pasta de documentos acima da cabeça. As imagens em volta pareciam borrões como rastros de fumaça de escapamento de um caminhão velho. Então o garoto, que até então estava imóvel, espiou por cima do ombro. Checou algo na minha direção – provavelmente, uma versão minha e de Ivana indo embora em segurança. Aprovou o que viu, assentindo brevemente.

Então pulou em cima do pai e roubou seu microfone. Se afastou, gritando para o público. O pai foi atrás dele. Leandro se esquivou sem parar seu discurso. Dois seguranças partiram para impedi-lo. Capturaram seus braços. Ele continuou berrando sem o microfone. Armando Novo apontou para o filho. Gritou ordens. Mais seguranças se aproximaram.

E um deles sacou a arma.

Mas essa não era a intenção. De fato, quando o diretor viu, no último segundo, ele até tentou levantar as palmas para que não atirasse.

Mas o segurança não obedeceu.

Pow. Pow. Pow.

Pisquei de volta ao presente, meus olhos arregalados e molhados, meu peito latejando de dor. Eu havia escorregado para o chão, e Ivana me apoiava nos seus braços. Quase na porta que descia para a saída dos fundos, o homem que nos escoltava havia parado de andar e nos observava com um misto de desconforto e irritação pelo atraso no cumprimento de suas ordens.

– Rio de Janeiro! – Armando Novo gritou lá de fora, sua voz amplificada por um dos microfones que os líderes dos protestos haviam deixado quando tomaram o prédio. Ele e o filho estavam ainda lado a lado no topo da escadaria, o mesmo lugar em que eu os havia deixado antes do meu presságio.

Aquele que eu tinha poucos minutos para impedir que se tornasse realidade.

Vaias irromperam pela praça quando os primeiros manifestantes repararam que era o diretor da AlCorp ali. Uma puxou a outra, escalando em sua intensidade e poder, até que o Centro do Rio de Janeiro inteiro era uma montanha imaterial de indignação vibrando no chão, nas paredes, dentro de nós mesmos.

— A partir deste momento, a Polícia da Paz Pública está oficialmente extinta — Armando Novo anunciou por cima delas, calando-as com o choque. — Qualquer P3 que permaneça hostil será tratado como vândalo pela Polícia Militar e a Guarda Municipal, que já foram acionadas pelo governador do Estado do Rio de Janeiro e já estão se encarregando da segurança do protesto.

Mesmo não sendo verdade, o homem atendeu a exigência de Leandro e parecia estar funcionando. Fardas diferentes começaram a se espalhar em torrentes entre os manifestantes e oficiais da P3, contendo aos poucos os embates que ainda tardavam em cessar.

— Ivana — sussurrei para a garota comigo. — Não podemos sair agora. Temos que tirar o Leandro dali.

— Você tem um plano pra isso?

— Sim, enrolar até pensar num plano.

Ela assentiu com a cabeça para mim.

– Levantem – ordenou nosso *personal* capanga.

– Um segundo só! – Ivana fingiu aflição. – Eu também não tô me sentindo bem! Preciso tomar meu remédio...

Ela se debruçou sobre sua bolsa. Endireitei-me e fingi que a ajudava, cobrindo-a, enquanto estudava os seguranças lá na frente, perto de Leandro.

– O diretor da AlCorp desfez a P3 – Armando Novo continuou ao microfone. – Uma mudança drástica, não é? O que acontece é que eu errei, e agora quero me redimir.

O silêncio caiu sobre a Cinelândia como um cobertor pesado. Um silêncio de antecipação.

Como se ele deixasse minha visão mais clara, encontrei quem eu procurava. O atirador do meu presságio estava logo ali, a poucos metros da porta de entrada. Empunhava uma pistola apontada para baixo, mas seu dedo não deixava o gatilho jamais.

– Ande logo com isso! – resmungou o segurança conosco.

Olhei em pânico para Ivana. Ela tirou da bolsa discretamente o potinho de iogurte com granola. Abriu-o e fitou-o por um segundo com uma expressão de pena.

Então o escondeu entre a mão e a blusa, se jogou para frente e o derramou no chão gemendo *bleeeeergh!*

Tanto eu quanto o segurança pulamos para trás com uma careta. Me recuperei mais rápido e chorei para ele:

– Ela está passando muito mal! Por favor, nos dê mais dois minutos, ou ela vai vomitar mai...

Ivana se estrebuchou e jogou mais iogurte nojento no chão.

A voz de Armando Novo voltou a ecoar:

— Por pouco mais de um ano, trabalhei como diretor executivo da AlCorp. Entregaram nas minhas mãos uma empresa cheia de falhas e erros, e eu, na minha inocência, achei que poderia consertá-la.

Inocência?! Agora era eu que ia vomitar, diante de tamanha torrente de nojeira vinda daquele homem.

— Como vocês podem ver, não consegui. É com muito pesar que admito hoje: não existe cura para uma empresa que não se preocupa em servir vocês, os consumidores, mas sim explorá-los. Não existe cura para a AlCorp!

Ele usava a sua voz de político, bradando e pausando em um show de oratória para empolgar seu público. Para o meu terror, as vaias se transformaram em urros de aprovação se multiplicando pela praça.

— Eu queria tanto poder conjurar um meteoro para acertar esse monstro — Ivana murmurou, suas unhas me apertando involuntariamente até deixarem marcas na minha pele. De cima, o segurança acharia que ela estava com dor.

— Conjure dois — sussurrei de volta. — Porque tem um homem, aquele ali, que acho que vai atirar no Leandro.

A garota puxou o ar com força e arregalou seus olhos puxados.

— Não, não posso te dizer como eu sei disso — continuei. — Mas sim, tenho certeza. E a gente precisa fazer alguma coisa.

– Eu e meu filho decidimos nos unir para derrubar a AlCorp. – Armando Novo anunciou para a Cinelândia. Ao seu lado, Leandro olhava para frente imóvel feito uma estátua de Ares, o deus da guerra. – Há semanas, enquanto o *Moleque Sensato* participava dos seus protestos e ajudava a organizá-los, eu investigava e coletava documentos para comprovar, como vocês já devem imaginar, os inúmeros esquemas de corrupção da AlCorp.

Algumas vaias começaram a renascer, mas Armando ergueu a pasta e gritou por cima delas:

– Aqui estão! As provas para que a justiça seja feita!

O povo gritou. Clamou por Armando Novo, seu herói, com tanto amor, com tanto agradecimento, que algo partiu em Leandro. Quando a ilusão vai contra tudo o que você acredita, cuspindo e pisando na própria essência do que te faz lutar, você não consegue mais continuar mentindo.

– O que a gente faz?! – Ivana sussurrou, assustada.

– Eu não...

Mas reconheci aquele momento do meu presságio. Era a hora que Leandro olharia para trás. Meu coração pulsava tão pesado que eu chegava a tremer com cada batida. Ele olharia mesmo?

Sim. Olharia.

Olhou.

Leandro, a estátua, se moveu. Espiou sobre o ombro. Nos encontrou.

De costas para o nosso segurança, balancei com cuidado

a cabeça para ele e gesticulei para que voltasse para nós. Ivana me entendeu e fez o mesmo. Nosso amigo apertou as sobrancelhas, confuso.

— Conforme ordens minhas — Armando Novo explicou ao microfone para o povo —, meu filho programou para liberar as provas...

O garoto voltou-se enfurecido para o pai.

Não, Leandro! Presta atenção na gente! Saia daí!

— Suas ordens?! — ele rugiu para o homem.

E partiu para cima do pai. Roubou seu microfone em uma patada só.

O Destino estava seguindo seu curso.

— Não, não, não, não! — repeti em pânico. Minha pele começava a suar frio. — Ivana, vai acontecer a qualquer momento!

— É mentira — Leandro gritou para a Cinelândia no microfone. — Esse homem mente pra vocês, que é só o que ele sabe fazer! Ele é tão culpado pela corrupção quanto todos os outros da AlCorp!

— Arraste o Leandro pra longe — a garota me disse —, enquanto eu distraio o atirador.

— Tá maluca? — grunhi.

— Se estão bem pra conversar, estão bem pra levantar — nossa escolta reclamou, nos cutucando grosseiramente com a bota. Ignorei-o.

— O homem tá armado! — sussurrei para Ivana. — Ele é perigoso!

A garota franziu o nariz e seu *piercing* brilhou com o movimento.

— Mas eu sou muito mais — ela rosnou baixinho. — Chega de deixar esses babacas ganharem. Chega!

— Não faz...

— Uma ajuda, por favor? — ela pediu para o segurança, estendendo-lhe uma mão com uma expressão doce. O homem hesitou, mas obedeceu.

E eu tive certeza absoluta de que o desastre ia começar. Ivana capturou sua mão e puxou-o para baixo enquanto chutava para cima entre as suas pernas. Não acertou em cheio, mas o homem perdeu o equilíbrio. Caiu de cara no iogurte.

E a garota correu.

Espiei o infeliz tentar levantar e escorregar na meleca um milésimo de segundo antes de desistir da minha sanidade e ir atrás.

— Ele sempre foi o lacaio da empresa! — Leandro continuou para o público. — Minha mãe foi morta por causa disso!

O pai tentou roubar o microfone de volta. O garoto se esquivou como no meu presságio. Os seguranças se aproximaram dele.

E de nós duas também. Repararam na nossa fuga da escolta. Mas tínhamos a vantagem da surpresa. Éramos mais rápidas. Estávamos quase na porta.

— As mentiras acabam agora! — Leandro bradou ao microfone. A Cinelândia ovacionou-o em resposta. Dois seguranças tentaram segurá-lo. Ele continuou falando mesmo assim. – Chega dessa gente que acha que pode matar e explorar quem quiser só porque tem dinheiro! Chega de humilhação!

Os seguranças seguraram os braços do garoto e não deixaram que aproximasse o microfone da boca. Leandro deixou-o cair e gritou sem ele.

– A gente quer justiça!

A multidão foi à loucura.

Armando Novo gesticulou para seus homens:

– Levem ele pra dentro. *Agora*!

Agora! Era agora! O tiro! Onde?

O homem estava sacando a pistola.

Ivana chegou por trás e se tacou em cima dele. Se pendurou no seu pescoço com todo o peso do corpo. O atirador vacilou. Se apoiou no arco da porta.

Avancei para além dela.

Os seguranças de Leandro o soltaram, assustados. Uma horda de manifestantes subia a escadaria. O povo queria salvar o garoto!

Hesitei perante a onda humana. Espiei por cima do ombro. O atirador voltava a erguer a arma, mesmo com Ivana nas costas tentando enforcá-lo. Virei e voei com mais força que nunca.

Leandro encarava Armando Novo.

– Chega de…

Me joguei em cima dele. Fechei sua blusa do *Moleque Sensato* nos meus dedos e puxei nós dois para além das escadas.

Bati quadril e costelas quando nos forcei para baixo nos primeiros quatro ou cinco degraus. Escorregamos mais dois, enrolados. Leandro grunhiu e tentou levantar. Empurrei-o de volta e me encolhi.

Pow. Pow. Pow.

Lágrimas de medo brotaram nos meus olhos. Funguei. A gritaria e correria era ensurdecedora.

Leandro passou os braços sobre minha cabeça e me puxou contra si. Virou de lado e tentou me proteger. Policiais militares subiram além de nós com escudos transparentes para controlar o atirador. Ele já havia sido imobilizado pelos próprios seguranças de Armando Novo. Os que permaneciam leais, pelo menos. Alguns deles tentaram se aproximar de nós, mas foram impedidos. Quando tivemos certeza de que não haveria mais tiros, Leandro me puxou de pé e nos arrastamos para longe da AlCorp. Ambos nos segurávamos com um pouco mais de força do que o necessário.

Meu corpo tremia e o mundo virou um borrão nos cantos dos meus olhos. Obedeci quando os bombeiros nos acolheram e nos guiaram para o socorro, escoltados por mais policiais do Estado. Ivana se juntou a nós em algum momento, e a roubei de Leandro para abraçá-la também.

Só uma única vez minha atenção conseguiu se focar nesse turbilhão. Quando Armando Novo passou por nós em uma maca para a ambulância. Ainda segurava, como por reflexo, algumas das folhas de provas contra a AlCorp, agora sujas de gotas de vermelho. Na sua perna, paramédicos faziam um torniquete para tentar estancar a poça de sangue que se formava no ferimento.

Exatamente como Cecília três semanas atrás.

Sim. Fazia sentido que tudo começasse e acabasse da mesma forma. Esse é o tipo de peça que o Destino gosta de pregar em nós, mortais.

Mas nós havíamos sobrevivido às artimanhas do seu azar. E Leandro estava a salvo.

Com aquele quase desastre, a Balança estava, enfim, corrigida.

23

Quando eu era criança, sempre que passava de carro com meus pais pela Lagoa Rodrigo de Freitas, ficava impressionada pelo tamanho. Aquele segundo oceano no meio da cidade. Eu observava da janela as pessoas se divertindo e desejava poder brincar ali também, andar de patins na calçada, escalar os brinquedos dos parquinhos.

Na última semana eu já havia feito tantas vezes aquele percurso que tudo o que eu desejava era que sumisse logo para que chegássemos a Ipanema.

– Sinto pena dele sozinho naquele apartamento enorme – eu disse, batendo com o nó do dedo na janela do carro sem prestar atenção. – Espero que ele volte logo pra Lagoinha. Pelo menos por um tempo. Até a poeira abaixar.

– Isso se ele não sumir com o pai dele.

– Mãe! – reclamei, ultrajada com o seu esforço para demonizar Leandro. – Você continua implicando com ele. Pensei que fosse confiar em mim, agora.

Foi o que ela prometeu no dia do protesto, quando voltei

toda ralada e descabelada no fim da noite para casa. Tenho certeza de que ela havia me visto pela televisão no centro do atentado, mas, quando parei na entrada da sala, ela não disse nada. Só me abraçou e chorou em silêncio, enquanto eu repetia que estava tudo bem, que acabou, e pedia que me perdoasse. Naquela hora, duvidei se algum dia ela o faria. Eu era a pior filha do mundo. Então as lágrimas pararam e ela se afastou.

– Olha quem tá chorando no ombro de quem, agora – ela disse, pegando um lenço de papel para enxugar o rosto.

– Mas você voltou. Como prometeu. É isso o que importa.

Sua voz desceu àquele tom de quando as mães falam sério, e com um frio na barriga você se obriga a escutar.

– Não quero que ache que não pode me contar as coisas, tá? Porque pode. Eu só quero o seu bem. Quero que confie em mim. E eu prometo que vou confiar em você também.

Agora, ao meu lado no carro, ela suspirou enquanto parava no sinal que nos levaria para longe da Lagoa.

– Eu *quero* confiar. Já conversamos sobre isso. Você já é grandinha pra decidir com quem andar. – A voz dela parecia vacilante, mas ignorei. Mesmo se eu tivesse cinquenta anos minha mãe ainda me acharia uma garotinha inexperiente. – Vou te apoiar e ajudar no que eu puder. Não é implicância. Só não quero que você se machuque.

Arrumei o pacote marrom no meu colo, trocando-o de coxa. Quando voltei a falar, minha voz era baixa.

– E o Leandro parece ser o tipo de pessoa que vai me largar aqui sem mais nem menos?

Ela não respondeu por um quarteirão inteiro, e então soltou o ar, resignada.

— Não, não parece. Ele parece um rapazinho bom. Mas você sabe quem é o pai dele. Sabe no que ele pode se meter.

— Os protestos acabaram, mãe. O pai dele sumiu do hospital.

Exatamente como já planejava no dia do protesto, Armando Novo havia fugido. Quando ainda estava no hospital por causa do tiro, as autoridades até pensaram em prendê-lo por formação de quadrilha ou cumplicidade, mas seus advogados muito bem pagos garantiram que o homem continuaria livre por enquanto. Tempo suficiente para que, quando os oficiais voltassem com a papelada organizada, dessem de cara com uma cama vazia no seu leito. Agora ele provavelmente estava tomando sol e bebendo uísque em uma praia das ilhas Cayman.

— Só espero que não volte — minha mãe murmurou, e não continuamos o assunto.

Uma vinheta musical interrompeu a programação na rádio. Começava o primeiro noticiário da noite naquela estação que não tocava música, mas por algum motivo alheio ao meu entendimento minha mãe insistia em ouvir. Normalmente, eu teria me contorcido em agonia e reclamado para que mudasse antes que o sangue começasse a escorrer pelos meus ouvidos tristes. Mas não hoje. Hoje, eu ouvia o programa com interesse, sedenta por notícias.

— As investigações da CPI da AlCorp seguem no Rio

de Janeiro com dois novos suspeitos de corrupção detidos pela polícia federal – narrou uma repórter de fala arrastada. – Ao todo, já são mais de vinte e quatro acusados em todo o Brasil desde as denúncias feitas pelo ex-diretor executivo Armando Novo no Protesto do Sim.

Esse havia sido o nome que acabou pegando para o protesto do sábado passado. Depois do Não há mais de sete meses, finalmente o povo carioca conquistou o seu Sim.

– Em uma ação de velocidade inédita no regime brasileiro, após forte pressão do povo pelo julgamento, a Polícia Federal já cumpre mandado de busca e apreensão de dezessete dos acusados, autorizado pela Procuradoria-Geral da República.

Uma nova repórter entrou no ar para a segunda notícia.

– Novas informações sobre o atirador de Armando Novo apontam que Sandro Tomás de Souza, o segurança particular responsável pelos disparos, seguia ordens de uma parcela dos homens investigados na CPI, todos acionistas da AlCorp. Acredita-se que o ataque tenha sido uma forma de retaliação pelas denúncias do ex-diretor.

Mais um assassino de aluguel da AlCorp. Isso explicava a facilidade que teve para apertar o gatilho, mesmo quando seu chefe gritou para parar. Mas, pensando sobre tudo na última semana, eu tinha minhas dúvidas se Leandro era mesmo o alvo original, conforme aconteceu no meu presságio. Armando Novo estava bem próximo no momento dos disparos. Talvez os Cotiaras quisessem acertá-lo, e o garoto era apenas *azarado* demais de estar no caminho. À beira do precipício, os Cotiaras já teriam passado do estágio de querer punir Leandro para colocar o pai na linha. Agora não era mais hora de retaliação, e sim de neutralização. Gerenciamento de crise. Apagar Armando Novo antes que começasse a listar nomes.

Pobres Cotiaras. Tão inteligentes uma hora, tão ingênuos logo depois. Os nomes já estavam todos listados, junto às provas, quando foram liberados no canal do *Moleque Sensato* no YouTube mais tarde naquele dia. Já os documentos originais, haviam sido cuidadosamente embalados e enviados em segurança para autoridades de confiança. Como a mãe de Ivana, a procuradora regional da República que estava pessoalmente apoiando a CPI.

Minha mãe girou o volante e entramos na Avenida Vieira Souto. Acabávamos de chegar na praia de Ipanema.

O apartamento da família de Leandro, e onde o garoto havia decidido ficar desde o Protesto do Sim, cobria um andar inteiro de um prédio ali, de frente para o mar. Da primeira vez que o visitei, acompanhando Ivana para entregar as coisas que o amigo tinha deixado em Lagoinha, eu havia me perdido no caminho entre uma das salas e o lavabo, e estava a ponto de gritar "Marco!" atrás de um "Polo!" quando Elisete, a faxineira, me achou.

— Ih, a Ivana tá chegando agora também — comentei, ao encontrar a menina saltando de um táxi mais à frente. Segurei a porta do carro para sair, mas hesitei. — Tem certeza de que você vai voltar bem pra casa?

Era fim de tarde de um sábado, mas eu sabia como minha mãe ficava nervosa dirigindo mesmo assim. E se tivesse um acidente no caminho e o trânsito ficasse lento?

Entendendo a raiz da minha preocupação, ela disse:

– Não tem problema, minha filha. O que é um transitozinho numa cidade com tanta coisa pra se preocupar?

Ela sorriu, e senti-me subitamente orgulhosa dela. Eu não havia sido a única que cresceu no último mês de Rio de Janeiro. Pelo jeito que ela me olhou de volta, desconfiei que o orgulho era recíproco. Eu também não tinha mais medo de sair do carro. Agora, eu não seria mais um peso para minha mãe carregar, e sim uma aliada para batalharmos juntas.

O tempo nublado que há tanto acompanhava o céu sobre a família Lira começava, enfim, a se abrir.

Beijei-a na bochecha, peguei o pacote marrom e saí.

Ivana, que já tinha me visto, me aguardava na porta do prédio com uma mala trespassada.

– Como foi em Brasília? – perguntei. Ela havia partido para a capital para fiscalizar o andamento da CPI com sua mãe.

– Vários partidos e empresas estão montando defesas pra tentar proteger os Cotiaras aliados, mas sem muita vontade. A pressão do povo contra a AlCorp é muito grande, e ninguém quer se ligar a eles pra cair junto. Até a CIA tá vindo fiscalizar, já que a corporação movimentava muito dinheiro internacional. Tenho a impressão de que as cobras estão sem muita opção a não ser se acostumarem com o sol nascendo quadrado nas suas tocas.

— Então é seguro mesmo o Leandro continuar aqui? — Indiquei o prédio com o rosto.

Ivana apertou os lábios em uma careta receosa.

— Seguro, seguro, eu não sei. Depois de toda a exposição que ele teve, talvez nunca mais exista essa opção. Mas, por enquanto, o foco não está nele. Leandro não é mais interessante para os Cotiaras, eu acho. Não tem nenhum poder do qual eles possam se aproveitar, e também não serve mais de exemplo ou chantagem pra ninguém. Mas, se estivesse mesmo seguro, o tio Armando não teria mandado dois seguranças ficarem no apartamento vinte e quatro horas por dia antes de sumir.

— Queria que ele voltasse pra Lagoinha com a gente... — admiti, apertando a aba do pacote marrom entre meus dedos sem perceber.

— Também queria. Mas quando aquele antro de teimosia mete algo na cabeça, não conte com ele mudando de ideia. Acho que ele quer ficar um pouco sozinho. — Ela puxou os cabelos fartos para trás da cabeça, uma lentidão distraída incomum aos seus gestos. — Tô preocupada com o Leandro. Não basta a mãe ter falecido, o pai ainda é um supergênio do mal. Espero que ele não entre na mesma espiral de autodestruição de quando tia Márcia morreu, depois dessa treta toda.

— Ele não vai — garanti, mesmo sem ter certeza. Como se dizer aquilo com convicção fosse o suficiente para torná-lo verdadeiro. — Não é o mesmo garoto de um ano atrás.

— Eu sei, mas mesmo assim. Ele é um idiotinha de vez em quando. Sempre vou me preocupar.

Nisso, tive que concordar.

Ivana tocou o interfone para o porteiro anunciar a nossa chegada.

– O Seu Leandro não tá lá em cima, não – o senhor disse. – Saiu pro calçadão faz uma meia hora. Pediu pra avisar caso as amigas chegassem.

Meus olhos imediatamente saltaram de volta à grade do prédio.

– Vai lá – Ivana disse, percebendo minha preocupação. – Eu subo na frente.

Agradeci sua compreensão com a cabeça e parti.

Atravessei a avenida no sinal. O calçadão do outro lado vibrava com moradores pegando uma praia de fim de tarde, turistas passeando deslumbrados com suas peles vermelhas de sol e vendedores ambulantes de artesanatos e quitutes. É comum a praia de Ipanema ficar movimentada no calor, mesmo com o sol se pondo, mas naquele dia em específico estava mais cheio do que o normal.

A grande maioria dos protestos havia acabado. A P3 estava extinta. Regojizando-se nas suas vitórias, o clima geral no Rio de Janeiro era de comemoração.

Tão diferente ao do garoto sentado num banco de frente para o mar.

– Oiê – eu disse, tímida. Ao me ver, ele sorriu, mas logo sua expressão se desmanchou no mesmo cansaço de antes e seus olhos voltaram ao mar. Ele combinava com aquele cenário, com sua pele dourada e seu cabelo queimado pelo sol. Sentei-me ao seu lado, no banco de pedra. – E aí, relembrando todas as melhores ondas que você pegou?

– Atualmente tô mais no clima de lembrar dos caixotes. Quer saber a nova?

Eu não queria, já antecipando problemas. Ele disse mesmo assim.

– Meu pai me mandou uma carta.

Leandro deixou o papel cair no meu colo. Estava dobrado e amassado, maltratado como a relação entre seu remetente e destinatário.

Quis rasgá-lo. Me contive.

– Não veio pelos correios, obviamente – Leandro explicou. – Um cara que eu nunca vi na vida surgiu na minha frente na lanchonete da esquina e enfiou o envelope na minha mão.

Apertei a carta, preocupada.

– Será que não é melhor você contar isso pra polícia?

– Não tem nada de importante pra investigação aí. E... eu não quero ser punido pelo Destino ou sei lá o que por divulgar informações confidenciais.

Subi as sobrancelhas para ele. Desci os olhos para o papel.

Não era um pedido de desculpas. Decepcionante, porém não surpreendente. Armando Novo não se arrependeria de nada, quando acreditava estar sempre certo. Mas, pelo menos, a carta oferecia algumas explicações, principalmente sobre o seu envolvimento com o DCS, e isso foi suficiente para que eu cancelasse meus planos de rasgá-la em mil pedacinhos.

Pode não acreditar em mim, Leandro, mas a morte de sua mãe me trouxe muita tristeza. Desde que aconteceu, fiquei em alerta máximo para que o mesmo não acontecesse contigo. Por mais que você tentasse se sabotar com as suas artimanhas.

Foi logo depois que Márcia se foi que conheci Elias. Ele me encontrou no banheiro de um restaurante durante um almoço de negócios. Trancou a porta atrás de si e me entregou uma mensagem sobre o meu futuro. Sorte, para compensar o azar pela morte inesperada de minha esposa. Eu nunca nem lembraria da nossa conversa, já que nessa época não tinha contrato com o Departamento de Sorte, e Elias tinha a habilidade de colocar as pessoas em uma espécie de transe, se o homem não tivesse hesitado antes de me deixar no restaurante e oferecido uma parceria.

Entreguei a ele a oportunidade de ser assessor do diretor executivo da AlCorp, cargo de prestígio e salário altíssimo, em troca de algumas doses extras de sorte para nos proteger.

Irônico. Agora, Elias estava amaldiçoado com uma carga de azar do tamanho de um estegossauro halterofilista até o fim de seus dias, conforme a punição que o Departamento havia lhe aplicado pelos roubos. Segundo Cecília, os melhores empregos que ele conseguiria nesse período seriam no ramo de manuseio de excremento humano.

Talvez ele pudesse trabalhar como moderador de comentários em portais de notícias. Hum, melhor não. Isso seria um destino cruel demais até para ele.

Sua ajuda foi útil enquanto durou, mas agora que acabou precisamos ser práticos. Será necessário que tenha o dobro de prudência, Leandro. Especialmente enquanto estou longe e minha influência não pode te socorrer.

Além disso, conto com a sua colaboração para manter o apartamento bem cuidado e as contas em dia enquanto não encontro meios legais para voltar para o Rio de Janeiro. O contador irá te enviar os boletos das transações. Confira tudo. Em anexo neste envelope coloquei uma lista de profissionais que ainda são de relativa confiança para a família e você pode ligar, caso precise de auxílio, e as pessoas que deve evitar, traidores e aproveitadores sem escrúpulos.

Espiei o segundo papel. A lista de pessoas que Leandro devia evitar, escrita em códigos descritivos que provavelmente só pai e filho entenderiam, era bem maior do que as em quem ele podia supostamente confiar.

A carta seguiu com mais algumas ordens do que o garoto deveria fazer para se cuidar sozinho no Rio de Janeiro, e não tive muita paciência para lê-las, indignada com Armando Novo. Nem desaparecido no Tibet ele desistia de dar ordens ao filho de como ele deveria cuidar de sua vida. Que insuportável. E para fechar com chave de ouro a mensagem-pesadelo, Leandro ganhou uma despedida seca carregada de condescendência:

Você quis provar que já não era mais criança. Seja adulto, então. Mantenha tudo em ordem, incluindo você mesmo, enquanto ajeito meu retorno. Quando isso acontecer, colocarei tudo no lugar.

Até breve, Leandro.

— Quer queimar essa carta? — Ofereci ao terminá-la. — A gente faz uma festa. Pode ser um luau!

— Que nada. Certeza que colocar fogo em algo que meu pai escreveu faz parte de um ritual de invocação de demônios ou algo assim.

Puxei o ar e cravei as unhas no joelho dele.

— Leandro! Acho que sei pra onde o seu pai foi! — O garoto me olhou confuso. — Ele voltou ao inferno pra retomar o seu trono de rei do submundo!

Meu amigo soltou o ar pelo nariz e seu peito chacoalhou em um riso abafado.

– Desculpa, foi uma piada horrível – admiti. – Você me odeia por eu zoar seu pai, o guardião dos portões de Hades?

– Não. Gosto até mais de você, se possível.

Algo morno correu no meu rosto, no meu peito, na minha barriga, e não tinha nada a ver com o sol descendo no oceano.

– O cara na lanchonete não me deu só esse papel – Leandro continuou, já sem sombra do humor na sua expressão. – No envelope também tinha dinheiro. *Muito*. Como se ele estivesse me pagando pra cumprir aquelas ordens. Como se eu fosse um funcionário.

Ele franziu o nariz. Senti vontade de consolá-lo. Seu pai estava apenas preocupado, tentando garantir que o filho não passaria necessidade.

Mas nem eu acreditava nisso de verdade.

Não que Armando Novo não se importasse com o filho. Ele gostava de Leandro, daquele jeito distorcido que cobras conseguem amar. Mas ainda era frio e calculista, e usava pessoas como ferramentas cujo custo de manipulação era de algumas transferências bancárias.

E Leandro já estava cansado de ser usado.

– Doei tudo pra uma ONG de auxílio às vítimas dos protestos – o garoto disse. – Não quero mais nada do meu pai. Nada. Principalmente as notas sujas de sangue dele.

– Nem sei de onde ele tira tanto dinheiro. A polícia federal não tinha apreendido todos os bens e contas no nome dele?

– Sim. Só sobrou o apartamento daqui porque era da minha mãe desde antes do casamento. De resto, congelaram tudo. Mas pessoas como o meu pai são especialistas na arte de esconder grana. Ele deve ter tanta conta na Suíça que fico com medo de olhar o calendário de lá e achar um feriado nacional com o nome do meu pai.

— Mas ele nunca te contou nada disso?

Leandro balançou a cabeça com uma careta frustrada.

— Acho que nos distanciamos antes que ele decidisse me integrar dos *negócios da família* de verdade. — Seu desdém foi inconfundível nessa expressão. — Pena que a polícia não acredita em mim quando digo isso. Já me questionaram três vezes. Hoje voltaram, inclusive. Insistem que eu sei em que esquemas ele participou, ou quem ele usa de laranja. Mal sabem eles que a primeira coisa que eu faria se descobrisse pra onde meu pai foi seria denunciá-lo outra vez. — Leandro pensou melhor. — Tá, talvez a segunda coisa. Primeiro eu compraria pipoca. E prepararia a câmera.

— Isso se você não fosse pessoalmente atrás dele pra lhe dar uns tabefes.

— Exato.

Ou eu mesma faria isso.

Caímos em um silêncio que mesmo em meio à tanta conversa de amigos em volta, tantos saques de vôlei na areia, tantos gritos de vendedores ambulantes e ondas batendo no mar, ainda conseguia atravessar o barulho para pesar sobre nós dois.

— É estranho — Leandro comentou, algum tempo depois. — Eu sinto tanta raiva dele, sabe? Às vezes estou fazendo algo aleatório, usando a internet, ou tomando banho, e aí lembro o que ele fez, e como ameaçou vocês, e meu cérebro começa a escurecer e vem uma irritação tão forte que eu não consigo mais me concentrar em nada.

Ele fez uma pausa, como se organizar aquelas palavras fosse complexo, ou colocá-las para fora o incomodasse demais. Ou os dois. Tive vontade de abraçá-lo e apertá-lo até que a raiva fosse consumida.

– Meu pai faz eu me sentir culpado de novo – o garoto completou, enfim. – Como se eu devesse ter feito algo diferente. Por isso, o odeio ainda mais.

"Nada disso foi culpa sua", eu quis assegurar. "Pare de dizer isso!" Mas, assim como eu mesma faria no seu lugar, Leandro não me ouviria. Remorso não é um sentimento racional, que podemos limpar com lógica e palavras bonitas.

– Culpa é um sentimento complicado – eu disse. Parei, relutante, mas me forcei a continuar. Colocar as palavras para fora era uma forma de fazê-las reais. Tanto para ele quanto para mim mesma. – Eu sei que a gente acaba sentindo sem querer. Mas, no fim, a vida não está sob o nosso controle. Desgraças acontecem. A gente só precisa aprender a remediá-las depois.

Era isso que eu enfim começava a aprender, depois de tanto esforço, depois de tanto apanhar dos meus erros. Eu havia prendido um monstro de culpa em uma caixinha apertada dentro de mim, com medo de deixá-lo sair do passado, quando o segredo era simplesmente libertá-lo para aprendermos a conviver.

Era isso o que meu pai gostaria que eu fizesse, afinal. Que eu fosse feliz.

Ainda demoraria para eu brincar de pegar o graveto com meu monstro da caixinha, mas, a partir de agora, me esforçaria para domesticá-lo.

— Cada um tem o seu jeito de lidar com as dificuldades e os problemas — continuei. — Você vai encontrar o seu. Só não adianta, enquanto isso, ficar se focando no passado e no que poderia ter sido diferente. Guarda pra quando você puder de verdade voltar no tempo. Enquanto o *DeLorean* não chega, o jeito é viver no agora e seguir adiante. Ah, falando nisso. Eu trouxe uma coisa pra você.

Abri meu pacote marrom e recuperei meu presente enrolado em um guardanapo pegajoso. Leandro aceitou-o um tanto desconfiado. Sua expressão, antes tão angustiada, se desmanchou em um sorriso descrente quando reconheceu o doce desfigurado lá dentro.

— Um sonho? Valeu, de verdade. Mas o que tem a ver com o assunto?

— Quando eu te perguntei, você me disse que não tinha um. Então tô te dando. Um *sonho*.

Arrastei a palavra dramaticamente e encarei-o até que entendesse minha metáfora. Ambos desabamos no riso.

— Ei, mas é sério! — insisti. — Tá, não precisa ser exatamente um *sonho*, sonho. Isso é brega. O que eu quero dizer é que é bom ter uma *motivação*. Caramba, esse discurso fazia muito mais sentido na minha cabeça. Calma. Deixa eu começar de novo.

Ele tremeu com outro riso, e o jeito como me olhou foi tão adorável que precisei desviar o rosto. Reorganizei minhas palavras enquanto retorcia o papel do pacote restante no meu colo e continuei.

— Eu sei que você tá passando por uma fase difícil agora, com o que houve com o seu pai. Também tive a minha própria crise nos últimos meses. Mas minha vida mudou muito recentemente. Desde que comecei a trabalhar no DCS, na verdade. Ajudar as pessoas e fazer alguma diferença no mundo me deu um... propósito, eu diria. Me deu motivação para ser forte de novo. Pra levantar da cama naqueles dias em que eu acordo sem vontade, sem saber qual é o sentido disso tudo. Eu queria que você tivesse algo assim também. Então, quando você estiver irritado com o seu pai, ou deprimido pela sua mãe, ou só de saco cheio por todas essas porcarias que estão acontecendo no mundo, é só se focar no que te motiva para seguir em frente. Queria poder te ajudar a descobrir o que é, mas isso é algo que você precisa fazer sozinho. Então... tá aí o sonho de padaria, que foi o mais perto que eu consegui chegar para ajudar.

Eu ri, sem jeito. Uma mecha do meu cabelo caiu sobre o meu rosto, e prendi-o outra vez atrás da orelha. Quando desimpediu minha visão, vi a mão de Leandro estendendo o sonho de volta a mim.

— Você saiu do negócio da Sorte — ele disse. — Vai precisar de uma nova motivação.

— Por isso eu trouxe um pra mim também.

Peguei o pão cheio de doce de leite remanescente na

minha sacola e levei-o direto à boca. Sorri para Leandro enquanto mastigava. Ele retribuiu o gesto e cedeu, mordendo o seu também.

— Meu canal — ele comentou, entre um pedaço e outro. — Gosto de fazer vídeos para o *Moleque Sensato*. É bom conversar com as pessoas. Obrigá-las a pensar. Talvez eu possa fazer alguma diferença pra alguém. Sei lá.

— Ah, então você já tem a sua motivação! — Apertei os olhos para ele. — Comprei o sonho à toa. Devolve!

Tentei pegá-lo. Leandro riu e o afastou de mim.

A partida de vôlei terminou na areia à nossa frente, e os times adversários se fundiam em um único grupo de amigos combinando uma cerveja mais tarde. Nem parecia que o Rio de Janeiro tinha quase se partido ao meio havia uma semana. Será que aqueles homens e mulheres na praia tinham combinado da mesma forma de ir aos protestos também?

Terminei meu sonho com as mãos pegajosas. Bati uma contra a outra para tirar o açúcar, então lambi o que sobrava de grudento nos meus dedos. Leandro desviou os olhos quando o peguei no flagra admirando o ato. Enfiou na boca todo o pedaço que ainda faltava do seu doce e mastigou com mais vontade do que o necessário.

Dessa vez, o sorriso maldoso foi meu. Caramba, como era bom estar do lado que provocava, para variar.

— Devíamos subir logo — sugeri. — Eu e Ivana preparamos uma linda apresentação pra tentar te convencer a voltar pra Lagoinha.

— Ah, é? — Ele me fitou de canto de olho, entretido. — Com slides de PowerPoint e tudo?

— E teste psicotécnico no final. Esteja preparado.

Seus dentes brilharam em um sorriso antes do garoto virar os olhos para o mar.

— Vou voltar — ele disse. — Mas não agora. Por enquanto, chega de fugir. Eu preciso ficar nessa casa um pouco.

Seus olhos, de um cinza quente quase amarelo ao absorver o céu do entardecer, refletiam a praia à nossa frente. Pequenas ondas estouravam no fundo deles.

— Eu saí logo depois que a minha mãe se foi — ele continuou. — Agora que voltei, parece que vou entrar no escritório e ela ainda vai estar lá. Eu nunca me acostumei com a ausência dela. Mas sinto que preciso. Eu preciso passar por isso, pra conseguir seguir com a minha vida. Eu neguei a perda por muito tempo. Agora preciso enfrentá-la. — Ele me ofereceu um sorriso tímido como um pedido de desculpas. — Eu sei, é complicado.

— Não é. Entendo direitinho. — Subi um pé no banco e abracei meu joelho. — Até hoje, quando tenho dúvidas de História, penso em perguntar ao meu pai. Aí lembro que não dá e fico quieta. É estranho. A gente fica com a pergunta entalada na garganta. Mas tô me esforçando pra lidar com isso também.

— Não sei se serve de consolo, mas, se quiser, pode ligar pra mim nessas horas. Provavelmente não vou saber te responder em que ano aconteceu a Inconfidência Mineira, mas pelo menos desabafar vai te ajudar a respirar melhor.

Aconcheguei-me contra ele e apoiei a cabeça no seu ombro.

— Se você continuar falando essas coisas fofas — murmurei —, vou te amarrar e te arrastar de volta pra Lagoinha à força.

— *Hum*, que dominadora... — ele zombou. Então, passou uma mão pelo o meu ombro e me aproximou mais. — Aprovo. Não é o que eu curto normalmente, mas com você tá tudo bom pra mim.

Dei uma ombrada nele pelo comentário, mas por dentro me senti estranhamente lisonjeada.

— É pra você saber quem é que manda nessa relação — brinquei, e logo me senti constrangida por usar o termo "relação". Só tínhamos ficado algumas vezes. Eu nem sabia se o que tínhamos era digno de ser chamado assim.

Mas Leandro se afastou e me encarou, sério.

— Sam... — ele disse de um jeito arrastado, saboreando cada fonema do meu nome. Seus olhos brilharam o pôr do sol quando desceram distraídos pelos meus lábios, então se arregalaram e subiram de novo aos meus. Ele deixou escapar um sorriso torto. — Minha avó tinha um cachorrinho com esse nome.

Xinguei-o por quebrar o clima e o empurrei para longe, fingindo irritação.

— Foi mal, foi mal! — Leandro me puxou de volta. Briguei mais um pouco para afastá-lo, mas nessa hora as minhas risadas já estavam escapando, e era difícil manter qualquer pose de descontentamento. — É que lembrei disso agora.

– Zoar a minha cara é o seu passatempo favorito, seu sem-vergonha.

– Sam, agora é sério.

– Sorte sua que eu não sou vingativa.

– Sam...

– Porque se fosse, eu já teria te *derrotado* com mil referências a duplas sertanejas.

– Você estava errada quando disse que isso tudo aconteceu comigo porque eu tive azar.

Ele parou de me puxar. Seu toque na minha cintura mudou de despreocupado à cuidadoso enquanto me encarava, daquele jeito que tratamos não o que é frágil, mas sim o que é tão importante para nós que não queremos correr nenhum risco de danificá-lo.

– O que eu tive foi uma baita sorte de conhecer você.

Ambos ainda sorríamos quando a boca dele cobriu a minha.

Às vezes, pessoas que gostamos vão embora da nossa vida. É normal chorarmos a sua perda, mas devemos lembrar que, assim como elas nos deixam, outras sempre aparecem mais adiante para nos acompanhar. Pode não ser a mesma coisa, já que nenhuma alma é perfeitamente substituível ao coração, mas é sempre reconfortante saber que, não importa o que aconteça, não precisamos seguir pelo nosso caminho sozinhos. E que quando você cair, em algum lugar *sempre* vai haver uma mão te oferecendo ajuda para levantar de novo.

Sim, eu sei. Alguns tropeções são piores do que os outros.

E tem uns que você mesmo precisa se erguer sozinho. Mas sempre, sempre vai haver um jeito de se levantar.

Então se prepare, Destino. Já vesti minhas joelheiras e meus tênis de corrida, a minha torcida está firme e forte do meu lado. Agora, não importa o quanto você tente me dar rasteiras de azar, eu não vou mais parar no chão. Nunca mais.

O céu era de um azul escuro e uniforme quando nos levantamos para voltar ao prédio de Leandro. Entrelaçamos nossos dedos e seguimos para a próxima batalha.

EPÍLOGO

Larguei minhas sacolas do mercado no banco e desmoronei sobre ele. Meus braços, livres do peso, estiraram-se aliviados pelo encosto, como se o ferro com tinta descascando fosse o mais macio veludo acolchoado de Versalhes.

A praça de Lagoinha borbulhava de risadas infantis naquela manhã de domingo. Famílias de todas as classes sociais e tipos passeavam com seus filhos. Penduravam e despenduravam crianças pelo parquinho infantil. Apostavam corridas com os barquinhos de aluguel na água do pequeno lago. Havia até um daqueles vendedores carregando uma rede gigantesca de bolas coloridas, iguais àquelas que meu pai comprava para mim na Quinta da Boa Vista quando eu era criança, e que eu quicava e quicava feito louca pelo meu quarto na semana seguinte até ela inevitavelmente explodir na minha cara.

Naquele dia, a praça de Lagoinha era uma bagunça. Mas uma que me trazia uma estranha paz de espírito. Eu nunca havia visto meu bairro tão cheio de diversão despreocupada antes.

– É impressionante a diferença em tão pouco tempo, não? – uma mulher disse atrás de mim, lendo meus pensamentos. Virei para encontrar Cecília de pé atrás do banco. Seu vestido florido balançava com a brisa, e uma única flor da mesma cor da estampa amarelada adornava os cachos do seu *black*. – Se bem que, depois daquele apocalipse dos protestos, acho normal que todo mundo se sinta vivendo no paraíso agora.

– Uau, já largou a bengala? – eu disse, chegando parte das minhas sacolas para o lado para abrir espaço para ela se sentar. – Que rápido!

– Mas ainda tenho algumas semanas de fisioterapia pela frente. Olhando pelo lado positivo, pelo menos eu ganhei uma história muito bacana para contar nas rodas de chope do futuro. "Já contei pra vocês da vez que eu fui baleada?" e tal.

Acompanhei-a em seu riso, porque era a única coisa que nos restava fazer.

– Como tá o DCS? – perguntei.

– Se recuperando – ela respondeu, devagar. – Outras entidades descobriram da transgressão do Elias e estão aproveitando a brecha pra fazer pressão contra o Departamento. Não acho que vão conseguir fechá-lo, a Justiça nunca permitiria. Mas é desagradável. E agora o sistema apertou as triagens. Tá rolando uma caça às bruxas atrás de outros infratores.

– Tem mais gente desviando sorte além do Elias?

Como sempre, minha inocência era motivo de riso para Cecília.

– Sim, montes deles – ela respondeu. – E fazendo coisas

até piores, imagino. Não é fácil detectá-los, quando os malditos estão lutando ativamente contra o sistema pra não caírem na nossa rede. A maioria tem ajuda de outros grupos extranaturais. Quanto mais o DCS investiga, mais descobre um esquema muito maior do que imaginávamos.

Se a sorte traz poder, a ganância do homem logo aparece para engoli-la. Não pude deixar de pensar em quantas outras pessoas poderosas deviam pagar mensageiros para seu benefício próprio. Como poderíamos ter justiça social de verdade se havia sempre aquele 1% da população tentando concentrar todos os recursos para si, incluindo a sorte – literalmente?

– Por isso, estamos mudando algumas regras pra aumentar a segurança – Cecília continuou. – Avaliações periódicas obrigatórias a todos na sede. Algoritmos mais seguros para transmissão de dados. Novas supervisões. Entre outras coisas.

Esperei que continuasse me explicando que coisas eram essas, mas, ao invés de continuar o assunto, Cecília retirou uma caixa de bombons da bolsa trespassada, abriu-a e revirou os chocolates sem pressa, escolhendo-os.

– Então… – eu disse, incomodada com a demora. – Você me procurou aqui só para me atualizar e jogar conversa fora, mesmo?

– Não seja boba. – Ela abriu a embalagem de um bombom. – Pra isso existe a internet. Quer um chocolate?

– Não, obrigada.

– Pode pegar, menina! É Páscoa! Não se nega chocolate hoje, tá escrito na Bíblia.

— Não sei que Bíblia é essa que você leu, hein?

— A minha é a versão estendida. Come aí.

Ela empurrou a caixa dos bombons mais uma vez. Balancei a cabeça.

— Estou me guardando. — Indiquei as sacolas. — Vai ter almoço lá em casa. Minha mãe chamou um monte de gente da família, e até os meus amigos. Se eu não cumprir a cota de ingerir pelo menos um quilo e meio de alimento do que a minha avó trouxer, vou ser deserdada da família Lira. Agora fala. O que é tão importante assim pra termos que tratar pessoalmente?

Cecília terminou de mastigar o bombom antes de responder:

— Com essas mudanças no DCS, acabou que eu fui promovida. Agora passei para o setor de Controle de Qualidade. Vou trabalhar diretamente na fiscalização dos mensageiros e da sorte que eles entregam, dentre outras funções dos outros departamentos também.

— Uau, parabéns! Que legal!

— Agora, espero que ninguém mais tenha que tomar um tiro pelo azar de outra pessoa.

— Não foi culpa do Leandro — eu disse logo. — Já te expliquei isso. Ele nunca pediu as sortes roubadas pra ele. Não foi justo pra ninguém.

Cecília examinou com cuidado o Chokito em seus dedos. Mas seus olhos não se focavam na embalagem. Ela devolveu-o à caixa de bombons e fechou-a.

— Bom, parabéns mesmo, de verdade – eu disse, confusa com o seu silêncio. – Agora, acho que vou indo. Preciso ajudar a minha mãe no almoço.

— Não terminei ainda. Não vim aqui só me gabar do emprego novo. Você não entendeu ainda o que significa?

Ergui as sobrancelhas, sem muita empolgação para brincar de advinha agora. Talvez, se ela fizesse umas mímicas...

— Significa que não vou poder cumprir com minhas antigas funções de mensageira. E você sabe muito bem que o Departamento não gosta de funcionar com carência de pessoal.

Ah, não. Não brinca que ela realmente queria dizer o que eu achava que queria dizer.

Então Cecília apoiou um cotovelo no joelho de suas pernas cruzadas e segurou seu rosto para me encarar.

— Vou precisar de alguém pra me substituir no meu cargo.

É. Era exatamente o que eu achava.

O Destino não se cansava de brincar com a Samzinha aqui, hein? Alguém bem que podia fazer vaquinha para comprar o *set* de *Lego* de *Star Wars* para o coitado largar do meu pé, por favor. Ou um *smartphone* com *Candy Crush*.

— Não seria um trabalho temporário, dessa vez – Cecília explicou. – Seria oficial, enquanto estiver disposta. E você teria todas as condições de uma mensageira júnior normal, é claro. Sorte anual, segurança extra em serviço, férias programadas e tudo o mais. O que precisar.

– Eu... Não sei o que dizer.

– Uai, pensei que fosse ficar feliz com a proposta. Você tinha me dito que gostou de ser mensageira do DCS. E é uma honra passar no teste de perfil do Departamento e ser convidada a trabalhar para o Destino, viu?

– Não, isso eu sei! E eu gostei mesmo!

Ao longo das últimas semanas, eu havia pensado muito sobre meu estágio no DCS. Doía admitir, mas a conclusão que cheguei era que, de fato, eu havia gostado. Apesar da correria, era bom poder ajudar outras pessoas. E era legal saber que eu fazia parte de algo maior.

Mas...

Mordi o lábio de baixo.

– É que as coisas finalmente estão indo mais ou menos bem agora. Tenho medo de voltar àquela confusão e estragar tudo. Talvez eu devesse só... Sei lá, parar de ser gulosa e aproveitar o meu final feliz.

Cecília balançou a cabeça.

– Não se engane, Sam. Não existem finais felizes. Felicidade é uma busca constante. Estamos sempre batalhando contra as injustiças e os imprevistos do mundo. Olhe em volta. Tudo isso aqui, toda essa paz. Só dura até vir a próxima dificuldade. Essa é a natureza da vida.

Perto do laguinho, uma criança, em seu frenesi infantil por diversão, escapou do controle de seus pais e saiu em debandada pelas mesas de pedra onde os idosos jogavam damas. Bateu em um senhor e derrubou algumas das suas peças. Os pais a alcançaram e pediram desculpas ao homem. O velhinho, com o queixo carrancudo de um marinheiro de poucos amigos, abriu um sorriso torto e riu.

Em um dia tão lindo, nem ao velho Popeye era permitido se chatear.

Mas Cecília estava certa. Estávamos vivendo em uma felicidade momentânea. Nosso prêmio pelas lutas e sofrimentos do passado. Agora que quase não havia mais protestos, qual seria o próximo desastre que a destruiria?

E o que eu poderia fazer para impedi-lo?

Parei, surpresa comigo mesma. Aquela última pergunta tinha emendado na minha linha de pensamentos tão naturalmente que eu nem a vi se aproximar. Quando dei por mim, já era tarde demais. Não era mais possível negar que no fundo eu buscava, de fato, uma resposta.

O que eu podia fazer para ajudar?

Respirei fundo e me joguei no que meu coração queria.

– Você vai ter que me arrumar uns documentos – eu disse, enfim –, porque sem chances de eu continuar trabalhando sem contar a verdade pra minha mãe.

– Pode deixar. – Ela abriu um sorriso cheio de dentes. – Amanhã mesmo dou entrada no seu formulário B-2.

E foi fácil assim que eu voltei ao arsenal de zoeiras desse maldito Destino sacana.

AGRADECIMENTOS

Talvez sorte, no mundo real, seja algo que possa ser medido contando as pessoas na nossa vida. E felicidade compartilhada e apoio são os pesos que colocamos na balança. Se esse for o caso, acho que o Destino está trapaceando para mim, pois estou cercada de almas absolutamente incríveis, e é por causa delas que estou aqui.

Tenho sorte pra caramba.

Obrigada, mãe, pai e Mariana. Vocês são os únicos que sabem contar todas as inúmeras horas que passei na vida maquinando universos novos na frente do computador. E me apoiaram por cada uma delas. São vocês que me fizeram quem eu sou hoje, então saibam que essa história foi escrita pelas suas mãos também.

Obrigada, Brunno. Você pega a palavra "incondicional" e constrói a nossa vida em volta dela. Não haveria história pronta sem os seus pães de queijo – que considero uma das mais justas metáforas para amor –, aqueles que me traz quando quer me lembrar que tudo sempre fica bem no final. Que a gente vai dar um jeito. Obrigada por ser meu porto seguro.

Obrigada, Gui Liaga. Só você já conta como mil pessoas incríveis em uma. Agente, editora, amiga, conselheira espiritual. Mas o seu talento que mais admiro é como sabe trazer o melhor das pessoas à tona. Como sabe encontrar aquilo que elas têm de valioso para ajudá-las a pôr em prática. Você transforma textos em livros, mas, acima disso, transforma pessoas em autores. E isso é uma habilidade rara. Obrigada por acreditar em mim e mudar a minha vida.

Obrigada, Flavia Lago e equipe da Plataforma21. Vocês lidaram com este livro com tanto cuidado e carinho que me senti a pessoa mais abençoada do mundo. Obrigada por acreditarem em mim e na *Mensageira da sorte*. Flavia, seu entusiasmo me contagia e me inspira. Você me fez acreditar que poderíamos fazer algo verdadeiramente incrível. Com você e com uma equipe tão capaz e esforçada na editora, tenho certeza de que a Plataforma21 nem precisará de sorte para conquistar o universo.

Obrigada, Taissa Reis e Agência Página 7. Tassi, eu amo como você está sempre calma e pronta para lembrar que tudo é remediável nas nossas crises, por mais que por dentro esteja nervosa também. É uma honra fazer parte da agência com a Gui e com você. Vamos cantar Hamilton até mudar o mundo?

Obrigada, Marcella, vó Marly, vô Orlando, vó Rosalina, tia Vera, tio Sergio, tio Manuel, tia Ana, tio Nelson, tia Bete, tio Ramiro, e minhas primas e primos queridos. Família (Marcella incluída!) que sempre ficou empolgada com a Fernanda ser "a artista" das crianças e que me encheu de canetas de desenho e de escrita e de comentários constrangedores adoráveis de "olha o que ela faz!" na frente de estranhos. Se faço qualquer coisa, é por causa do apoio de vocês.

Obrigada, Vitor Castrillo, o primeiro que leu esse livro depois de mim e da Gui, e obrigada, Mareska Cruz, a segunda. Vocês acreditarem na minha história me fez acreditar em mim mesma. Vitor, você não tem ideia de como os seus *gifs* e caracteres em caixa alta fazem eu genuinamente me sentir um ser humano melhor. Mareska, sua alma boa, mas que já chega dando voadora quando é preciso, me deixa admirada e me faz querer ser mais forte também.

Obrigada, Bárbara Morais e Felipe Castilho. Ter dois ídolos da literatura fantástica brasileira avaliando *Mensageira da sorte* foi uma honra aterrorizante e maravilhosa. Bárbara, desculpa ter feito você entrar em colapso pelo modelo econômico da AlCorp, e obrigada pelas dicas sobre como melhorá-lo. Você é realmente muito boa em estratégias corporativas para dominar o mundo. Felipe, obrigada por ser uma das primeiras pessoas a surtar comigo pela notícia da publicação. Saiba que admiro demais o seu poder de criar mil histórias e projetos diferentes ao mesmo tempo, sendo todos igualmente incríveis. Você ter arranjado um espacinho no meio disso tudo para ler meu livro me deixa infinitamente agradecida.

Obrigada ainda aos outros amigos que a vida me trouxe pelo caminho e que me ajudaram a chegar aqui. Vocês são outra família para mim. Em especial: Babi Dewet, Dayse Dantas, Lucas Rocha, Pam Gonçalves, Val Alves, Iris Figueiredo. Vocês são minha fonte de inspiração diária. Obrigada por me ajudarem nos momentos de dúvida e me entenderem, mesmo eu sendo essa bagunça de *gifs* e adesivos de reação esquisitos de cachorros com expressões humanas nos nossos *chats*. Mirelle Canderolo, obrigada por ler os primeiros capítulos dessa história dez versões atrás, quando ela não era mais que um embrião despretensioso. Má Matiazi, obrigada por me apoiar e enfrentar a barra dos eventos de quadrinhos comigo, na alegria e na tristeza.

Mas nada disso teria acontecido se não fosse a grande base do meu apoio. A prova final de que o Destino está do meu lado.

Obrigada, leitores. Eu sei que vocês são muito diferentes entre si – tem gente que me acompanha há anos, desde o início do *Como eu realmente*, e tem gente que me conheceu há duas semanas e já torce por mim. Tem gente que sempre comenta em tudo que publico, e tem gente que acompanha com um carinho silencioso. Tem gente que conheci ao vivo nos tantos eventos pelo Brasil, e tem gente que ainda sonho em conhecer. São diferentes, sim. Mas amo cada um de vocês da mesma forma, independentemente de idade, gênero, país. Se veio do Facebook, do Twitter ou do Instagram. Vocês foram a minha força para continuar produzindo durante todos esses anos. Tudo o que eu faço é por vocês. Obrigada por existirem e obrigada pelo carinho.

Publicar um livro é um caminho longo, e só quem te ama de verdade aceita sem pestanejar embarcar nessa viagem de anos com você.

Obrigada, queridos. Vocês são a minha sorte.

SUA OPINIÃO É MUITO IMPORTANTE

Mande um e-mail para **opiniao@vreditoras.com.br**
com o título deste livro no campo "Assunto".

1ª edição, ago. 2018

FONTE ITC Berkeley Oldstyle Std Book 12/16pt
        Bodiam Regular 42/50,4pt
PAPEL Lux Cream 60g/m²
IMPRESSÃO Lis Gráfica
LOTE L43484